响水傳説

朱文泉书

裴彦贵 主编

江苏凤凰文艺出版社
JIANGSU PHOENIX LITERATURE AND ART PUBLISHING, LTD

图书在版编目（CIP）数据

响水传说 / 裴彦贵主编. —南京：江苏凤凰文艺出版社，2019.8（2023.7重印）

ISBN 978-7-5594-1131-0

Ⅰ.①响… Ⅱ.①裴… Ⅲ.①民间故事—作品集—响水县 Ⅳ.①I277.3

中国版本图书馆 CIP 数据核字(2019)第 147661 号

响水传说

裴彦贵　主编

责任编辑　梁雪波　邹晓燕
装帧设计　私书坊_刘　俊
责任印制　刘　巍
出版发行　江苏凤凰文艺出版社
南京市中央路 165 号，邮编：210009
网　　址　http://www.jswenyi.com
印　　刷　三河市双升印务有限公司
开　　本　718 毫米×1000 毫米　1/16
印　　张　18.75
字　　数　265 千字
版　　次　2019 年 8 月第 1 版　2023 年 7 月第 2 次印刷
书　　号　ISBN 978-7-5594-1131-0
定　　价　69.80 元

家乡的风情

——《响水传说》序

龚文宣

我的老家，在江苏北部紧挨着黄海的响水，光听这名字就是一个多水的地方，也是一个盛产美丽的传说之所在。

家乡水系发达，大大小小的湖泊塘洼，纵横交错的河道沟渠，构成了家乡的筋脉，成为这块土地上最具生命力的风景。在众多河流中，最重要的一条河叫灌河，古名称为灌江，像个细长喇叭的天然潮汐河道，最宽的水面达三四里，直通大海。因明代吴承恩先生笔下“二郎神大战灌江口”的精彩一章，使得这条河和这一民间传说，名闻遐迩，洞穿古今，几百年来盛传不衰。

灌河养育了家乡的平原，像一位慈祥的母亲，奶大了世世代代的家乡人，也滋养了我儿时的文学情愫和对未知世界的好奇。当年时常约上三五个小伙伴，披着春天的晨光，爬上高高的灌河大堤，看青郁拔节的苍苍芦苇，看迎风飞翔的鸥鸟，看一排排翻卷东去的浪花，看往来的客船、货船、挂桨的机帆船和张网的渔船，那时总觉得灌河有股子仙气。到了秋天，夕阳下的灌河，成片的芦苇长成了银色的堤岸卫士，随风摇曳，一望无际，抓一把柔软的芦柴花，放在手心里轻轻地揉一揉，一扬手，放飞的纷纷花絮连同湍急的河水，飘向极目处的远方。

远方是海，那么海的远方呢？

千年之前，我的家乡是一片汪洋，黄河夺淮入海形成了冲积陆地。原居民以捕鱼、围猎和晒盐为生，后来处于农渔猎盐的自然社会状态。也是英雄与海盗并存的地方。家乡人民在长期辛勤劳作过程中，聚集了民间的智慧，以口头文学式样，表达对天地的感恩、日月的崇拜、自然的敬畏、生命的探求，向往平安美好的生活。于是，极具地域文学特色的民间故事，关于河的传说，海的传说，盐的传说，英雄的传说，正义战胜邪恶的传说，代代口耳相传，一直流传至今。

当我手捧着《响水传说》这部厚重的书稿时，那种既熟悉又欣喜的滋味，犹如夏日的凉风掠过心头。阅读这部书，勾起了记忆深处那些儿时耳熟能详的各种神话故事。一时间，仿佛又围坐在冬日夜晚的火盆旁边，满屋子大人小伢子屏声敛息，恭听老人们绘声绘色、带着侉腔侉调地讲古：大力神仙王彦章铁船开灌河，大通口铁牛镇水妖，响水口群鱼朝拜龙王庙，盐婆婆和盐爷爷造福一方，二圣港蟒牛村来历，二郎神智擒蛟龙，灌河口虎头潮，灌江美人四腮鲈鱼……故事惊险而神秘，有的故事尽管听了无数遍，总是屡听不厌，回味无穷，给那一个个寒冷的夜晚增添了些许暖色。

一般写作者离不开童年少年时期的文学浸润。

我的童年是在公安大院里度过，回想起来，文学启蒙是带我们兄弟姐妹长大的外婆。我外婆小脚，一辈子食素，善良达观，明事理，虽然不识字，但能讲出许多优美的神话故事。童年记忆中无数个满天星斗的夜晚，在公安局家属院林荫小道上，外婆牵着我看着繁花似锦的夜空，教我在浩瀚的天幕中寻找辨认星星，还小声嘱咐要用眼睛看，不能用手指着星星，那是对神仙的不敬。每个故事结尾，外婆都有一番意味深长的归纳。比如银河那边的三颗是石头星，这边三颗是灯草星，为啥灯草星过不去呀，因为挑着石头的担子重啊，虽然辛苦但走起路来步子稳，遭到大风也不惧，就挑过去了。灯草星呢，挑的担子轻，大风一刮就挪不动脚了。人哪，不吃些苦头哪来甜头呢。那些心驰神往且蕴含哲理的美妙故事，拉开我童年那扇懵懂的天窗。

我在少年时期才真正接触或者说感悟有着地域魅力的响水民间文

学。我的老家正好在淮河的南北分界线区域,多少年后才有所体察,就是我们那块人的品性集南北之长,既不缺南方人的精明与细腻,又有北方人的豪爽与旷达,有时甚至有点儿天不怕地不怕的强悍粗野的丛林味道。这一想法在《响水传说》这部书中,寻得答案。那些坚韧大度、悲天悯人、侠义济危、快意恩仇的故事,不啻是民间传说,也是江河湖海自然造就了的家乡人秉性的记述。正是这些故事这些记述,如同一泓灌输麦苗的涓涓细流,滋润了一个少年的文学情怀,对我后来的小说语言风格、叙事方式和铺陈的小说结构,有着重要的影响。不仅如此,还构建了我最初的对待这个世界的情感方式,性格品行和我的审美情趣。

家乡,始终是一个解不开的结。

家乡是我的根,我生命中的魂,我文学创作的根据地。我曾在一部长篇小说的创作谈《缘于心中的眷恋》中说过,这一生中最温暖的地方莫过于我的故乡,让我动情让我感恩的,也是我的家乡。老家是我的衣胞之地,时常回味起儿时的往事,谛听留在盐碱地上稚嫩的足音。前后加起来,居住在北方这座城市三十多年了,即便比家乡人多、热闹、繁华,可是常有一种脚不着地、客居他乡的感觉。最喜欢吃的还是家乡的菜,听得最顺耳的还是旁人难懂的土语方言。家乡是一根脉动的血管,在我体内流淌。我的小说创作对象也始终没有离开过我最熟悉的家乡,比如太阳河、读海、河与海的交汇处、那片蔚蓝的海、蓝色经纬、奔腾的灌江等,作品的名字都沾满了河鲜海味。家乡柔情的水,家乡敞亮的河,家乡苍茫的海,家乡精明而又豪气的人,都是刻画描写的对象,并且绵绵不断地滋补我笔下的庄稼。恰似一叶扁舟,从响水口出发,顺着灌河而下,载着我的眷恋,抵达海那边的块块绿洲。

我以为文学作品就是一个个令人陶醉的故事。而我们那个地方的人是擅长讲故事的,讲得你会沉迷其中。这个能耐我从几乎一口气读完《响水传说》中得到了印证与释惑。一个个奇异神秘的故事,对天地万物的天真、朴素和真诚的艺术想象,让我爱不释手。我敬佩与谢忱这部书开明的组织者、尽职的主编和各位优秀的写作者，辛勤地策划、收集、整理与创作，以艺术虚构和浪漫主义创作方法，诠释世故人情、民风民俗和每个传说的渊源关系。不仅仅具有艺术价值、美学价值与史学价值，或者说，呈现了丰富奔放的民间文化成果，更使包括我在内的无数读者，能够系统地品读到那片神奇的土地上滋长出来的瑰丽多姿的文学作品。在这个意义上，出版这部书已经超越了狭义的地域概念，《响水传说》已然是中华文学百花园中一支弥漫着馨香的花朵。

2019年6月20日

于北京世纪城

（作者为中国金融作家协会常务副主席，响水籍作家）

目 录

盐的传说

地名传说

人物传说

风俗传说

海产品传说

动植物传说

神话鬼怪传说

其他传说

古云梯关传说

米芾含泪吃“冷冷”

米芾，史料记载：“北宋时著名书画家，元祐年间知涟水军，守涟二年，多惠政……”他上任后，带领百姓筑海堤、修河道、治水患，勤政爱民，至今在涟水传为佳话。

这一日，米芾早早起床，洗漱完毕，匆匆用完早膳，身着便服，带上书童，骑着小毛驴，顺着河堤一路视察，直奔佃湖荡而来。说来也蹊跷，自从米芾上任后，涟水是风调雨顺，麦苗长势旺，遍野菜花黄；莺歌燕舞，丰收在望。

再说这佃湖荡，是古黄河的入海口。有个云梯关，关上有座望海楼，离楼不到二百步有户人家，主人姓石名海。要说这石海，他真是个书呆子，每天除了读死书，死读书，饭来张口，衣来伸手，家务事，地里的农活，都是老婆一人承担，缺粮断炊，来客招待，他是概不过问。无论春夏秋冬，总是在这望海楼上吟读诗书。前年冬天，米芾在云梯关带领军民筑海堤时寄住在他家，和石海夜夜促膝长谈，谈天文、谈地理、谈现在、谈未来，成了知己。今天，听说米大人要来，石海早早来到望海楼，翘首以盼。

时近晌午，米芾骑着小毛驴，来到云梯关下，只听见从望海楼上传来朗朗的吟诗声，便急忙忙拾级而上，来到望海楼，见石海正捧着书在摇头晃脑地念着，油然而生敬意。轻步上前，情不自禁和着石海背诵。石海闻声回身一望，赶紧躬身作揖相迎。米芾还礼并问石海，佃湖荡去年收成如何，今年春天有无百姓缺粮断炊等等。石海：“米大人，走，到我家问你嫂子去。”拉起米芾，下了望海楼，一会儿就到了他家。

米芾只见父老乡亲提篮端盆，早就守候在石海家门前欢迎他的到来。再看那一桌丰盛的酒席，激动得热泪盈眶，连连向百姓躬身作揖，深表谢意。正在此时，又见一位白发老妇，手端铜钵，跌跌撞撞地来到米芾面前，饱含深情地跪请米芾尝尝鲜。米芾跪谢老太太，揭开铜钵上的白布一看，只见铜钵内全是像蚯蚓、毛毛虫子状，青黄色，一卷一卷的，好不吓人。

他恳切地询问道："请问老大娘，这是何种食物？"石海的老婆笑说："米大人，这是婶子的一片心意，您就别问是什么，尝尝可口不？"米芾言："嫂子如果不说出此食品是什么，莫怪我不领情呀！"

石海的老婆只好说："米大人，这钵食品，是从现在麦田里掐下麦头，用刀斩去麦芒，将它放在锅里炒熟，上石磨碾去苞皮，簸掉大壳，剩下麦仁再细磨，就成了一绺一绺形状。反正是嫩麦冷透做的。"米芾随口说："是冷冷。"众附和，"是冷冷。"米芾又问："这钵冷冷，割了多少麦子？"老妇忙回答："不大，就两张苇席那么大的地。"米芾惊讶地说："两张苇席的地做一钵冷冷？那这不是吃了二斗麦子吗？哎呀，这吃的不是冷冷，是吃的麦子命啊！这我是断不可吃的。"石海老婆接着说："米大人，说实话谁愿意吃这呀?！过去每年青黄不接之际，乡亲们缺粮断食，没法子赶着采青充饥保命的啊！自从你米大人来了，带着我们治水保堤，粮食丰收了，日子好过了，感谢米大人，做这让你尝尝鲜不算过吧?!"众附和："是啊！米大人，你就尝尝鲜吧！"

米芾被大家的真情所感动，饱含热泪地拿起筷子，尝了一口，连忙对大家说："好香好鲜啊！往后仅是尝尝鲜，万不可再当主食也！"从此，"冷冷"也就成了响水尝鲜美食小吃了。

七星泉与金盘露

苏北地区素有"中国酒乡"之称。多少年来"三沟一河一浆"，即高沟、汤沟、双沟、洋河和五醍浆早已驰名中外，享有盛名，但很少有人知道，响水县云梯关地方早在明代就出产过一种贡酒——金盘露。

据《庙湾镇志》和《阜宁县志》等史书上记载：云梯关东南方向有七星泉，

为“淮北第一泉”，泉水酿酒甚美，酒名“金盘露”，明代曾作贡品。

关于七星泉和金盘露的来历，当地曾流传着一个美丽动人的神话故事。

有一年，正值风和日丽、桃红柳绿、景色宜人的阳春三月，天上的七仙女感到天宫岁月寂寞，羡慕人间自然美景，想找个机会到下界游玩游玩。这一天，众姊妹商量妥当，飘飘荡荡来到了黄海之滨云梯关地方。但见海碧天蓝，景色宜人，百里平川，绿草如茵，百花争艳，莺歌燕舞，好一派人间美景。姊妹七人见此美景，喜不自胜，兴高采烈，摘花扑蝶，载歌载舞，尽情领略大自然风光。嬉闹一阵后，但见天色尚早，众姊妹便在草地上小憩，不想往下一坐，疲劳来袭，困意顿生，不一会，一个个便进入了梦乡。再等一觉醒来，已见金乌西坠，玉兔东升，众姊妹连叫不好，误了时辰，担心父王知晓不好交代，于是一个个急匆匆地驾起祥云回宫去了。由于走时慌忙，众姐妹不慎将梳妆盒中的七面宝镜失落在游玩之地。

不想翌日天明，七面宝镜在地上竟化作七个泉眼，只见泉水汩汩而出，顷刻成了一汪清泉。那泉水清澈见底，甘醇甜美。后来人们见此泉中有七个泉眼，状如天上的七女星，故称此泉为“七星泉”，七星泉的名字就这样叫开了。

不知过了多少年，当年的七星泉旁已经形成了一个村落，村里住着几十户人家，只靠耕种几亩薄田维持生活，家家食不果腹，衣不遮体，贫困潦倒。一日，村中来了一位须发皆白的老叟，对村人说：“此村人穷迷、穷迷！”人问何故，老叟说：“靠山吃山，靠水吃水，靠泉怎能守穷？此泉乃天赐，泉水甘美，酿酒极佳！何乐而不为？”说完化着一道清风走了。村人大惊，连忙跪下一齐朝天叩头。村中老人说这是神仙点化，我们何不依言行事？不久村人相继开了一个个糟坊，试用七星泉水酿酒，所酿之酒果然非同一般，因是七星泉水所酿，遂取名为“七星泉露”。

光阴荏苒，白驹过隙。到了明朝，朱元璋得了天下，建都南京，各地纷纷敬献美酒。一日，明太祖在朝天宫大宴群臣，朝天宫内张灯结彩，鼓乐喧天，百官朝贺，热闹非凡，道不请的山珍海味，数不清的琼浆玉液，说不完的恭维奉承。明太祖大喜，吩咐拿酒来尝，当尝到了七星泉露时，龙颜大悦，觉得此酒香留齿颊，爽口异常，非同一般，忙问侍从："此酒甚名？出自何方？"侍从答道："此酒乃淮安府云梯关七星泉水所酿，叫什么'露'来着……"说到酒名，一时语塞。明太祖见酒乃金盘盛之，便笑着随口说道："此'金盘露'是也！"群臣饮后，齐赞："好酒！好名！"此后，"七星泉露"便改名为"金盘露"，声名大振，并年年作为敬献朝廷的贡品。

随着时光的流逝，沧海几变桑田，云梯关远离黄海，"淮北第一泉"的七星泉也逐渐形湮名泯，只知在"东南方向"，确切的地址谁也不知道，"金盘露"也成了历史之谜。令人欣慰的是，云梯关正在重建，不久将重现当年雄姿，有关人士正在挖掘"金盘露"资源，不久的将来这个明代贡酒也许会出现在您的餐桌上。

（周德新整理）

乾隆顾忌化龙桥

史书上屡见记载，久负盛名的云梯关位于今响水县黄圩镇云梯村，历史上云梯关曾是海防军事要地、海运漕运枢纽、黄淮治理重点、文化宗教活动场所，为历代朝廷所重视，号称"东南沿海第一关"。

为了镇水，清朝几个朝代在云梯关大兴土木，构建了一个宏伟壮观的建筑群。清康熙三十九年（1700 年），清河总督张鹏翮在云梯关东侧敕建禹王庙，亦称"禹王殿"。乾隆二十九年（1764 年），江督高晋又增建后殿，即海神殿。先后建成两座大殿。和两旁数十间厢房，规模宏大，建筑精美。禹王殿内供奉大禹神像，神像上方悬挂于成龙书写的"法海津梁"匾额一块。

尤其值得称道的是清乾隆二十九年（1764 年），乾隆皇帝为禹王庙亲题"利导东渐"匾额一块；嘉庆十三年（1808 年），河决二套，俗称"倒大通口子"，黄河里滩广大地区成了泽国水乡，老百姓流离失所，民不聊生，朝廷派人督办，经过军民奋力抢险，直到次年决口才堵塞。朝野称庆，嘉庆皇帝也十分高兴，特地为禹王庙题写了“朝宗普庆”匾额一块。因连续有两代皇帝亲笔题字，云梯关更加名闻遐迩。历任河督及朝廷大臣大多都到云梯关视察游览过。

乾隆皇帝也想到云梯关看一看。有一年，他南巡到了清江浦（即今淮安），因早就听说云梯关的禹王庙如何如何的神奇壮观，知道离云梯关已不远，自己又曾亲题过匾额，很想到那儿去看一看，于是便将随行的和珅叫来，吩咐他安排一下明日云梯关之行。和珅一听，吓得六神无主。这是为何？原来，当年建禹王庙，耗资巨大，其中有三分之二的经费被其贪污挪用，一想，假如万岁这次真的前往，看出破绽，如何得了呢？情急之中，心生一计，连忙胡编乱诌道：“万岁！禹王庙确实是个风景名胜之地，但臣闻去禹王庙必须经过一座桥，这桥不知是谁起了一个不雅的名字……”说到这里，和珅停了下来不说了，乾隆问：“怎么不说了？”和珅假意低声地说：“臣不敢说！”乾隆说：“但说无妨，朕恕你无罪！”和珅这才小声地说：“这座桥叫化龙桥，万岁乃真龙天子，龙遇桥而化，是多么的不吉利啊！古人云，大将军出征最犯忌讳，何况是万岁呢？依臣愚见，一座小小的禹王庙不看也罢，何必与它较劲，臣以为还是不去为好，请万岁三思！”经和珅花言巧语一番劝说，乾隆皇帝真的心有顾忌，终于取消了此行。因此贪污一事被瞒了过去。说来凑巧，云梯关确实有一座桥，这桥原来是座很普通的石拱桥，于是人们便把这座桥称之为“化龙桥”，化龙桥的名字就这样传开了。

据当地老年人回忆，当年禹王庙内有块石碑，上面刻着敕建禹王庙时所用的银两数字，后来不知被谁将碑上的数字凿掉了，建禹王庙到底用了多少银两，一时便无从查考。贪污经费之事不知是否确实，但凿碑倒是确有其事的。

（周德新整理）

慈禧重修禹王寺

关于云梯关的形成与发展，史料早有明确的记载，而且此关在中国古代明朝中叶的地图上已有明确的标注。云梯、云梯关的形成，即早在宋仁宗天圣年间(1023～1032 年)，居于“北沙”的人们眺望北方，只见那位于北方的海边，因淮河之水的下泄作用而形成的一级高于一级沙堆，如似登天之云梯，沙堆也以此而得名“云梯”。至明正德年间(1506～1521 年)，淮、黄二渎入海口渐前移至云梯处，云梯成为苏、鲁、辽海运必经要道。明世宗嘉靖初(1522 年)，倭患渐起，云梯成为兵争之地。明世宗嘉靖三十八年(1559 年)四月，倭寇再袭，时任凤阳等四府巡抚李遂，积极组织抗击倭寇，并命安东知县在淮、黄河入海口之云梯、北沙筑土城，互为犄角，派兵扼守要冲。其中在北沙临河口处筑土城一座，云梯处筑土城五座。由此，云梯成为出入海口的关隘，人们始称云梯为云梯关。直到明神宗万历初(1578 年后)，因大海东移，撤军废弃，云梯关土城任其倒塌。

从云梯处筑城设关到撤军废弃，虽只有 20 年的时间，但它是江淮第一关，而从此以后，人们不因黄河改道北徙和地理环境闭塞，而一直称此处为云梯关。正因为此，有关云梯关的传说故事也就多出，其中就有重修禹王庙的传说：一天夜里，慈禧太后梦见云头上有一座关，又有一架梯子可以上关的情景。早晨醒来，她就叫钦天监进宫圆梦。钦天监想了想说：“这叫‘云梯’关。”慈禧太后说：“莫非上天示意叫我到这地方去休养？各省、府、县查一查，这个关在什么地方？如果是在幽美的山里，我就到那里去休养了，不再过问政事。”结果，查遍全国知名之地，都没有这个地方，后来在黄海边的阜宁县境西北处发现有叫“云梯关”的地方，并有一座破落的禹王庙，不是太后理想的休养之地。慈禧太后得知详情，一想：莫非是禹王庙年久失修，禹王不能安居才托梦的？那就拨款修庙，以了梦愿，立即派左宗棠为钦差大臣，到云梯关实地查勘，以便拨款修建。左宗棠出京，特地派御林军护驾。因云梯关属淮安府管辖之地，他先到淮安府。知府大人热情迎接，摆酒款待，不敢怠慢。第二天，知府陪同左大人到云梯关查勘实况。回京后禀报慈禧太后，立即拨款将禹王庙修缮一新，并在头门左墙壁上嵌有石刻“重修禹王庙碑记”。这块碑记直到民国二十八年(1939年)秋，日本侵略军侵占时被日军毁坏。

(顾炳清整理)

“裕”字为何少一点

位于黄圩镇境内的古关遗址，现存一块清嘉庆十五年(1810年)竖立的四字石碑，碑高245厘米，宽110厘米，碑心阴刻隶书“古云梯关”四字，上款正楷阴刻“嘉庆十五年十月谷旦”，落款亦楷书阴刻“三韩马慧裕书”。

留心的游客会发现一个问题：“裕”字少了一点，本来“衣”字旁，变成了“示”字旁。为什么会少一点呢？听当地长者传说，事出有因。

马慧裕，字朗山，号朝曦，隶汉军正黄旗人，籍地奉天铁岭。乾隆三十六年(1771年)进士及第，遂入翰林，改庶吉士，授主事。嘉庆七年(1802年)秋，马慧裕任河南布政使兼任兵部左侍郎，后调工部，出任工部尚书，官居一品，卒谥清恪。

这个文人出身的京官，不仅为地方百姓留下了美名，也为中华文化留下宝贵遗产。有《续集兰亭》《阿干诗抄》行刊于世。现今，他的书法作品仍是许多收藏家追逐的目标。马慧裕文武双全，不仅是著名书法家，而且在军事上也深有造诣。

清嘉庆七年(1802年)秋，时任河南布政使兼任兵部左侍郎的马慧裕将在其辖地宝丰、郏县一带为乱多年的白莲教首匪刘一协诱捕，并亲自押解京师交付刑部审理。几天以后，刘一协在菜市口被斩首。嘉庆皇帝召见了马慧裕，知道他喜爱王羲之的书法，皇帝便将收藏在宫里的王氏书作挑出一幅赏赐给他，以示嘉奖。马慧裕诚惶诚恐，赶紧跪地谢恩。在他的眼里，书圣的真迹无疑是天大的宝贝。

堂堂一品京官、大书法家，为什么会为穷乡僻壤题字，又为什么自己的名字要少一点呢？

原来嘉庆十三年(1808年)，黄河堤决马家港及张家庄两处，造成历史上有名的水灾——“倒大通口”。次年工部尚书马慧裕受命重浚海口。由于他的努力，工程卓有成效，马慧裕具本向皇上禀报：“黄水复归故道，从此下游通畅，全河顺轨，永庆安澜。”皇帝甚感欣慰，御批等马慧裕回京后即予赏赐。马慧裕心情大好，十月的一天，秋高气爽，他带领治水属下游览云梯关遗址，一时冠盖云集，众人吟诗唱和。县官早预备下了笔墨纸砚，瞅准一个空子，伏请尚书大人为古关题字。马大人本擅书法，此时也不谦让，只见他饱蘸浓墨，运笔成风，顷刻书就“古云梯关”四个斗大楷书。真个是一笔不苟，力透纸背。等到署名时，马大人沉思良久，他没有署官衔品级，只署原籍“三韩”二字，如此低调，赢得随从和当地官员一片赞叹。再看其名讳，“裕”字居然少了一点，众人颇为不解。墨迹稍干，县官命人高举，请大家欣赏尚书大人墨宝。众人齐声叫好，有人窃语，莫非大人醉了，不然为什么“裕”字缺点？

声音虽小，马大人还是听见了，只见他站起身来，众人以为他要解释此字，谁知他手一挥，命驾回程。临行前，他叫来地方官，训诫道：“本官此行，非为看景。此地贫穷，本官何忍扰民。汝等切记：为官索取少一点，百姓所得多一点。”

县官似懂非懂，连连点头，马大人车驾启动，绝尘而去。一直在琢磨题字的师爷听到马大人一席话，恍然大悟，他说：“原来尚书大人的意思是百姓尚贫，他不忍独富啊！”在场大小官员人等，皆豁然开朗，明白了“少一点”与“多一点”的精深含义。

从此这个“裕”字保持原貌，直至今天，提醒和激励地方官员努力做到“索取要少，奉献要多。为官一任，造福一方”。

（史忠霖整理）

玉皇大帝张百忍

传说，在远古时期，有一个光严妙乐国，国王叫净德，皇后叫宝月光。由于一直没有生育孩子，他们便诚心请求上苍赐予一位王位继承人。后来，天地间真气果然化身投胎，成为该国的王子。王子为了拯救国民于水火，弃国出家，在普明香严山中修炼。历经万劫，终于得道成仙，化身为白龙，位列天庭仙班。

得道成仙来到天庭的神仙越来越多，而且每个神仙都神通广大，法力高强，所以互相之间并不买账，谁也不服谁，谁也管不了谁，于是天庭大乱。做过储君的白龙，只好毛遂自荐挺身而出维护天庭秩序，但是却越管越乱终于身心交瘁，于是，整天心灰意冷垂头丧气“不理朝政”。众神恨铁不成钢，称其为“懒龙”，终于发动“政变”，将其打成重伤后，从南天门推下天庭，跌落于云梯关附近的张庄村。

南天门的下方，正是白玉关地界。白玉关，地处张家湾；张家湾西面，有个村庄叫张庄村，村内住有张氏家族。张员外是个拥有大片盐田和良田的真君子，名叫张百忍。张百忍凡事克己让人，以忍耐为先。

北面花果山的孙悟空，自从离职“弼马温”后，经常带领猴群渡过灌河，到张百忍夫妇的蟠桃园中进行洗劫，张百忍只好派外甥二郎神长住开山岛驻守防范，派牛魔王带兵沿着灌河进行巡逻防范。二郎神与孙悟空多次大战，终于降服了孙大圣。

在南面，太阳也出来欺负张百忍。先同时出两个太阳，再同时出三个太阳，一直到同时出10个太阳，灼死了庄稼，烤焦了盐城，张百忍都忍受下来。但是，张百忍派在南方负责巡逻防卫的后羿，实在忍无可忍，终于上演了后羿射日，后来射日处被定名为射阳。张百忍的养女嫦娥，敬佩后羿的勇武，后来下嫁后羿，并与后羿私奔东南。

“懒龙”被推下天庭，跌落张庄村附近，将张百忍家的良田20亩，用龙尾扫成西面的龙塘，用龙爪，在东面抓出东面的龙塘。张百忍不仅没有生气，还喂懒龙吃的，并施行医术将其受伤已经生蛆的地方治好。

“懒龙”伤愈后，在农历正月初九这一天，与各地百姓一样，张百忍也设宴为“懒龙”过生日。“懒龙”提出要张百忍嘴对嘴进行喂食，张百忍经受住了考验。“懒龙”为报恩将修炼很多亿年的龙珠，吐入张百忍口中，张百忍遂得道成仙。

张百忍得道成仙后，其他家庭成员也通过三元宫中“神仙洞”陆续成仙。“神仙洞”是张百忍施行仙术，在“方寸山”三元宫中建设的一幢屋宇，门旁书有一副对联“洞中方七日，世上几千年”。神仙洞无窗，仅有一小门可入，屋内伸手不见五指，日间犹如午夜，入者须秉烛而行，胆小者一两人不敢入内。屋内设计奇异，巧夺天工，日月星辰，山川湖泊俱全，俨然世外桃源、蓬莱仙境。张百忍邀请家人进入神仙洞后，其家人全部流连忘返，同意成仙。所以，“一人得道，全家升天”并非虚言。但是，成仙后也有后悔的，就是织女、杨莲和玉帝的小女儿。

由于“懒龙”被推翻，神仙界秩序更乱，太白金星受三清所托，乘紫气东来，入白玉关寻访有德之仙到天庭承继大统。太白金星姓李，名叫李长庚，是皋陶后人，知道有一支李氏李靖之后在云梯关居住，遂入关寻人，结果李姓后人，并无能超越托塔天王李靖的有德之人，但是却听说邻村张百忍，凡事皆可忍，而且模范执行“人神不通婚”天条，即使致妹妹瑶姬和大外甥杨蛟于死地，也在所不惜，遂举荐张百忍到天庭为帝。鉴于张百忍已经成仙，做天帝后不能再用人间名字“张百忍”，所以到天庭后，即取“白玉关”之“玉”，“黄圩”之“黄”（后谐音为“皇”），为张百忍起名为“玉皇”，类似于现在“某县某村”。于是，张百忍前往天庭就职，成为“玉皇大帝”，简称“玉帝”。为弥补自己不顾亲情的错误，玉帝即位后邀请外甥杨戬和外甥女杨莲同来天庭。但是，杨戬记恨其害死母亲和哥哥，不愿前往，双方只好约下"听调不听宣"相处规则。当然，作为对李氏举荐之恩的回报，张百忍顺理成章地确定了自己养子哪吒的"太子"身份。

玉帝到天庭即位后，在众神辅佐下，很快恢复了天庭秩序。

（殷岩泉整理）

杨绍先与"孝子坊"

在黄圩镇云梯关村，至今仍矗立着一座清朝乾隆皇帝亲手书写的"孝子坊"三个遒劲大字的牌坊，也一直流传着有关牌坊主人感人的故事。

"孝子坊"上边的横匾中间刻有御书"孝子坊"尺方大字。匾的左右两边刻有"文官下轿，武官下马"的训示；在下边的横匾上刻有"清故孝子杨绍先"七字，乃是被褒奖的牌坊主人。牌坊两边石柱上分别刻有"戴仁而行抱义而处遗清白于子孙；生时尽力死后尽思念劬劳于父母"的挽联。落款为："淮安府知府富斌拜撰"。经查证淮安史志，富斌在嘉庆三年时任淮安府知府。

从现存的杨氏家谱中查出：杨绍先古居黄圩，幼年丧父，母亲恪守妇道，将其抚养成人。长大后以农为本，后以医为生。由于他从小天资聪慧，又勤于旁学野读，故而识得些许文字。他和一般农家子弟一样，劳作侍母，娶妻生子。家境虽说贫寒，倒也平安和睦。

谁知，天有不测风云，母亲由于操劳过度，加之风寒侵入，陡生疾病。虽多方求医，且花尽所有，也没有把母病治好。一年之内必发多次，发病时滴水不进，疼痛难忍。真乃求生不能，欲死不成。

杨绍先为治好母病，四处求医，八方找药，有一天打听到关外有一"神医"，也许能治好他母亲的怪病。于是他拜别老母，辞别妻儿，披星戴月，忍饥挨冻，一路乞讨，满路风尘，过山东济南府，经清都燕京城，终于在一个雪花飞舞的夜晚，昏倒在老医生的门口。在医生全家救护下，他才从死神的手中挣脱出来。

“神医”对此类病的诊治方法及其药方因是祖传，已早有训诫不得传与外人。但老医生被他为治母病不畏艰难，千里求医的孝子精神所打动，毅然打破戒规，将其医技及秘方毫无保留地传授给他。冬去春来，夏过秋至，两度春秋两度寒暑，杨绍先终于将医技学成了。他为能及早治好母亲病患就急不可待地拜别师傅，风餐露宿，赶往家乡。

俗话说：好事多磨。当他赶至燕京城门口时，就见一群人正围着城墙上的皇榜议论纷纷。他近前一看，心头不觉为之一怔：原来皇榜中写道，皇帝母亲身患奇病，御医中已无人能治，特悬榜招贤。若有人能将皇太后所患怪疾治好，皇帝将赏赐黄金百两。若愿意还可封官在朝。他再细看榜中所述病情，巧得很，发病时症状与其母亲所患病症一模一样，正是自己所学医术的救治对象。他心中在想，古人云：救人一命，胜造七级浮屠。再说，这也是做郎中的义不容辞的责任呀！我不揭榜何人能揭呢！一来可以验证已学医术是否有效。二来还可得到许多银两赏赐。有了银钱既可以改变自家生活状况，也可以帮助乡亲脱贫解困。虽有风险，但只要自己细心谨慎，各方面都做到位，危险就可能不存在了。想到此处，他将皇榜揭了下来，接着他就被带进后宫。经过他望、闻、问、切一番过程之后，已知病情，并知病因。于是就以师之道，对症下药。时间不长，皇太后真的好了。

皇太后的病被治愈之后，他就急忙提出要回家。谁知道又遇到了意想不到的麻烦。原来在他治病期间，公主看中了他，皇太后明白女儿心意，也喜欢上这位救命郎中，就直言不讳地讲明要招他为东床驸马，而且喜日子就定在第二天。

在别人看来这真是从天上掉下来的一件特大喜事，然而对救母心切的杨绍先来说，却如五雷轰顶，当头一棒。他抱定决心，死不认从。由于他违抗懿旨，又不听多人劝谕，终于激怒了皇太后，遂将其打入死牢。他在狱中终日茶饭不下，泪流不干。病母情态，时时泛起，妻儿愁眉，历历在目。他恨不能挣脱镣铐，冲破牢笼，身离祸地飞越关山，即刻到家把母亲的病治好……他冤愤满腹，度日如年。

他的不幸遭遇，深得狱卒们同情。临刑的前一天，牢头偷偷地告诉他：明天是你大喜之日，到时将会有监斩官来与你送行。你可将你的冤情，明白地写在纸上，请他转呈乾隆爷，说不定……机不可失。我已为你准备下纸笔，你就快些写吧。告诉你这位监斩官与我是亲戚，我求他，他肯定会帮这个忙的。

在许多人的帮助下，他的状纸真的到了乾隆案前。他不仅控诉冤情，而且把自家情况陈述了一番；情真意切细述思母心情。这位大清朝开明皇帝被他的勇敢精神，被他的孝母之举深深地打动了，从状纸中知道他已有家室，并有二子，了解了他为医病救母，不远千里，乞讨拜师，历经艰难。更敬佩他不为高官厚禄所诱惑，难得的一颗孝顺之心，少见的一片诚挚之意，把这位皇帝老儿也感动了。乾隆知道：百善孝为先，孝为德之本，为尽人孝乃是祖传安家之本，治国之道。他左手捧着状纸，右手连击桌面，高声说道：真乃天下第一孝子，天下第一孝子也！并随即御批：无罪释放，赐赏回乡。

不幸的人总是遇到不幸的事。回家后方知母亲思儿不见，病痛连发，已故多日了。乡亲邻里合伙凑钱将其母掩埋在村口道边。他在悲痛中，用皇帝赏赐的银两将母坟加高填大后，还在墓后新盖草舍三间。从回家起他就整日整夜，孤屋青灯，守孝伴母。

有一年黄河侵淮肆虐两岸，水势奇猛浊浪冲天，直向其母坟墓涌来。当时，他忘却了自己，只记挂着母亲，不顾一切扑向母墓，双手紧抱墓顶，身体护住墓身高声呼喊：母亲大人，黄水来了，不孝孩儿在守护着您……其情其景，催人泪下。说来奇怪，凶猛的黄水被他的精神感动了，被他的孝心折服了，悄悄退去，乡亲们又把他从昏迷中救醒过来。

守墓尽孝三年时间，他从未剃过头、洗过澡，从未跨入妻房一次，也从未离开过母墓一步。

十里八乡无人不知杨绍先的孝名，县府衙门都在传说他的孝道。再说公主在遭其婚拒后，不仅不忌恨于他反而更加赏识他的为人。认为只有他才可以称得上是天下第一君子。爱慕之意又加上敬佩之情，时间一长，公主竟久思成疾。御医虽医治多日，也未能见效，且日渐消瘦，病情危急。乾隆焦虑万分，特召集群臣献策。有一位大臣忽然想起：几年前揭榜进宫，医好太后奇病，辞官回乡的神医杨绍先的名字。皇帝大悦，遂派六百里快马来到杨绍先的家，请他火速进宫救公主性命。可是，杨绍先在快马钦差到来的前几天已离开了人世，用老百姓的话说，他已去母亲那儿尽孝道去了。

杨绍先在临终之前，曾将两个儿子唤到跟前对他们说：我将要去见你们的奶奶了。我走后，没有什么遗憾和痛苦，但有一件事必须告诫你们，那就是你们一定要好好读书，清白做人，孝敬母亲，和睦四邻。说罢，仰天叹口长气就西去不返了。

据杨氏家谱记载，杨绍先曾为地方上做了大量好事和善事：捐资铺路修桥，救助穷亲难友，免费行医治病等等，人虽不在，口碑甚丰。

当人们听说钦差大人是来请杨绍先进宫治病时，平民百姓跪拜一地。一致要求，皇帝要给予这位天下难找的孝子冠以一个能流芳百世的功名。不久乾隆帝也接到了由县衙书面申请并由淮安总督进京呈奏的为杨绍先请求表彰的报告，当即下旨准奏，并御笔亲书“孝子坊”三字楷书。

“孝子坊”在嘉庆年间竖立之后，祭拜者络绎不绝，探访者从未间断，尤其在每年农历四月初八至四月十八日庙会期间，方圆百里的僧人、尼姑、才子佳人、社会名流、平民百姓等，车水马龙、扶老携幼、陆续到孝子坊前，烧香磕头，拜祭许愿；杨氏后人更是近水楼台，必聚坊前，聆听族长讲述先人苦辣酸甜的清贫一生；讲述他不贪官攀富，勤于劳作的做人准则；讲述他孝忠父母挚爱妻儿的可贵的传统美德；讲述他怜爱乡里、望子成人的道德心态，希望后人要以先人所为而为，以先人所想而想。要将他的精神、作为发扬光大，世代相传，要使杨家的“孝子”之名，传于天下。

癞蛤蟆讨媳妇

从前云梯关下有一对老夫妻，靠种瓜种菜，拿到集市去卖几个小钱以维持生计。老夫妻六十开外，无儿无女，俗话说，无花的野地连蝴蝶也看不起。无儿无女的老夫妻不仅日子冷清，还受别人的冷眼。夏天的傍晚，别人家门前传来娃娃的欢笑声，老夫妻门前，只有瓜地里的蛤蟆一个劲地叫着。可怜的老太太叹气说：不求好男美女，哪怕有一个蛤蟆样的娃儿，也叫人心里欢喜啊！

瓜熟了，老夫妻把最大的南瓜抱回屋里，用刀一砍，南瓜里“咚”地一声，一个碗大的蛤蟆跳了出来，更奇怪的是，这蛤蟆落地就说起了人话。这边亲亲热热地叫了一声“大”，那边又快快乐乐地叫了一声“妈”，蛤蟆对老夫妻说：“我就是你们盼望的儿子，你们就是我的爹娘。”老夫妻高高兴兴地答应着，他们不嫌蛤蟆丑，把蛤蟆抱在怀里，你抱过去，我抱过来。他们天天把蛤蟆带在身边，连赶集卖菜也寸步不离。他们把蛤蟆放在菜篮子里，蛤蟆呢，就透过篮孔看街上的人和风景。有一天，蛤蟆突然惊叫起来，因为他看到了县令家的小姐来逛街，小姐的美丽惊到了他。通过旁边人的议论，他知道这个美人儿是县太爷家的独生女儿。

山芋花开了十八回，癞蛤蟆长到了十八岁。天下的事情，他样样懂，地里的活计，他件件会。老夫妻哟，老头子像喝了老酒，心里醉；老婆子像吃了蜜糖，口里甜。

一天，蛤蟆对老夫妻说：“阿大阿妈，我要讨媳妇了。让媳妇给你们端饭送水，伺候你们享几天清福。”老夫妻忙说：“乖儿，你就丢了这个念头吧，哪家的姑娘会嫁给你哦。”蛤蟆笑了笑，说：“我知道县太爷的千金非常漂亮，我要娶县太爷家的千金。”老夫妻着急地说：“乖儿莫说了，担心给人听到，传到县太爷耳朵里，会让你坐大牢的。”蛤蟆蛮有把握地说：“你们放心，只要我亲自去说，县太爷家会把他的女儿嫁给我的。”说完，就一蹦一跳地走了。

蛤蟆来到了县衙，向县令说：“尊敬的大人，请把你的女儿嫁给我做媳妇吧。”县令一听，气得暴跳如雷：“你简直是癞蛤蟆想吃天鹅肉。给我拉下去，重打五十大板！”

蛤蟆说：“尊敬的县令，你不答应我，我就用太阳烤死你们全家。”

县令大吼道：“别听他瞎说，快拉下去！”

不等士兵冲过来，蛤蟆仰起头，朝天“咕呱”一叫，霎时，太阳就变成一个大火球，把整个县衙烤得滚烫，县令一家热得汗如雨下，张着嘴巴直喘大气。

县令只好答应把女儿嫁给蛤蟆，边喘气边说道：“哎呀呀，蛤蟆你饶了我吧，我把小姐嫁给你。你三天以后来娶亲吧。”

蛤蟆朝天又“咕呱”地叫了一声，太阳恢复了原样。

过了三天，蛤蟆骑着高头大马，来到县衙娶亲。县令便立即派了一队人马，前呼后拥，把新娘护送到了蛤蟆家。没想到，揭开头纱一看，新娘不是县令的小姐，而是一个独眼丫头。蛤蟆气坏了，骑上高头大马，冲进县衙，质问县令：“你堂堂县令，竟然欺骗百姓，把一个丫头当小姐嫁给我！”

县令见没有骗过蛤蟆，便说：“蛤蟆呀，你不想想，你一个癞蛤蟆，怎么配娶我的女儿？好了好了，我再给你些金银，作为陪嫁礼物，你就娶了那个丫头吧。”

蛤蟆冷笑一下，说：“要么光膀子，要么穿皮袄，我就是要讨你的小姐做媳妇。你要是再不给，我可要用大水淹死你们全家！”

县令把脸一沉，说：“不给就是不给！”

蛤蟆对天“咕呱——咕呱”地叫了两声，顷刻天就下起瓢泼大雨来。整个县衙都泡在水里，吓得县令求饶，说：“好，好，好，我把小姐嫁给你。你过三天来娶吧。”

过了三天，蛤蟆又骑着高头大马来接亲，县令照样又派了一队人马，护送着新娘去蛤蟆家。走到半路，蛤蟆心中生疑，又怕县令骗它，于是，就揭开了新娘的头纱，一瞧新娘是个又老又脏的叫花子。蛤蟆怒火中烧，调转马头，真冲进县衙，质问县令："好哇，你不讲信用，这次我可要让大地震动，把你的衙门全部毁掉，把你家全都埋了。"县令一听吓坏了，忙说："以后再不骗你了。再过三天你来接亲吧。"

又过了三天，蛤蟆又骑着高头大马来到县衙，这次，它真的把县令的小姐讨回了家。老夫妻乐得眉开眼笑，他们把小姐当作亲生女儿看待，蛤蟆对小姐也十分体贴。时间长了，小姐感到蛤蟆虽丑陋，但心肠很好，家中虽然贫穷，但也很温暖，她不再悲伤，对公婆很是孝敬，对蛤蟆也渐渐关心起来。

一天，蛤蟆想试试小姐对自己是不是真心，他拿了些钱给小姐，叫她到街上去买些东西。小姐一走，蛤蟆就脱掉了丑陋的蛤蟆皮，变成一个英俊的小伙子。他抄近路，赶到了小姐的前头。见了小姐，他唱起了调情的山歌，小姐不理他，他对小姐说："听说你是县令家的小姐，而你男人是个丑八怪。你看我这样英俊，你这么漂亮，我们才是一对啊，不如你离开那个蛤蟆，嫁给我好吗?"小姐一听，生气地说："我的男人再丑也比你这不要脸的东西强。"说完，就快快地跑开了。

第二天，天蒙蒙亮，小姐醒来，只见身边睡的正是昨天半路上遇到的小伙子，小姐一时不知如何是好。刚想起身逃走，忽然发现床边有一张蛤蟆皮。她明白了，原来自己的男人是一个年轻貌美的小伙子。她心生一计，决定不让他再变回去，就悄悄地把蛤蟆皮丢到了火塘里。这时，小伙子也醒来，看见蛤蟆皮被小姐烧了，自己再也不能伪装了，只好如实相告。蛤蟆原来是天上的一颗星宿，因同情老夫妻的孤独和善良，才来到人间。开始的时候，他不知道怎么才能给老夫妻当儿子。一天傍晚，他听到了他们说哪怕是蛤蟆，他们也喜欢，于是自己就变成了蛤蟆，躲到了南瓜里……

从此小两口恩恩爱爱，共同侍奉老人，过着幸福美满的日子。

（史忠霖整理）

灌河传说

王彦章铁船开灌河

很久很久以前，苏北沿海一带没有河流，只是一片洪荒沼泽。芦苇丛生，红蒿遍地，人烟稀少，虫蛇肆虐。穷人们在高埠处搭芦棚，砌泥灶，含辛茹苦，垦荒晒盐。每逢雨季又往往积水成灾，收不到庄稼，制不了卤盐。至五代时，后梁名将王彦章南下东进，屯田海边。他决心效仿大禹疏导九河之法，开凿海滨河道，疏水入海，为民造福。

王彦章(863～923 年)，郓州寿张(今山东梁山西北)人。身高丈余，臂大腰圆，掌阔如扇，头大如斗。《新五代史》载:“能跣足履棘行百步。持一铁枪，骑而驰突，奋疾如飞，而他人莫能举也。军中号王铁枪。”他化作神仙，从玉皇大帝兵器库里盗来十八般兵器，放在神炉中冶炼了七七四十九天，铸成一艘崭新的铁船。舵锚樯篙等皆为铁铸，撑船用的铁篙，长丈许，重千斤。王彦章擎铁篙，撑铁船，陆地行舟。铁篙点地，铁船如飞，泥沙翻滚，势如破冰。所过之处顿现深壑，浸渍积水聚流成河，流向大海。因有潮汐涨落，故名大潮河。旱能浇灌，雨能排涝，给两岸人民带来无尽的福泽。

王彦章北上回梁，一路撑船开河，来到三星镇(今杨集镇)。抬眼见东南水汽蒸腾，云雾袅袅，知是沂河发大水，便调转船头拐弯，与沂河交接，顿时死水变活河，滔滔河水源源不断流向东海，后人取名“长流河”。因北连五图河，南接沂河，河汉交接处水流冲击，河道逐渐拓宽，形成河湾，当地人就叫潮河湾。这里菱甜荷美，鱼肥虾鲜。沿岸百姓欢天喜地，焚香膜拜。

一日中午，烈日当空，王彦章继续撑船北上，驶至海州伊芦山前，见伊芦山挡住了长流河与大鲁河(今善后河)的交接，决定穿山开河。正在山上纳凉的山神李成孝闻得山南隆隆作响，地动山摇，急忙起身眺望，但见王彦章挥舞铁篙，驾着铁船，急驶而来。李成孝(? ～894 年)，代州飞狐(今山西灵丘)人,传说十岁时,便赤手空拳,将一只老虎活活打死,人称十三太保。和王彦章一样,是五代数一数二的人物,昔日梁、晋两军对峙时淮河口水门关曾败于王彦章。仇人相见,分外眼红,他急忙飞身前来,大呼一声:“王彦章,你是绕山过,还是穿山过?”王彦章心想只要有碍于我开河,再大的山,我也要把它凿通,小小伊芦山,何足道哉。也不答话,撑起铁船,利箭一般向伊芦山穿去。只听霹雳一声巨响,伊芦山脚塌下半边。李存孝哪里肯让?他一脚站在东陬山上,一脚站西陬山上,双手提起伊芦山,砸向铁船。王彦章眼疾手快急忙跳出山外,铁篙被甩出,划出另一条小河,可铁船却压在了山底下。现在到伊芦山还能看到山南山北各有一块巨石,酷似船艏船艄,每逢阴天下雨,山石上还会流出铁锈来……

后梁末年,帝朱友贞昏君当政,残害良将,王彦章遭贬。危亡时又应招率领他的百名亲军对后唐军做最后一搏。“日不移影,连打唐将三十六员。”终于寡不敌众,受伤被俘。后唐主李存勖劝他归降,他宁死不屈,只好下令杀害,死时六十一岁。

王彦章开出大潮河后,百里滩涂变平川,日晒雨露成良田,富庶之地令移民蜂拥而至,人们在大潮河两岸垦荒耕耘,建成鱼米之乡。1128年,黄河南迁夺泗淮经大潮河入海,加速了海岸线东移的进程,潮河的河身随之加长,逐渐形成贯通苏北的大河,明末改称灌河。

为不忘王彦章开河之恩和护国之功,人们为他树碑立传,并建铁枪寺,挂其画像。据说濮阳市城南徐镇乡武忠陵村、新密市城东南刘庄村,均有王彦章墓。公死百年后,欧阳修拜谒公画像,写下《王太师画像记碑》。

(赵斌整理)

灌河神船的故事

一九三八年前后,灌河上不知从什么地方飘来了一只船,不太旧也不太新，不知是谁家的船，不知从何处而来，也不知漂了多少时间。它以双港为中心，涨潮时漂到响水口，落潮时漂到陈家港。就在这段河里循环往复，也没有引起人们太多注意。

第二年夏天，大海上突然发海啸，白浪滔天，来势汹涌，真的吓死人。潮水顺灌河而上，没多久，双港地段的河堤被冲开一个缺口，大水像野兽一样冲向田野，冲向村庄，不到半小时，漫了上千亩良田。眼看有几个村庄上水了，老百姓急死了，大睁着两眼，也没有办法。就在大家万分着急的时候，那条船出现了。它调转船头，不慌不忙向灌河缺口漂来，稳稳当当地堵在了缺口上，外泄的河水渐渐小了，最后终于将潮水死死堵住。四个多小时后，海啸平息了，河水也下去了。老百姓高兴极了，称这条船真是神船，感恩上天派来了神船，保住了人们生命财产，要不是神船，千万亩良田，上万人的生命就没了。

过后，当地老百姓在灌河缺口处举行了一次大集会，放鞭炮，舞狮子，摆龙船，庆贺神船堵缺口救助一方生灵，免遭一次大难。上千人烧香跪拜，祈请神船回灌河。几十名男女乘潮水涨足船离灌河水较近时，推请神船下水，人们齐声高喊，几次发力，将神船推入河中，欢欣鼓舞，拍手称快。然后自发运石推土，合力将缺口修好。过后，人们却发现，神船不见了，谁也不知道去哪了。

原来，发海啸之前的一天，海龙王找到把守灌河口的二郎神，对他说近期要发生一次大海啸，殃及灌河两岸，人民群众可能要遭大难，现和你商量一下，如何帮助群众渡过难关。二郎神问什么时候，海龙王说可能时间不长了。最后二神商定，找来孙悟空，从靠近灌河口的柴米河提来一条船，留大海啸时急用，所以才有神船在灌河里随水漂流。双港河堤缺口时，终于救急派上用场，帮助当地百姓免遭了一次大难，这是神仙们做的一件大好事。一时，神船的故事被广为传颂，成为一段佳话。

（汪绪昌口述，于崇喜整理）

二郎神大战灌江口

乾坤流日夜，潮汐去复还。话说苏北境内有一条大河，古时称灌江，河身呈“S”形，如蛟龙奔腾入海。出海口呈“L”形，如龙头吞云吐雾。这灌江口天高水阔，烟波浩渺，云蒸霞蔚，景色壮丽。那天边日出，海上明月，高天飞禽，滩涂走兽，更是令人心旷神怡。老太爷的老太爷说，这是二郎神的家乡。

二郎神何人？玉皇大帝外甥，显圣二郎真君杨戬也！人称小圣二郎神。当年玉帝妹子思凡，下界灌江口，婚配凡人生下一子，相貌清奇，英武神勇。少时担山赶海，上天入地，无所不能。舅母王母娘娘对他疼爱有加，敕教元始天尊玉鼎真人收他为弟子，天界神仙除了哪吒和二郎神算比较年轻，不是太老就是相貌奇特，而哪吒又是个小孩，故仙姑们对他情有独钟。舅舅玉帝封其为清源妙道真君，但他与玉帝不和，不愿住在天界，便率结义兄弟梅山七怪和麾下一千二百草头神，下界灌江口，守人间香火，与玉帝立约“听调不听宣”。

但见他先天神目三只眼，粉面无须，顶盔戴甲，背弓挟弹，身穿淡黄仙袍，坐骑神兽哮天犬，手执三尖两刃刀，乃女娲补天的五彩石炼成，重二万五千二百斤。他会七十三般变化，九转玄功，纵地金光，撒豆成兵，法天象地，视天界兵将如无物。早年曾劈桃山救母，并助武王伐纣，一路过关斩将，是攻入朝歌的先锋大将。

再说离灌江口百里之遥有一个绝好的去处，那就是名闻遐迩的花果山，乃大名鼎鼎的齐天大圣孙悟空的老家。当年那美猴王被玉帝派太白金星两次招安，造齐天大圣府，让悟空做了徒有虚名的官儿弼马温。悟空心中不满，吃尽王母娘娘蟠桃园中大桃和太上老君葫芦内的金丹，又喝光瑶池仙酒，逃回花果山。那猴王会七十二般变化及筋斗云，有重一万三千五百斤的如意金箍棒，号称齐天大圣。玉帝令托塔天王率十万天兵去捉拿悟空，未曾得胜，观音又荐二郎神赴花果山助力剿除。

这灌河口与花果山近在咫尺，真君立马唤梅山六兄弟，收了鹰犬，来到水帘洞外，那猴王即率马流四将，掣金箍棒，整黄金甲，登步云履，按一按紫金冠，腾出营门。一个心高欺敌美猴王，铁棒赛飞龙，一个面生压伏真梁栋，神锋如舞凤。两个钢刀有见机，前迎后映。一来一往无丝缝，左挡右攻。这阵上马流四将传军令，那阵上梅山六弟助威风。摇旗擂鼓各齐心，呐喊筛锣都助兴。

真君与大圣斗经三百余合，不知胜负。那真君抖擞神威，摇身一变，变得身高万丈，两只手，举着三尖两刃神锋，好便似华山顶上之峰，青面獠牙，朱红头发，恶狠狠，望大圣着头就砍，这大圣也使神通，变得与二郎身躯一样，嘴脸一般，举一条如意金箍棒，却就如昆仑顶上的擎天之柱，抵住二郎神。草头神乘机向水帘洞外，纵着鹰犬，搭弩张弓，一齐掩杀。可怜那些猴们抛戈弃甲，撇剑丢枪，尽皆散去。

大圣忽见本营中妖猴惊散，自觉心慌，收了法象，掣棒抽身就走。真君见他败走，大步赶上道："哪里走？趁早归降，饶你性命！"大圣不恋战，跑近洞口，正撞着康、张、姚、李四太尉和郭申、直健二将军，一齐帅众挡住道："泼猴，哪里走！"大圣慌了手脚，就把金箍棒捏做绣花针，藏在耳内，摇身一变，变作个麻雀儿，飞在树梢头钉住。那六兄弟，慌慌张张，前后寻觅不见，一齐吆喝道："走了这猴精也，走了这猴精也！"正嚷处，真君到了问："兄弟们，赶到哪厢不见了？"众神道："才在这里围住，就不见了。"二郎圆睁凤目观看，见大圣变了麻雀儿，钉在树上，就收了法象，撇了神锋，卸下弹弓，摇身一变，变作个饿鹰儿，抖开翅，飞将去扑打。大圣见了，嗖的一翅飞起去，变作一只大鹚老，冲天而去。二郎见了，急抖翎毛，摇身一变，变作一只大海鹤，钻上云霄。大圣又将身按下，入涧中，变作一个鱼儿，淬入水内。二郎赶至涧边，不见踪迹，心中暗想道："这猢狲必然下水去也，定变作鱼虾之类。等我再变变拿他。"果一变变作个鱼鹰儿，飘荡在下溜头波面上。等待片时，那大圣变鱼儿，顺水正游，忽见一只飞禽，似青鹞，毛片不青；似鹭鸶，顶上无缨；似老鹳，腿又不红:“想是二郎变化了等我哩!”急转头,打个花就走。二郎看见道:“打花的鱼儿,似鲤鱼,尾巴不红;似鳜鱼,花鳞不见;似黑鱼,头上无星;似鲂鱼,鳃上无针。他怎么见了我就回去了,必然是那猴变的。”赶上来,刷的啄一嘴。那大圣就蹿出水中,一变,变作一条水蛇,游近岸,钻入草中。二郎见水响中,一条蛇蹿出去,认得是大圣,急转身,又变了一只朱绣顶的灰鹤,伸着一个长嘴,与一把尖头铁钳子相似,径来吃这水蛇。水蛇跳一跳,又变做一只花鸨,木木樗樗的,立在蓼汀之上。二郎见他变得低贱——花鸨乃鸟中至贱至淫之物,不拘鸾、凤、鹰、鸦都与交群,故此不去拢傍,即现原身,走将去,取过弹弓拽满,一弹子把他打个踉跄。那大圣趁着机会,滚下山崖,伏在那里又变,变了一座土地庙儿,大张着口,似个庙门,牙齿变做门扇,舌头变做菩萨,眼睛变做窗棂。只有尾巴不好收拾,竖在后面,变做一根旗杆。真君赶到崖下,不见打到的鸨鸟,只有一间小庙,急睁凤眼,仔细看之,见旗杆立在后面,笑道:是这猢狲了!他今又在那里哄我。我也曾见庙宇,更不曾见一个旗杆竖在后面的。断是这畜生弄喧!他若哄我进去,他便一口咬住。我怎肯进去?等我掣拳先捣窗棂,后踢门扇!大圣听得,心惊道:“好狠,好狠!门扇是我牙齿,窗棂是我眼睛。若打了牙,捣了眼,却怎么是好?”扑的一个虎跳,又冒在空中不见。

却说那大圣已至灌江口,见小圣真君之庙,便摇身一变,变作二郎爷爷的模样,按下云头,径入庙里,鬼判不能相认,一个个磕头迎接。他坐中间,点查香火,见李虎拜还的三牲,张龙许下的保福,赵甲求子的文书,钱丙告病的良愿。正看处,有人报:“又一个爷爷来了。”众鬼判急急观看,无不惊心。真君却道:“有个什么齐天大圣,才来这里否?”众鬼判道:“不曾见什么大圣,只有一个爷爷在里面查点哩。”真君撞进门,大圣见了,现出本相道:“郎君不消嚷,庙宇已姓孙了。”这真君即举三尖两刃神锋,劈脸就砍。那猴王使个身法,让过神锋,掣出那绣花针儿,晃一晃,碗来粗细,赶到前,对面相还。两个嚷嚷闹闹,打出庙门,半雾半云,且行且战,复打到花果山,慌得那四大天王等众提防愈紧。这康、张太尉等迎着真君,合心努力,把那美猴王围绕。

在天上观战的太上老君有金钢琢,乃锟钢抟炼的,用还丹点成,养就一身灵气，善能变化，水火不侵，又能套诸物。自天门上往下一掼，滴溜溜，径落花果山营盘里，可可的着猴王头上一下。猴王只顾苦战七圣，却不知天上坠下这兵器，打中了天灵，立不稳脚，跌了一跤，爬将起来就跑，被二郎爷爷的细犬赶上，照腿肚子上一口，又扯了一跌。他睡倒在地，急翻身爬不起来，被七圣一拥按住，即将绳索捆绑，使勾刀穿了琵琶骨，再不能变化，被众仙将押上天庭。可怜齐天大圣通天本领，却被太上老君兵器暗算，后被如不定期佛压在五指山下，二郎神则仍回到灌河口不提。

岁月蹉跎，至明嘉靖年间，有淮安山阳（今涟水）人吴承恩，坐船从淮安出发，经灌河东下，渡黄海至花果山一路实地采访。一日傍晚行至灌河口陈家港靠岸停泊，次日晨登岸采风，看到海上一轮红日喷薄而出，冉冉升起，霞光万道照彻环宇，海面水汽升腾，波光粼粼，如巨大的火龙在蠕动。吴承恩惊喜万分，诗兴大作，脱口吟道："日出沧海东，精光射天地。俄然忽西掷，似是海神戏。"吟罢兴致勃勃往前走，迎面看到一座二圣庙，庙前竖一根高大旗杆，庙后也竖一根旗杆。吴承恩感到很奇怪，来到庙内，见二郎神塑像矗立当中，三目圆睁，手执三尖两刃刀，脚踏哮天犬，威风凛凛，令人不寒而栗。庙僧秋月见是陌生之客，急忙施礼让座。二人攀谈起来，秋月告诉吴承恩，这里就是500年前孙悟空与二郎神激战的地方。这个故事萌生了吴承恩的创作灵感，用他那生花妙笔塑造了二郎神的形象，描绘了孙悟空与二郎神大战灌江口的激烈场面。《西游记》第六回中有"二郎神大战灌江口"一节。书中的"灌江口"即是"灌河口"。

今雄踞于灌河口上的陈家港原名二圣港，就因此而得名，直至1925年才改称为陈家港。据说陈家港近海处过去曾建有一座二圣庙，传为供奉二郎神，香火颇盛，清末渐圮，今遗址尚存。你如果有机会到花果山，就会发现花果山确有水帘洞、天池、七十二洞、猴嘴石、八戒石……所见所闻，无不与《西游记》中的神话和典故有关。

（赵斌整理）

二郎神智变擒蛟龙

在很久以前，灌河口一带蒿草丛生，芦苇连片，是飞禽走兽的栖息之地，水患虫灾连年发生，为了开垦这千顷土地，玉皇大帝决定派遣二郎神管辖灌河口。来到管辖区之后，二郎神为当地人做了很多有益的事情，最让人们感念不忘的是治理了洪水，解除了灾难，使两岸人们享受着二郎神治水的福利。

那时候，灌河口地区常常遭到洪水的灾患，多少年都是“夏天白茫茫，秋天水汪汪”，人们过着衣不蔽体食不果腹度日如年逃荒要饭的生活。洪水是如何发生的呢？原来灌河里有个河神，也和其他江河的水神一样，平时荒淫好色，贪欲无度，每年到农历五月初一那天，要从周庄选两个美女给他做媳妇，平时稍有不如意，就大发雷霆，借助海水涨潮的威力，像一头雄狮，掀起汹涌的波涛，把浑浊的浪花抛向天空，扔向两岸的农田，淹没庄稼。农民辛辛苦苦忙了一年，结果是颗粒无收，人们只有望水叹息。就这样，这里的老百姓，每年还要牺牲两个姑娘。二郎神镇守灌河口后，通过了解民情，知道这是河神在作怪，就向当地人说：“今年用不着你们出钱出人了，我自有女儿给河神送去。”五月初一那天，二郎神果然带来两个女儿，经过一番精心打扮，准备沉到河里去送给河神。抬头望去，只见河边已搭起彩棚，神坛上设有河神的神座，神座周围陈列着香花灯烛，酒果之类的祭品，坛下穿着各种彩色衣服的奏乐人，正在那儿鼓乐齐鸣，吹吹打打，好不热闹，一大群的人们正在围着观看。二郎神身穿盔甲，手捧着满满当当的一坛酒，一直走向神坛，他轻轻的放下酒坛，从中舀了一杯，向空中天庭一拜，转身面向神座敬酒道：“河君大神，我二郎神今天很荣幸，能攀附龙族，请显露尊颜，让我孝敬水酒一杯。”

只见神座上寂然，没有一点动静，二郎神一沉吟，说道：“好吧，那么就请河君干杯。”说完，他举起酒杯一饮而尽，可是几案神座前的几杯酒，仍然不少一滴，二郎神看罢，怒不可遏，双眼圆睁，大声吼道：“既然河神看不起我，我只好和你比试两下，拼个你死我活。”说罢纵身一跃，跳下神坛，接过侍从递来的兵器，转身就不见了。霎时间，满天乌云，狂风大作，飞沙走石，刮得人睁不开眼睛。河水波浪滔天，彩棚被风刮得乱摇乱晃，鼓乐之声停奏，看热闹的人们，胆大的目瞪口呆，胆小的趴在地上磕头求饶。过了一会，只见河面上波涛汹涌，水花翻滚，阵阵水柱升起，一头灰色的牛和一条蛟龙在角斗，斗了一两个时辰，牛和蛟龙忽然一齐消失踪影。人们只见二郎神脸上流着汗水，气喘吁吁地跑回来，向他从属的官僚们说：“我打斗得太累了，你们得帮我一下忙。”于是，他精选了五十名勇敢善战的士兵，各人手里拿着强弓利箭，沿着河岸一字排开，并由首领指挥，他和士兵们约定好，刚才我变成牛和河神战斗，如果河神怕我算计他，一定会变成牛和我战斗，这次我要拿条大白链拴在腰上做标记，你们朝那没有标记的牛身上射箭。说罢，二郎神又吼着跃着，纵身扑进水里，一会儿，大风呼号，天地间变成一团灰黑色，河水上下翻动，涌向两岸，风声稍定，只见两条灰色的牛厮打在水面上，其中一条牛的腰上系着一根腰带，于是，手拿弓箭的武士们，就一起把箭射向那腰间没有标记的牛，作恶多端的蛟龙就这样被射伤逃跑。只见受伤的牛在河里蹦了几蹦，鲜血从伤口里涌了出来，染红了河面一大片，它支持不住，又变成蛟龙的形体，半沉半浮地随着河水顺流而下，勉强挣扎五里多路，被后面追上来的二郎神生擒活捉。二郎神怕它以后再兴风作浪，就把它用一根大铁链拴住，锁在二郎神后来带领人们筑的防水堆下面。

二郎老爷常十八

相传，在很久很久以前，山东曲阜孔丘在灌河口宴请好友，座中自有二郎神杨戬、彭城彭祖等一干名人。

时下彭祖八百余岁，白发苍苍、仙风道骨。在入席时，彭祖看到一个年轻人坐在最上首，便问说："年轻人，青春几何？"

二郎神一听便知其意，便道："敢问您人生几何？"彭祖道："今年八百有二了。"

二郎神道："不高，不高。"

彭祖听见感到奇怪，说道："八百零二岁不算年高，看来你的岁数比我高了。"

二郎神道："您家彭城北约二百华里，有九曲黄河，你看到河水几次清过？"

彭祖说："黄河水自沙漠荒烟来，向东奔海，哪能有一时澄清，你小小年纪怎能戏言于黄河之水呢。"

二郎神道："黄河水每万年澄清一次，吾自面世以来，已经见过三次黄河水澄清，屈指一算大约有三万年矣。"

彭祖听后很是惊讶，便道："请问尊者何人？"

二郎神道："我自盘古开天地以来便是童子身架，人们便称我二郎老爷常十八。"

彭祖听后感到惭愧，忙上前道："失敬失敬，原是二郎神仙，请神人谅解我凡人眼拙，不识真神。但我有一事相求，我想看到黄河澄清之水，神人能否帮忙？"二郎神爽快地答应了。

到了黄河水又遇万年澄清之日，二郎神便到彭城寻找彭祖，只听到后人说:先人已去世九千二百年了,并遥指彭城外一小山的灵碑道:此碑便是先人牌位。

二郎神到了碑前,用神法搬走坟土,显出棺木,打开棺盖见躯壳已化成泥土,只有一颗心还在“怦、怦”地跳动着。二郎神道:“彭先生果不负其言,心还在等我。”

于是手捧彭祖之心到黄河之处,用清水洗去泥土,说道:“请君试看黄河水澄清。”话毕,只见彭祖之心“砰”的炸开。从此以后,民间就有不到黄河心不死的说法。

二郎神与开山岛

灌河口与黄海交会处有一座小山,亦是一座小岛,称之为开山岛。据说开山岛本是花果山的一座山头,是二郎神搬来压王彦章而形成的。

王彦章原本是天河里的一位艄公,其正直善良,急公好义。牛郎织女忠贞不渝的情深深地打动了他,当他看到牛郎织女之间总被一条天河隔着,每年只能在七月七日这天才能在鹊桥上相会,心中十分不忍,暗怪王母残忍,玉帝无情,于是便常常偷偷地用船将织女渡过天河去,让他们夫妻相会。时间一长,偷渡牛郎织女相会的事不知怎么传到了玉皇大帝的耳朵里,玉帝大怒,遂将他打下了人间。

王彦章遭贬后脾气变得十分古怪暴躁。他力大无穷,武功不凡,非一般人能敌,且深谙水性,有一身过硬的水上本领,别的武将坐骑,大多是骏马,而王彦章则与众不同,他是铁篙撑船,陆地行舟,横行天下。铁船就是他的坐骑,他的铁船是一件宝物,能大能小,随意变化,船即是他的坐骑。他撑船的铁篙,长数丈,重千斤,大小随心所欲,变化无穷,神秘莫测,水陆两栖,行走无碍。更特殊的是船在陆地撑过之处,便开成了一条河流。这样一来,好多陆地都被他变成了河流。

王彦章铁镐撑船之事惊动了土地神，土地神心想：如此下去怎生是好？我管的土地越来越少，地盘没有了，还做什么土地爷？此事非同小可，于是他立刻跑到玉帝那儿去告了王彦章一状，玉帝听说王彦章在下界竟然还如此胡为，十分生气，当即准奏，派二郎神降伏王彦章。二郎神得令，即刻手持三尖两刃枪，带上心爱的哮天犬，披挂整齐，跳在云端，放眼遥观，擒拿王彦章。这时二郎神发现王彦章此时正撑着神舟，从西向东一路风驰电掣飞驰而来，二郎神高声迎头喝道："好一个王彦章！你身犯天条，不思悔改，如今倒变本加厉，玉帝命我前来拿你！快快降来！"王彦章见是二郎神，也不答话，举起铁镐迎战，双方厮杀起来，大战几十回合，不分胜负。这时，看看王彦章神舟已到黄海边，二郎神知道，那神舟闯入大海，犹如虎归峻岭，鸟入丛林，更难制服，不行！决不能让他闯入大海。二郎神边战边退，急中生智，暗中念动搬山填海之法，瞬间从花果山搬来一座山头来压王彦章的船，只见呼啦啦、黑压压的一座山头从半空中压将下来，王彦章一看知道大事不好，慌忙逃遁，说时迟那时快，王彦章连人带船已被山头压住。所幸这山头不太大，只压住神舟的一半，王彦章的头和神舟的另一半仍露在水面上，但此时王彦章已动弹不得。二郎神赶至，口中念念有词，然后用手一指，王彦章和船都逐渐石化，顷刻之间，王彦章露出水面的头便形成了一座小山，即开山岛，那船的一半便形成开山岛旁的船山。但王彦章神舟划过之处却永久留下了一条东西走向的灌河。二郎神捉拿王彦章有功，玉皇大帝便派二郎神驻守灌河口。

（周德新整理）

开山岛桑田变沧海

"波浪看如倒，蓬莱望若林。"在灌河入海口主航道南侧，距陈家港海岸

7.5 公里处，有一座海上小岛，海拔 36.4 米，总面积 1.5 万平方米。全岛由黑褐色的岸石组成，怪石嶙峋，陡峭险峻，兀踞于海天之间，隐现于烟波浩渺之中。岛上山石壁垒，房屋层叠，隔海远眺像布达拉宫，被人们誉为“海上布达拉宫”“蓬莱仙岛”。

传说很多年前，二郎神家住灌河口。一日担山赶太阳，掉下一块石子，年长日久长成了小山。海潮冲刷，沧桑变迁，又变成海中小岛。岛上绿树成荫，炊烟缕缕。岛上人家以捕鱼为生，和睦相处，安居乐业。有一天，一只装满铜钱的大船从这里经过。一个海龟精作怪，掀起数丈浪头。眼看大船要沉没，船民们发现小岛，遂拼命将船驶于岛下，把铜钱搬进岛上山洞藏起来。海龟精半夜偷摸上岛，喷出毒气，把岛上的人和树木都毒死了。从此，这座瑰丽多姿的小岛，变成光秃秃的小山。许多年后，有一对年老夫妇常来小岛附近捕鱼。一天傍晚，他们正欲收网，刮起大风，掀起巨浪。老人好不容易把渔船摇傍小岛，登岛避风，不一会就因疲劳睡着了。醒来时，已是半夜时分，老两口被冻得直打哆嗦。老头拄着“芦秆”站起来活动身子，忽然间身后山上开出一个一人多高的洞口，里面黑黝黝的，什么也看不清。老两口去洞中避冷，刚行几步，脚下发出金属撞击声，老头伸手拾起几块，用昏花的眼睛一瞧，原来是铜钱。老两口乐得忘了劳累和寒冷，把铜钱一摞摞搬出洞外。太阳出来了，大海恢复了平静。老两口将满载铜钱的小船摇离了小岛，回到了渔村。后来，渔民们纷纷按老人的指点去取宝。小岛找到了，洞却不见了。原来老人拄着的“芦秆”是打开洞门的钥匙，老人走时，丢在洞里了。尽管人们找来很多粗壮的芦秆，想打开洞门，可都扫兴而归。从此，人们便称这无名小岛为铜钱山。又过了很多年，人们企望开山获得山肚里的铜钱，就将这座小岛改叫开山。

传说归传说，其实，开山岛是大自然的造化而成。黄河由北向南改道，黄河之水带来了大量泥沙，逐渐形成了大面积的冲积平原，海岸不断东移。据史料记载：北宋时，海口在今阜宁县北沙附近；到南宋时，海口在今响水县云梯关附近；至明万历六年（1578 年），海口已延伸到今七套以东。万历十九年，海口到了十套附近。清康熙三十九年（1700 年），海口已移到今滨海县八滩镇以东。乾隆四十一年(1776 年),海口已至新淤尖以下;清道光年间,现孤悬灌河口海中的开山岛,落潮时已与大陆连成一片。清咸丰五年,黄河改道北归后,泥沙骤减,海岸不断被海潮侵蚀,尤以废黄河口北的响水县为最,海进陆退,"桑田"又变为"沧海"。据有关资料统计,黄河改道以后一百多年时间海岸线已后退二十多公里。从 1923 年到 1963 年 40 年间,废黄河以北的陆地已后退 80 至 90 米,1932 年出版的老《阜宁县志》中载:"咸丰五年,铜瓦厢河决,北徙不复,海滩地始见有坍塌者,广大平原由桑田又沦为沧海。"灌河口的开山岛已远离海岸线 7.5 公里,重新沦为了海中的孤岛。

开山岛虽属弹丸之地,但因位于灌河入海口,地势险要,具有重要的战略位置,堪称"一夫当关,万夫莫入"之咽喉,历来为兵家必争之地。1939 年,侵华日军从灌河口登陆,先占领了开山岛,并曾在海口筑一炮楼,至今楼址犹存。解放后,约一个连队的解放军曾多年驻守海岛。岛上建有营房六七十间,还建有小型发电站、餐厅、会堂、篮球场等公共设施。

开山岛不仅是军事要地,也是理想的旅游去处。美丽的民间传说,绚丽的海岛风光,雄伟磅礴的气势,壮丽巍峨的风采,吸引着众多游人,前来观潮、海钓、避暑,尤其是它独特的地理位置,是在大海之中观赏海上日出的绝佳位置。墨客骚人慕名登临,多有吟咏。"开山岛小岛山开""灌河潮高潮河灌"等回文诗句是它的真实写照。宋著名诗人、书画家米芾有《蝶恋花》作如下咏叹:

海岱楼高,下瞰秦淮尾。广寒宫阙人间世,霭霭春和生海市。整载三山,顷刻随舱至。

清末本地诗人曹西园把开山美景列为灌河八景之一,命名为《开册云岫》,有诗云:

云岫苍茫耸髻鬟,灌河东去是开山。
浮沉欲共潮消涨,水陆都通客往还。

谷口时收船几只，岩头暂构屋三间。

黄河赖尔途迂迂，海上群生利害关。

登岛举目远眺，只见水天一色，海鸥翔集，追逐点点白帆，令人心旷神怡；漫步海岛山径，只听涛声阵阵欲摧岛，海风习习催人醉，如置身于世外桃源和蓬莱仙境。

蟒牛村老牛斗巨蟒

很久很久以前，在灌河南岸入海口处，有一个连村名都没有的小渔村。它东濒黄海、北枕灌河，偏向海角一隅。村民以近海捕捞、赶海、制盐为生，是个再普通不过的小渔村。不知什么时候，从什么地方，窜来一条巨蟒，盘踞海口，扼守出海通道，害得村民无法捕鱼谋生。

在上游大通口镇水妖的老铁牛闻得此事，欲为民除害，便化成三角真牛，顺流涉水而来。蟒牛对阵，分外眼红。只见那蟒蛇足有人腰那么粗，浑身布满了灰色的鳞片，背脊上长有像人眼一样的黑圈。这巨蟒此时正盘着半截身子，伸长脖子，一双三角形的眼睛，闪着幽幽寒光，盯着对面的那头老牛。血红色的信子不停地伸缩，发出“嘶嘶”的声音，向老牛挑衅。

而那老牛却镇定自若，在对峙中观察其动静，随时做好冲锋的准备。头顶上三只尖锐的牛角，让敌方胆寒。后来见巨蟒如此嚣张，也宛如一头愤怒的巨兽，圆睁一双血红色的眼睛，全神贯注地盯着巨蟒。嘴巴一张一张的，鼻孔喷出巨大的气息，发出的不是“哞哞”的叫声，而是一阵“吼吼”的巨吼。强壮的前蹄，不停地踏着地面，将地面的草皮都掀翻了。

终于，巨蟒按捺不住，率先发起了进攻。只见它身子一拧，“呼”的一声，一条巨大而坚硬的尾巴便朝着老牛的身体抽去，这一尾巴可以说是巨蟒的撒手锏，多少魔兽便在这一抽之下丧命。不过老牛显然没那么好对付。别看它身子庞大无比，却灵活得很。见巨蟒的尾巴抽了过来，竟然不闪不避，巨大的牛头往侧面一摆，那锋利的牛角便迎向那抽过来的蛇尾。“轰！”势大力沉的蛇尾重重地抽在了牛角上，发出了巨大的碰撞声。老牛整个身子被抽得往后退了一步，而巨蟒的蛇尾也被牛角撞了回去。这一次碰撞，竟然势均力敌。

“轰！”又是一声巨响传来。而这次的碰撞，老牛竟然是吃了亏，被蓄力已久的蛇尾一下子给抽翻倒地。“吼吼吼！”吃了亏的老牛连声怒吼，翻身起来，三支巨大的牛角朝着巨蟒硬是顶了过去。巨蟒对这尖锐的牛角显然心存畏惧，竟然不敢硬拼，而是身子朝旁边一滑，灵活地躲过了老牛的攻击。同时，趁着老牛一击落空，巨蟒又扬起了蛇尾，抽向了老牛的腹部。而这次巨蟒发现，老牛竟然没有被自己的尾巴抽得后退，自己的尾巴反而无法收回来了。原来，在蛇尾抽向老牛的时候，老牛便将头顶迎向蛇尾，在蛇尾抽到牛角的那一刹那，老牛将头往地上一压，三只牛角便深深地插进了地面，蛇尾便被牛角压在了地上。巨蟒发了疯似的拼命挣扎，却无济于事。

没有了蛇尾，巨蟒的攻击力便小了一半。老牛没有给巨蟒抽出蛇尾的机会，只听一声巨吼，老牛再次将牛角往地上深深地一压。“咔嚓！”蛇尾在牛角的强力挤压下，竟然断了。半截粗壮的蛇尾血淋淋地断在了地上，不断地抽搐。

巨蟒蛇尾被断，感受到了一股从未有过的剧痛。身受重伤的巨蟒此时已无心恋战，一边对着老牛，张着血盆大口，露出锋利的獠牙，一边蠕动着身子，不断地后退。而老牛哪里会让巨蟒逃脱，一步一步地朝着巨蟒逼近。眼见老牛要赶尽杀绝，巨蟒急了，张着那血盆大口便冲着老牛的喉咙咬去。

尾抽，牙咬，身子绞。是巨蟒的三种攻击手段。强壮的尾巴，用力地抽击敌人。锋利的毒牙，往往一击致命。而要是被那巨大的蛇身缠住，便会越缠越紧，最后使敌人窒息而死。而此时此刻，尾巴已被老牛压断，巨蟒也是拼了命地要拉老牛陪葬了。

可是老牛哪会给巨蟒拼命的机会，当巨蟒的血盆大口咬过来时，老牛高高的抬起了强壮的前蹄，刹那间，沉沉地踏在了巨蟒的头上。巨蟒被这一踏，给打在了地上，顿时头晕目眩。趁此机会，老牛更是将头一低，三只尖锐的牛角朝巨蟒的头颅上扎了下去。

“轰!”一声巨响，巨牛的三只角刺过巨蟒的头颅，深深地插在了地上。巨蟒拼命的挣扎，身子将老牛缠了起来，不停地绞动。不过，遭受了致命一击的巨蟒，哪里还能对巨牛造成威胁。紧紧地缠在巨牛身上的蛇身渐渐地松了开来，终于沉沉地掉落在地面上。获胜的老牛扬起了巨大的头颅，对天发出阵阵震耳的吼声。

这场激烈的蟒牛大战，最终以老牛的胜利而告终。这个依河傍海的小渔村从此风平浪静，村民安居乐业，遂起名蟒牛村。因比对岸田楼乡的村子相对较小，故名小蟒牛村。

大鱼拜龙王的传说二则

（一）

话说大唐贞观年间，天下太平，物阜民康。唐太宗决定开科选士，广录人才。有海州人，姓陈名萼字光蕊，面目俊朗，文才出众。听此消息，十分高兴，便辞别老母，赴长安赶考。不想竟一举得中。廷试三策，颇合圣意。唐太宗御赐状元，并任命为江州州主，限期赴任。

时丞相殷开山也颇为欣赏陈光蕊，便将女儿温娇许配于陈光蕊，择日完婚。于是陈光蕊拜别岳父岳母，携娇妻回故乡老家。老母亲张氏见儿子回来了，不但大比夺魁，还与丞相之女结为连理，真正是光宗耀祖，显亲扬名。喜得合不拢嘴。听得儿子说，要带上老母并书童，限期赴任，也听从这个安排。行程路线，基本是水路。大体出海州，沿海岸进灌河，经淮阴，入运河向南。然后进长江，逆流而上，江州即是现在的九江。

待行至灌江口，因老母亲晕船厉害，又值天气炎热，张氏病了，说是需要调养两日。陈光蕊遂找了一个店家，将张氏安顿下来。闲逛之间，见一条金色鲤鱼，光彩夺目，花了一贯钱，将其买下，打算给老母熬汤喝。忽见这鲤鱼眼睛频眨，嘴巴频张，试欲开口说话。这鱼怎能眨眼睛，岂不怪哉！陈光蕊顿生一丝善念，竟将此鱼在灌江口放生了。原来此鱼乃是灌江龙王，微服出行，并无随从，不慎被渔夫网住。状元郎不知道，这一恻隐之心，慈悲之念，竟是救了龙王。回家后，将放生了一条奇鱼的事告诉了老母，老母也十分高兴，认为儿子做得对。因时间紧迫，陈光蕊决定将老母先留下，放下一些食宿费，拜托店家悉心照料，待秋凉时再接老母去江州。

这天陈光蕊与船家谈妥价钱，与夫人书童将行李搬上船去，随即开船西去。原来这船工有两人，一个大哥刘洪，一个小弟李彪。这刘洪外表斯文，却是心狠手辣。彼时李彪掌舵，刘洪看了一眼主仆三人，公子哥儒雅文弱，书童憨傻幼稚，小娘子倒是长得沉鱼落雁，闭月羞花，气质端淑，俨然仙女。加之行李丰厚，顿时生了歹意，要劫财劫色。月黑风高夜，杀人放火天。待得夜深人静，先后勒杀了公子与书童，小娘子待欲投江，却被刘洪一把抱住。因为考虑到胎珠初结，那温娇只得屈从了凶手，忍辱偷生。刘洪检查公子的行李，除了金银细软，竟还有官帽官服，任职文书，喜不自禁，居然大摇大摆到江州上任去了。

有那灌江龙王帐下文员鲈鱼和武官螃蟹，见书童尸身飘在水面，那是正常现象。公子尸身却沉在江底，究是不合常理，甚是奇怪。于是向龙王禀报，龙王也是非常诧异，遂带帐下众水族鱼怪现场勘查。龙王神通广大，可与死人灵魂对话。龙王问道："汝这秀才，姓甚名谁，家住何处？"公子答道："姓陈名光蕊，海州人氏。"龙王又问："前日汝可曾放生了一条鲤鱼？"公子答曰："正是在下。"龙王大喜道："汝乃我的救命恩人也。"于是将其迎入水晶宫中，将其嘴中放入了一颗定魂珠，并告诉他可保他身体心不坏，并保他今后可以合家老少团聚，仕途无虞。陈公子当时一丝善念，竟有非凡果报。十八年后，陈冤得报，合家团聚。刘、李二贼处死，陈光蕊复活，晋升学士，随朝参政。陈光蕊的儿子就是江流儿，亦即后来被唐太宗称为御弟的玄奘大法师，代唐王西天取经，证得正果，成了真佛。这是后话，《西游记》上交代得清楚，地球人都知道，不必细表。

这灌江口既是状元公蒙难之地，可见江湖之险恶，也是龙王获救之处，也可证人心之本善。龙王号召，往后每年水族都要去灌江口缅怀恩公。年份或有遗漏，月份或有蹉跎。大鲸鱼代表龙王必须到场，成为定例，经久不衰。大鱼群每次光临，两岸百姓欢天喜地，皆以为是天降祥瑞，必能保佑人畜两旺，五谷丰登。两岸人民皆把其中的大块头昵称为大老爷，是龙王的特使，灌江人的老朋友。

（二）

话说响水口老百姓因为龙王治水妖，除水患，福泽四方，便在河口拜天拜地拜龙王。为年年风调雨顺保平安，老百姓自发筹资，在响水口以西十二里处建了一座龙王庙。每当风雨失调，久旱不雨，或久雨成涝时，四方百姓就到龙王庙烧香祈愿，求雨求太平，往往灵验。

一年春旱，一老者见一大鱼搁浅在干涸的河滩上，已奄奄一息，叹道："枯鱼过河泣，何时悔复及。作书与鲂鱮，相教慎出入。"然后，赶忙焚香磕头，拜求龙王，快快来水，拯救生灵。不久一泓清水果然自东而西滚滚而来，鱼儿潜入水中，逃生去了。

那年的七八月间的一天，灌河涨潮。只见河口云蒸霞蔚，紫气东绕，一群大鱼追逐着翻滚的波涛，一路戏水而上，直奔上游。鱼群前后长达数里，浩浩荡荡，蔚为壮观，至响水口以西的龙王庙前不再向前。群鱼忽隐忽现，若沉若浮，探头摆尾，欢跃嬉闹，有一条大鱼长数十米跃出水面数丈高。退潮时，群鱼又随潮水回归大海。当地人说，这是那条被救的大鱼为回报龙恩，率领它的子孙来朝拜龙王了。在附近作业的渔民进港停泊，为"鱼老爷"们让道。一些老渔民还在船头上虔诚地烧香跪拜，祈求"鱼老爷"给他们带来好的年景。河岸上都会出现猪头等祭祀供品，氤氲的香烟缭绕河面，经久不散。上年纪的人都说：在岸上观看的人不能大声说话，更不能说出对"鱼老爷”不敬的话语，否则将会激怒神鱼遭到灾殃。从此，每逢农历闰月之年的夏秋之季，多有大鱼成群光顾灌河之上。

（赵斌整理）

虎头潮传说

传说大潮河两岸，曾经草深林密，时有猛虎出没。它们占地为王，称霸一方，百兽归顺。

东海龙王在龙宫里呆得心烦，听说大潮河风光优美，便巡游潮河以消愁解闷。这一天，只见虾兵蟹将，各举斧钺刀叉，在前导引，龙王的身边是龟丞相和鳖元帅，左右护卫，再看潮河中水族，哪里见过这种阵势，纷纷退到河边或潜入水底避让龙王。这时，只听一只虾兵来报：前面就是响水口龙王庙，有请龙王歇息，接受潮河水族膜拜。龙王想了一想，与左右商议道：“小小潮河，能有多少水族？不如让两岸百兽，一齐来见，也让本王开心开心。”龟丞相一听，立即明白了龙王意图，它说：“千百年来，龙争虎斗，龙王您虽然得胜，但虎王身死心未死，大王您要压一压虎威，让虎头不再兴风作浪。”鳖帅也凑上前来，说：“待末帅上岸，驱赶百兽前来朝拜。胆敢不来者，格杀勿论！”

再看潮河岸上，只因百兽无主，哪个敢不听龙王号令，纷纷跪在河岸，向河中龙王行礼。龙王非常得意，哈哈大笑，突然，龙王一个趔趄，从宝座上重重地跌落下来……

许多年前，龙王曾经和虎王发生过一次激烈的战斗。它们先在陆上打，龙王败下阵来。龙王不服，说有本事，你和我到海上再战一场。虎王说，海上打就海上打！到了海上，虎王和龙王一直从南海打到北海，又从东海打到西海，最后打到了大潮河上。但说到底老虎是陆上霸王，水战不是强项，喝了几口水后，渐渐体力不支，眼看要败，正准备逃上岸去，这时蟹将从旁递上一把大刀，龙王接过大刀，一刀砍下了虎头。

虎头落水，激起几丈高的潮头，一直向上游涌去……

后来，龙王在大潮河边建起庙宇，接受香火祭祀，从此耀武扬威，不把百兽放在眼里。虎王虽然死了，但受不了老龙王的这个气，每过几年，它就要掀起一次大潮，向龙王示威，潮头之上，远远地可以看到一个虎头，在潮水之上矗立，当地人就将这个潮头称之为“虎头潮”。

今天，正当龙王得意之际，只听一声虎啸，虎头潮踊起，一下子掀翻了龙王宝座，左右慌忙救起龙王，虾兵蟹将簇拥龙王狼狈地逃回龙宫去了。

灌江口的“虾枪”

这是一个美丽的传说，也可能是一种自然气候现象，就像蓬莱阁的海市蜃楼形成的道理是一样的，需要一定的气候、海面、风力、阳光才能形成的一种自然界景观。而虾枪的形成却和海市蜃楼完全不同的气候条件。不过我从来也没有看见过，只是听上一辈老年人常常讲到的一个故事。

灌江口的虾枪就是在灌江入海靠近燕尾港的海面上，一遇到阴雨天，附近的人们常会看到一根上粗下细的雾气柱子，好像古时候大铁枪的梢尖子。当地的人就称它叫“冲天枪”，又叫“虾枪”。

我们的灌江口为什么会出现虾枪呢？传说在很早以前，大海里的海龙王，住在龙宫里，由虾兵蟹将做警卫。海龙王的部下，有时会不听指挥，往往在大海里兴风作浪，不是鱼与鱼相互厮打，就是蟹与蟹相争，搞得大海不得安宁，常常会弄翻船只，害人性命。加上陆地上的大河里，也有不少鱼顺流入海，常去龙宫闹腾，使海龙王不得安宁。因此，海龙王为此十分生气，便从虾兵中选出一员虾大将，镇守灌江口，监视海内众水族以及由河里入海的鱼类，让它们遵纪守法，不准它们兴风作浪，胡作非为。如有谁违犯的话，虾将军就有权执行龙王的命令用枪刺死。

从那以后，有不少不遵守命令的大鱼、恶鱼，被处死后抛到海滩上曝尸示众。因此，沿海滩涂周围的百姓，常会见到大海潮送来的大鱼，最大的达到上万斤，老百姓说：这都是恶鱼，被海龙王处死的。

但是，虾枪也保护好的鱼群，比喻说：每年夏天或者秋天，那些鱼子鱼孙成群结队一丝不乱地从灌江口排着长队，由灌江口入灌江向南，到响水口去"拜见龙王"。退潮时，又不声不响地顺潮而下后入海。灌江口两岸的人民称这种奇观叫"大老爷拜龙王"。

"大老爷"威望之高，队伍之大，能这么老实，不敢兴风作浪，就是因为灌江口有虾将军高举虾枪，镇住了大海口，这些"大老爷"们才按分守纪，渔船才出入平安，主要是有了虾枪的保护。"虾枪"就是这么被人们口传耳授，一代一代传下来的。

鲤鱼跳龙门的故事

在很早很早以前，大潮河畔的百姓男耕女织，过着安居乐业的生活。一年，不知从哪儿飞来一条大黄孽龙，为非作歹，残害乡民。它不是呼风唤雨破坏庄稼，就是吞云吐雾吞噬生灵。每年六月初六它生日这天，更是强迫人们献上一对童男童女、十头大黄牛和一百头猪羊供它享用。如若不然，它就发怒作恶，窜上村庄吃人毁田，害得这一带人心惶惶，不得安宁。

老街上有一位聪明俊美的姑娘，名叫玉姑，决心除掉这条恶龙，保一方安宁。她跋山涉水北上云台山去找云台仙子求救，仙子被玉姑为民除害的精神所感动，就指点她到潮河口的鲤鱼洞找鲤鱼仙子，助她除害。

玉姑辞别云台仙子，历尽千辛万苦，来到鲤鱼洞中，找到鲤鱼仙子，说明来意。鲤鱼仙子对玉姑说:“你想除掉恶龙是件大好事,可是必须牺牲你自己,你能做到吗?”玉姑毫不犹豫地说:“只要是为乡亲们除害,哪怕是上刀山,下火海,粉身碎骨我也心甘!”鲤鱼仙子见玉姑这样坚决,点了点头,朝玉姑喷了三口白泉水,玉姑顿时变成了一条美丽的红鲤鱼。

鲤鱼仙子将红鲤鱼放归大潮河,小红鲤逆水而上,经过七七四十九天,游回家乡。这天正是六月初六清晨,她摇身一变还回原貌。见乡亲们已经敲锣打鼓,带着一对童男童女、十头大黄牛和一百头肥羊肥猪,向祭黄龙的龙门口走来,前面那一对身着红衣红裙的童男童女,早已哭成泪人了。玉姑抢先上前,拦住父老乡亲们说道:“大家在此暂停等候,让我前去收拾这个害人精。”

再说那黄龙已经跃出龙门,见百姓送上佳肴,早已垂涎三尺,急急地张开大口。就在这千钧一发之际,只见玉姑纵身跳入水中,霎时变成一条大红鲤鱼,腾空飞跃,一下子冲进恶龙口中,在它的腹中东撞西突,把它的五脏六腑捣得稀烂。恶龙使劲翻滚,拼命挣扎,但无济于事,终于被玉姑杀死了,可是玉姑自己也葬身在黄龙腹中。

从此,响水口老百姓又过上了太平日子。人们为了纪念玉姑,在河口修起了一座鲤鱼庙。至今“鲤鱼跳龙门”的故事还在这一带广为流传。

（赵斌整理）

关公应求

传古灌江口曾建有一座“二圣庙”,专为供奉二郎神。鲜为人知的是,离二圣庙不远,还有一座“关帝庙”,供奉的是大名鼎鼎的关羽。关羽,三国时期蜀国名将,儒、释、道三教并尊,汉、宋、明、清四朝共封的“武圣”“神帝”。关帝庙中有关公坐像,仪表堂堂,美髯飘洒胸前。关公像旁悬挂一副楹联,上联是:“儒称圣,释称佛,道称天尊,三教尽皈依,式詹庙貌长新,无人不肃然起敬。”下联是:“汉封侯,宋封王,明封大帝,历朝加尊号。矧是神功卓著,真所谓荡乎难名。”

关公忠心义胆,一心为主,为神后更是驱除邪魔,造福百姓,故庙内规模宏大,香火鼎盛。至清末民初渐圮,今遗址不存,但民间至今还流传着他扶正祛邪、为民解难的动人故事。

传某日,关公应召赴南天门议事,命周仓守庙值班。早上庙门一开,就见一汉子倒拜于关帝神座前,禀称,眼前桃园花开正盛,祈求关帝保佑,近日不要刮风,以护花保果。周仓想,这有何难?待禀关公即是。

俄而,又一汉子匆匆而至,拜告,有一批游客看过二圣庙,欲从灌江乘他的船去花果山,请刮点风,顺水吹帆平安抵达。

一个忌风,一个求风,这可如何是好?正当周仓犯难之际,又一个汉子行色匆匆而至,虔诚跪拜求告,今年麦子丰收在望,可近日阴雨连绵,若再如此,麦子霉烂,丰产不丰收,让百姓如何糊口度日?请关帝显灵放晴几日。周仓想,这倒不难,告关帝便可安排。

未等周仓回过神来,又一汉子拜倒神座前高声禀告:“关帝爷,近日虽有阴雨,可稻田仍缺水严重,祈求下场透旱雨。”一个要晴,一个求雨,咋办?这又使周仓傻眼了。

是晚,关公回庙悉知四汉子求愿之事,一番思索写下四句应求语:

春风切勿入桃园,行到江边送客船。
日出东方晒麦子,夜晚降雨到禾田。

旋即领周仓拜访风神、太阳神、雨神,恭请协力呼风唤雨,为民造福,众神允诺。

不久,许愿的四汉子相继携三牲供品拜于神像前,感激涕零,拱手还愿。一番互问后方知其详,深为关公千方百计、悉心为百姓着想的精神所感佩,复虔诚跪拜,磕头山响。

神话终归是神话，但关公一心为民的故事却给人启迪。在科学技术不发达、生产力低下的时代，靠天吃饭的百姓遇到急难之事只有祈求虚无的神灵保佑。而今，社会进步了，科技高度发达了，人们用不着进庙烧香了，唯愿人民公仆们真心诚意为民做主，多办实事、好事，造福于民。

（赵斌整理）

灌口大鲨杀鬼子

过去，灌河边响水镇驻扎着日本鬼子，鬼子经常出来扫荡，杀人放火无恶不作，老百姓恨死了。灌河边的渔民，不管逮多少鱼虾，只要碰到这帮强盗，就全都被他们抢去了，所以灌河渔民早就想治治日本鬼子，怎么治呢？因为长茂响水码头靠海很近，常有鲨鱼出没，大人小孩洗澡常被咬死咬伤，情急之下渔民们想了个主意。

三伏天，鬼子热得受不了，纷纷下河洗澡。渔民们把事先准备好的猪血料从上流头倾倒下去，鲨鱼一闻到血腥气，便从老远赶来……只听“咔嚓！咔嚓！”声响，鬼子有的大腿被大鲨鱼咬断，有的被拦腰咬成两截，有的被活吞了，有的连哭带嚎逃上河崖，从此鬼子再也不敢张牙舞爪的了。据说后来有人逮到千斤重的大鲨鱼，鱼肚里还扒出了日本鬼子的机关枪和成笆斗的铜扣子呢。

狗剩的故事

很多年前在灌河流域发生过这样一件事件，一直到十五年后才真相大白。那年的腊月二十四这天上午，天气格外晴朗，空气中都在散发着“年”的味道，尽管是数九寒天还没尽九，太阳却挂得很高，照得人暖洋洋的。此时地处穷乡僻壤的人们也都想着要过个欢欢喜喜的新年，而在灌河对岸的人家，也只有选择摆渡过灌河去河南镇上购置年货。

这天，三三两两的人群走向渡口。其中一妇女背着竹篓，搀着一个五六岁大小的男孩，蹦蹦跳跳的。他骨碌碌的眼睛充满调皮，脖子上挂着一件木质小黑狗。快到河边时他挣脱妈妈的手，奔向渡船那窄窄的的跳板，一阵风似的上了渡船。船上已经有十几个人。艄公一看到男孩，赶紧向前一把抱住，一边亲着男孩的面颊，一边说：“狗剩，想艄公爷爷了吧？”那个被艄公称着狗剩的男孩，稚声稚气地回答：“想。”渡船上来了一个男孩热闹多了，大家都跟他开玩笑。有人说：“河里有青面獠牙的水鬼，狗剩你怕不怕？”……

狗剩的妈妈上了船以后，又陆陆续续上来十个人，现在船上已经凑齐二十三个人。艄公起锚抽起跳板，慢悠悠地划起桨，船缓缓地前进了。

水面上波光粼粼，零星地停泊着一些打鱼的木船，不时有几只野鸭掠过水面飞向天空，一切都那么的自然祥和。当渡船来到河中心，波光粼粼的水面，突然之间波涛汹涌。狗剩浑身乱颤地大喊大叫起来：“河里有水鬼呀——河里有水鬼呀——”大家听到喊声，惊恐地望向水面，只见一张张没有一丝血色，雪白的脸庞，已腐烂得豆腐渣似的，张着铜盆大口，露出褐色的獠牙，瞪着黑窟窿似的眼睛，纷纷涌向渡船。吓得全船人惊恐万状、魂飞魄散，发出撕心裂肺般的哀号。天空中风起云涌，厚重的黑云压向大地。气温骤降，阴气逼人，浑浊的河水烧开似的翻滚。说时迟那时快，那些鬼以迅雷不及掩耳之势挤向渡船，把渡船围得水泄不通。它们白骨长臂，伸出如钩的手爪，“咯吱咯吱”地撕扯着船帮。顷刻间就把渡船撕得粉碎。全船人立即浸泡在寒冷刺骨的水里。那些水鬼一窝蜂地扑上去，抓住那些已无缚鸡之力的人们，拼命地撕咬他们脖子、面颊、大腿……有的人身上被几个水鬼撕咬；有的人被几个水鬼拉向水底深处……眨眼间浑浊的水面变成了一片血红。说来奇怪，有几个水鬼扑向趴在木板上哭得声嘶力竭的狗剩，当他们看到狗剩脖子上的小黑狗佩件，都胆寒地退缩了。

说来话长，狗剩脖子上这小黑狗佩件是有来历的。那是几年前，狗剩出生的时候，正好是中元节，一出生就像小奶猫叫似的哭着，一副羸弱不堪的样子。全家人都有不祥的预感，心里惶恐不安的。狗剩的奶奶就去几百里外的花果山上，请来了一名道士。道士看到狗剩便皱起了眉头：“此娃体虚，阳气不足，易遭鬼怪上身戏弄，短命之相也。”狗剩奶奶一听此言，赶紧跪下哀求：“求大师想想办法，救我孙儿！求大师想想办法，救我孙儿……”道士微闭双目，掐指一算，口中念念有词。念毕，转身对狗剩奶奶说：“此娃，小名就叫狗剩吧。”说着从怀里掏出一个小黑狗佩件，挂在狗剩的脖子上又说道：“此物为上等木材浸泡百日黑狗血后雕刻而成的，可保此娃百鬼不侵，长命百岁。”一家人听此话后，如释重负地长吁一口气。盛情款待道士，又作重谢。从那以后，狗剩长得结结实实，无病无灾。鬼怕狗，尤其害怕黑狗血。有说法称狗是至阳的动物，对应的十二地支五行是戌土，也就是阳土。而鬼、妖邪一类的通常都属于阴性，以阳制阴黑狗血。这佩件上浸透了黑狗的血液。水鬼嗅到狗剩身上散发出黑狗血的气味，哪敢靠近。船上二十三个人，就剩狗剩扒在木板上漂浮在水面上。别人连尸骸都不见了。一切恢复了平静，湛蓝的河面被阳光照得像撒上了无数的金片，闪闪烁烁。

河面上来来往往的渔人，并没有发现河面上有什么异样。那是因为群鬼使用了遮眼法，凡人是看不见刚刚在渡船上发生的一切，也听不到船上人的喊声。事后，他们撤去遮眼法，一切又恢复了原来的样子。

离狗剩不远有一条船，船上几个人，一直在忙自己的活。此时，他们好像听到孩子断断续续微弱的哭声，都奇怪地寻着声音望过去，不禁大惊失色起来，离他们船十七八米远的水面上，一个孩子趴在一块浮木上，生命岌岌可危。他们更奇怪的是几分钟前，一条渡船才从他们船边划过去的，船呢？船上的人呢？怎么河面上突然飘着一个孩子？一连串的问题在他们头脑里闪现。不管怎么样，都要先救孩子。渔船靠近狗剩，大家七手八脚地救起了他。意想不到的是，救起的孩子竟然是自己村的狗剩。他虚弱不堪地瘫倒在船板上，大家问这问那，狗剩有气无力地语无伦次地只是重复着："水鬼——吃了妈妈他们——水鬼——吃了妈妈他们——"可是，水面一直很平静，谁也没有看见鬼呀。大家感觉从孩子嘴里问不出什么，就只好把狗剩送回了家。又把渡船凭空消失的事跟狗剩家人说了。此时的村子像炸开了的锅，犹如晴天霹雳，都大惊失色一时呆立不动。转瞬间，狗剩爸爸抱起狗剩，疯了似的向灌河边跑去。茫茫的灌河水静静地东流着，哪有渡船的影子？

大家伙纷纷来到河堤上，向河面张望。不见了亲人的家属们顿足捶胸，号啕大哭。连续一整天不吃不喝，渐渐地有人相继昏倒。打捞队一直在打捞，也不见结果。这种生不见人，死不见尸的突然打击，让人怎能承受？这样耗着也不是办法。于是，村中那些德高望重的老人商议，还是由狗剩奶奶把花果山上的道士再请来，看看能否解开谜团，给死去的亲人一个说法。第二天，道士就被请来了，还是几年前替狗剩占卦的那个道士。他看着平静的灌河水，神色却越来越凝重。过了好一会，他才无比悲痛地对大伙说："造度亡魂，早日往生。群鬼造孽，人不可为。"

狗剩到家后，就一直神志不清，口里一直叨念着："水鬼吃了妈妈他们，水鬼吃了妈妈他们……"无奈之下，狗剩奶奶就把狗剩抱到道士面前，请道士"医治"。道士说："这些妖孽道行太深，我等怎奈它何？我建议把狗剩带去山上慢慢调教，让他静心修行，待他日得道之时，再替众乡亲主持公道，跟那些恶魔把旧账一一算清吧！不知大家意下如何？"事已至此，大家伙有什么理由不同意的呢？次日一早，道士便带上狗剩启程了。邻里乡亲们都前来跟两位道别。狗剩这一走就是十五年，他回家之后又是如何斩妖除魔的。请看下文。

十五年后的正月初九，狗剩回来了。人们奔走相告，一时间，这个消息传遍了整个村子。狗剩家挤满了人。狗剩紧挨着爸爸和奶奶坐着，狭小的房间里满是温馨。狗剩奶奶，含着泪抚摸着狗剩的手说：“没有想到，我大孙子长得比他爸还高还壮。要是你妈还在多好啊！”狗剩听到妈妈两字，泪水不自不觉流了出来。多少年含辛茹苦的学道，就是为了替妈妈报仇，替乡亲们报仇。现在自己学有所成地回来了。狗剩爸爸也是眼泪汪汪地说：“回来就好！回来就好！大家伙都等着你呢。”这时候村长接话说：“是呀，全村人终于把你盼回来了。你走之后，灌河里的鬼怪还是年年害人呀，搞得人心惶惶，都不敢下河捕鱼和赶集摆渡了。”

狗剩听到鬼怪还是如此猖狂，“嚯”地站起身，“啪”一拳打在桌上，斩钉截铁地说道：“乡亲们放心，明天我就把这些祸害人的妖魔鬼怪赶尽杀绝、挫骨扬灰，还大家一个太平的灌河。明天，请乡亲们不要外出行船作业，免得受到伤害。”狗剩又跟村长交代了一些问题，就告别大家去做明天的战斗准备了。

狗剩脖子上一直挂着道士送他的木制小黑狗。这个道士后来顺理成章地成了狗剩的师傅。师傅在狗剩临别他时，又送了狗剩一把珍藏多年难得的铜钱剑。这把剑已经有了上千年的历史，不知道多少能人大师使用过，杀了多少妖魔鬼怪，给剑增添了煞气。这剑由四十九枚铜钱组成，这些铜钱已被成千上万人使用过，充满了阳气。铜钱与铜钱之间是用红线在农历的午年午月午日午时串制而成。这一天制成的剑驱邪化煞力量更强大。鬼怪见此剑心惊胆战。

第二天清晨，狗剩来到灌河岸边的冲锋舟上，这是昨天就准备好的快艇。河面上空阴气沉沉，雾气缭绕。什么都看不清，这时，狗剩用随身携带的牛眼泪往眼睛上一抹，开启了阴眼。定睛一看，灌河水面一群群鬼怪在嬉戏玩耍，好不自在。狗剩怒火冲天，开启冲锋舟冲向群鬼，同时口念斩鬼咒：“五星镇彩，光照玄冥。千神万圣，护我真灵。巨天猛兽，制伏五兵。五天魔鬼，亡身灭形。所在之处，万神奉迎。急急如律令。”念毕又从口袋掏出一大把黄符抛向空中。河面上空立即大火熊熊，烧得群鬼鬼哭狼嚎，抱头鼠窜。道行浅的鬼顷刻间就被烧得灰飞烟灭、化为乌有。道行深一些的妖兽，在大火中挣扎着显露出了原形，原来它们是一群黄鼠狼和狐狸，最终这些邪恶的妖孽都化为灰烬，消失在河面上。

两岸大堤上站满了人，他们虽然看不到什么妖魔鬼怪，但是他们看到狗剩抛下的黄符，燃烧起的火焰，狗剩的咒语和鬼怪哀号声还是听得一清二楚，他们兴奋地呐喊助威。就在这时，一拨一拨奇形怪状的鬼怪飘出水面。其中一个鬼怪变幻成白胡子老头，拄着拐杖悬站在空中，雷嗔电怒地指着狗剩大骂："血腥的人类，你们要造成多少杀戮？让世间永无安宁。"狗剩一听怒气冲天声色俱厉道："人有人道，鬼有鬼道。你们这群鬼怪妖魔不去投胎，要霸占灌河祸害人类，对你们有什么好处？今天我就要斩草除根打得你们魂飞魄散、灰飞烟灭。"白胡子老头恶狠狠地接话："哼！祸害人类。请问你们祸害兽类就理所当然吗？霸占灌河，你以为我想吗？想当年，我一家在花果山好不自在。哪知道半路杀出个道士，举着铜钱剑一路追杀，非要把我们赶尽杀绝。无奈之下我使出鬼打墙的招式，才躲过一劫。一路漂泊，来到田柳村安营扎寨下来。可是，那些该死的田柳村人，他们杀我后代，剥它们的皮，吃它们的肉。它们也有父母子孙，也是有亲情的呀！丧子丧父丧妻丧夫之痛绝非你们人类专利。我们无处藏身，才来到灌河候机报仇雪恨的。你说，谁是祸害？"

狗剩从未听过如此歪理邪说，但这确是不争的事实：难道因为它们是动物，我们人类就应该肆意妄为地宰杀吗？他举起的铜钱剑竟然悬在了空中。此时大堤上的人们都听得一清二楚，善良的他们原本觉得狗剩替他们报仇雪恨，杀得过瘾，但是听了老头这番话，才知道什么叫冤有头、债有主，才知道群鬼祸害人类是有原因的。大家伙窃窃私语……

狗剩犹豫不决之时，那个白胡子老头又疾言厉色道："小子，不要犹豫。这世间强者就是王道，就是生存法则。王者就可以滥杀无辜。很显然，你们人类有肆意宰杀我们的权力。我们从高山被你们赶到陆地，再从陆地被你们赶到河流。请问我们还能去哪里？今天你杀我子孙后代，我要你死无葬身之地，再灭你全族。"

狗剩听罢，不再犹豫。总不能让这畜生灭了全村人呀！他把冲锋舟开到最大马力冲向老头，同时铜钱剑乱砍乱削挡路的群鬼。群鬼纷纷倒下。铜钱剑对准老头劈去，老头也不躲闪，双手举起拐杖迎了上去。就听“呯”的一声，剑和拐杖碰到了一起，老头被震飞倒退了几米，才稳住身子。他暗自思忖：“妈的，怎么今天又遇到这个倒霉剑，二十几年前，自已一族就是被一个道士举着这把极阳的铜钱剑追杀的。现在这剑在这小子手里，难道这小子是那道士的徒弟？徒弟就好办，道行不深。今天一定要夺他的剑，再要他的命。”狗剩一剑砍下被挡，手被震得酥麻疼痛。赶紧转个方向，同时扫剑，口念：“金光神咒，天地玄宗，万炁本根体有金光，覆映吾身。视之不见，听之不闻。包罗天地，养育群生。受持万遍，身有光明。三界侍卫，五帝司迎。万神朝礼，役使雷霆鬼妖丧胆，精怪忘形。内有霹雳，雷神隐名。洞慧交彻，五炁腾腾。金光速现，覆护真人。急急如律令。”老头见剑来得神快，斜身躲闪，听咒语浑身一颤，腿一软险些摔进水里。现在才感觉到：“这小子道行应该跟他师傅相差不到哪去。难道今天要败在这无名小卒手里？不！不！”想到这里，老头不再躲闪招招逼命剑。一手抡起拐杖乱舞，一白骨手臂拉长，伸出如钩似的手爪，直向狗剩脖子掐来。狗剩不躲闪，只是身子灵巧一缩，冲锋舟如箭直撞老头，剑峰直抵它的胸口。而老头的拐杖也向狗剩脑门挥来。此不是两败俱伤的打法吗？就在这千钧一发的关键时刻，道士，也是狗剩的师傅驾船及时赶到，他扬起铜钱剑，“乒”的一声，把将要落在狗剩头上的拐杖打偏，老头被打得随着惯性向侧面漂移去。狗剩看到师傅心里一股暖流流过，亲热地喊道：“师傅、师傅！”“徒儿，好样的。”老头一看昔日仇人，怒火中烧：“死道士，真是冤家路窄。我跟你井水不犯河水，你为何屡次地追杀我？”“你这个老狐狸，上次没有宰你了，是我心存善念。你杀了太多的村民，今天我定要灭你。”老头气急败坏地举杖就向道士劈去。道士看到拐杖来势汹汹，闪电般的避开，跳到狗剩的快艇上，同时心里念咒，迅速地布下灵魂墙，把老头牢牢围在了无形的墙内。此时老头变成了名副其实的困兽，只能徒劳地在几米内暴跳如雷疯魔般地狂舞拐杖。

狗剩扑到师傅怀里，感到无比的温暖。他刚离开师傅两天，就好像离开了两年似的。也难怪几岁就跟着师傅，两人亲如父子。师傅抚摸着狗剩头说道："徒儿，我这把铜钱剑跟你手中的铜钱剑乍看没有区别。但我这把剑是四十八枚铜钱，用黑线在子年子月子日子时串制而成的，是至阴铜钱剑。这两把铜钱剑，一个至阴，一个至阳，都是杀鬼斩妖利器。被称为公母铜钱剑。今合二为一威力无比。"说着，把手中剑给了狗剩，接着说道："去，把老狐狸杀了。死在公母铜钱剑下，是会魂飞魄散、消失殆尽永无投胎机会了。"狗剩郑重地接过剑，两剑合一牢牢握在右手，跨前一大步举剑刺向前去。可是剑却好像被一只无形大手托住。

师傅两人感到奇怪时，突然，凭空出现一个人。仪容清俊貌堂堂，两耳垂肩目有光。头戴三山飞凤帽，身穿一领淡鹅黄。镂金靴衬盘龙袜，玉带团花八宝妆。腰挎弹弓新月样，手执三尖两刃枪。这不就是《西游记》中的二郎神吗。师傅两人赶紧跪下道："不知道，二郎神大驾光临。赎罪、赎罪。"二郎神微笑道："你们师傅二人，斩妖除魔何罪之有？起来吧。不过，这老狐狸就交给我发落吧。"师傅两人连忙说："好、好。"

这时老狐狸指着狗剩咆哮道："二郎神，你给我评评理。凭什么，这小子杀我子孙后代？"二郎神转过身对着老狐狸，正气凛然地说道："你那子孙后代，上世为人时为非作歹，干尽坏事，才转世为畜生。做了畜生，在花果山变着花样吓唬游人，把多名游人吓出病。你们到了村子，不好好待在地下，却夜夜扰民，把全村的鸡吃得所剩无几。你们吃人家畜生，人家就不能吃你们畜生？你们杀人，就是犯下了天规，死有余辜，魂飞魄散罪有应得。上天剥夺它们再转世投胎的机会。你且跟我走，到响水西边的灌河庙里，也就是我的府上做名杂役。"二郎神说完，大手一招，白胡老头慢慢变成一个白色的狐狸，飘飘然地跟着二郎神后边，向西而去。

三官老爷的传说

传说三官老爷是亲兄弟仨，土生土长在大潮河边，是远近闻名的大善人，他们心肠好，平时肯帮助人家。哪家揭不开锅，这边粮食就送来了，谁个衣不遮体，那边衣服就送到了；不论何人遇到什么难处，只要兄弟三人知道，都能得到帮助。他们顶信佛教的，想造化成佛，对南来的和尚，北往的道人都殷勤款待，请教得道之法，但一直没有碰到高人指点。

这一天，兄弟三人在潮河边游玩，对面一个穿得破破烂烂的老要饭花子，左手拖着一根打狗棍，右手提着一只破瓦罐，跌跌撞撞地走来，兄弟三人见老人就要跌倒了，连忙上前扶住，那个老人浑身打战，老大连忙脱下长衫，披在老人身上；老二脱下外裤，帮助老人穿上；老三取下帽子给老人戴上，脱下鞋子穿在老人脚上。老人不冷了。用手捏住鼻子。“嗤”的一泡鼻涕，喷得兄弟三人身上都是的。老人也不理会，撩起衣服揩了揩鼻涕，端起破瓦罐子，“咕冬、咕冬”喝了几口，说道：“好汤好汤，你们也来尝一口吧。”兄弟三人大早就闻到那般酸辣味，正在恶心哩，哪个想尝？互相望了望，没动弹。老人盯着兄弟三人：“你们嫌这百家饭脏吧。”兄弟三人怕老人生气，伤了老人的心，连忙接过破罐子。每人喝了一口。顿时兄弟三人精神陡长，再看要饭老人，已不知道去向。

这时半空中飘下一张纸来。老大伸手接住。只见上面写道：如何成正果，西天问佛祖。慈悲心肠居，吃得苦中苦。兄弟三人知道是仙人指点。连忙趴在地上往空中磕头。老二、老三一齐问大哥：“怎么办？”老大想了想说：“三弟年轻，辛苦一趟吧，问了得道之法，赶快回来告诉我们。”老三答应一声，就往西去了。

一晃一年，没得一点音信，也不见老三回来，老大着急，对老二说：“二弟你再辛苦一趟吧，问了得道之法，赶快回来告诉我。”老二答应一声，直往西而去，眨眼又是一年，同样没有消息。老大急了：“这两人不能办点事，我得亲自去问问。”他翻过九百九十九座山，蹚过九百九十九条河，最后来到一个地方，只见两边劈陡成崖，中间一条小路，放着一口大油锅，滚滚的热油直冒青烟。要想过去，非得跳油锅不可，老大看得浑身肉都发麻，心里直打寒战，怎么办噢？正在没得法子的当口，老大想起纸上说的，干脆把心一横，把眼一闭，随他去了吧，猛地朝油锅跳去。只听得仙乐悠扬，香气四溢，老大睁开眼睛一看，只见自己站在一座莲台下面，两旁边排着好多神仙，坐在莲台上的如来佛祖开口说：“老大，你来迟了。你的三弟做了天官，你的二弟做了地官，你就做水官吧，你们兄弟三人为三元大帝。”

猴儿子

吴老汉老公俩，住在潮河边，年过半百无儿无女。吴老婆婆在家里供着观音，备了许多香烛供品，每天烧香叩头，求观音菩萨显灵，赐他们一个儿子，哪怕就猴子那么点大也行啊，至少到老有个依靠。

吴老汉每天打柴，老婆子在家弄饭吃。这天吴老汉打了半天柴，坐下来歇歇，从手中里拿出两块韭菜饼，刚要吃，“扑”一声，从树上跳下一只猴子，坐在吴老汉对过，眼睛眨巴眨巴的望着吴老汉。吴老汉看这小猴子好玩，就把饼给它。小猴子伸手接过来，大口大口地吃起来，不一会就吃光了，又望着吴老汉。吴老汉心话，这小猴子一定饿极了，就忍忍肚子，又把那块饼递给它。小猴子接过来几口又吃光了。小猴子吃过饼，拿起镰刀，哔嚓哔嚓的打起大柴(芦苇)。没多大会子，打了一大堆，吴老汉心里多高兴啊，只喊：“够了，够了。”小猴子放下刀，帮吴老汉捆好大柴。吴老汉心里喜滋滋的，挑着柴回家，小猴子在后面还直朝他招手哩。一连多天，吴老汉都带两块饼给小猴吃，小猴子吃过饼，就帮他打柴。这一次打得太多了，都捆了有四捆。吴老汉试试，没挑动。小猴子一看朝柴挑上一跳。手直指挑子。吴老汉心话，这小猴子也会捉弄人，本来就挑不动，现在它又跳上去，不更挑不动吗？小猴子直叫他挑。吴老汉只好弯下腰来挑给它看看，说给它也不懂。哪知扁担一上肩，就跟没有斤两似的，一挑挑起来了。吴老汉又惊奇又高兴，一点没费劲，把柴挑到家。一到家，小猴子跳下来，朝老婆婆弯腰行礼，吴老汉把事情的来龙去脉一讲，老婆也高兴，“干脆我们认个猴儿子吧。”打那以后，他们把小猴子当作亲儿子一样，吃饭在一桌吃，睡觉和吴老汉头靠头。小猴子也真能干，摸起水桶去挑水，端起稻子去舂碓，每天还跟着吴老头下湖打柴。老公俩别提多高兴，逢人便夸猴儿子能干。

这里人家每年都要下湖拾宝。看看又要到拾宝的日子了，小猴子闹吵吵要跟人家去拾宝。老公俩舍不得也没法子，吴老汉只好拜托人家带小猴子去。到了湖心岛上，人家都忙着拾这拾那，小猴子这也不要，那也不要，只知满岛乱跑，最后搬了块像龟盖一样的东西上了船。大家在船上互相看着宝贝，纷纷评说这个宝贝好，那个宝贝好。小猴子呢，独自坐在龟盖上，也不许别人靠近那龟盖。走着走着，船帆上绳子断了。船在湖里滴溜溜的直打转。船上人骇死了，也没人敢到桅顶上接绳子。小猴子朝船老大招招手，叫他看着龟盖。自己三窜两窜上了桅尖，把绳子结好。船又前走了，小猴子下来坐到龟盖上。大家都说得亏小猴子，一路上细心地照看着，弄点好的给小猴子吃吃。

船靠岸了，老公俩早就等在那儿了，一见小猴子回来，高兴得什么似的。小猴子抱着那乌龟盖累累巴巴地回到家。那些拾宝人都到珠宝店去卖宝贝，小猴子也催吴老汉去卖宝贝。吴老汉苦笑笑说：“这是什么宝贝，哪个要？”小猴子直是拽吴老汉走，吴老汉挨缠得没法，只好和小猴子带着乌龟盖来到珠宝商店。老板一看，大吃一惊，说：“拾宝的人所有宝贝，也不值乌龟盖的一角，我这座珠宝店，也买不起这无价之宝。”吴老汉一听，高兴死啦，这猴儿子多识货。老板再朝小猴子一望，更是大吃一惊。他点点头，心中有数，对吴老汉说；“我有三个闺女，长得一个比一个俊巴，说一个给你儿子吧。”小猴子一听高兴得朝柜台上一跳，直朝老板磕头。吴老汉对老板说：“我家儿子配不上你家千金的。”“这是我找你家的。”老板笑眯眯地说：“你这宝贝先拿回家藏好，以后用得着，拿些银子回家用，过几天我叫人把闺女送到你家。”

吴老汉回到家，对老婆一讲，老婆也高兴，就动手拾掇新娘房。过了几天，老板家吹吹打打的，把大闺女送来了。晚上，大闺女朝睡在被窝里的小猴子望望，心想，我这样漂亮的人，怎能说给这扁毛畜生，一辈子不就完了吗？从怀里掏出早已准备好的锥子，朝猴腚上猛戳一下，小猴子被戳得“妈啦”一声尖叫起来。大闺女头也不回，跑到家，不论父母怎么劝，再也不到吴家来了。老板没得法子，又把二闺女送来了。晚上，二闺女朝睡在被窝里的小猴子望望，心话，我这样俊巴的人，怎能说给这不懂人事的猴子，一辈子晦气。从怀里掏出剪子，朝猴腚上猛戳一下，小猴子被戳得哎啦一声尖叫起来。二闺女头也不掉，转身跑到家，不论父母怎么劝，再也不到吴家来了。老板没得法子，又把三闺女送来了。晚上，三闺女朝睡在被窝里的猴子望望，把被子奔上拽拽，两边塞塞好，小猴子一翻身把被子蹬掉了，三闺女轻轻地把它盖好，自己坐在床面上，拿本书看看。不一阵子，小猴子又把被子蹬掉了，三闺女又给他盖好。一整夜，三闺女也没合上眼，不知替小猴子盖了多少次被子。第二天天一亮，三闺女就起来做早饭给大家吃。

一连三个晚上，三闺女都好好地服侍小猴子，一点怨言都没有。第四天晚上，小猴子睡下了，三闺女给他盖好被子。不一阵子，小猴子打起了呼。三闺女掉头望望，心里话，看他睡得多香啊，可惜不是人，不然和我说说话也好啊。越想越觉得小猴子可爱，不由得用手摸着猴子的头，摸到第三遍，突然金光一炸，三闺女骇得缩回手，再注意一看：只见猴子炸开了，一个漂漂亮亮的大男子汉睡在被窝里，三闺女又惊又喜。那男子汉跳下床，笑着对三闺女说：“好心的姑娘，我得到了你真心的爱，又恢复成人了，我本是观音身边的童子，因为犯错，被观音派来为好心的吴老汉家传宗接代，养老送终的。”三闺女高兴得一把抱住他，从此，全家过上了幸福日子。

戚姑姑苦

每当春风送暖、绿柳飞丝时，灌河地区气候宜人，景象万千，百花吐艳，百鸟争鸣。这时就会看到许多鸟雀，在绿草红花的大地上翱翔散步，享受春光，发出各种好听的鸟叫声，形成颂春合奏。其中有一种鸟与众不同，浑身灰褐色，像鸽子般大小，不时发出凄惨的叫声："戚姑姑—苦，戚姑姑—苦。"这是怎么回事？

说起这种鸟，往往就会想起一个使人心酸的故事。很早以前，灌河北有一户姓戚的，爹孙三代六口之家，耕种近十亩田地，日子倒也过得去。谁知这一年，戚家老奶奶又生了一个女儿，取名戚姑。因戚姑已经有了侄儿、侄女，故老两口拿她当掌上明珠，戚姑也长得聪明伶俐，讨人欢喜。唯独嫂子气得要命，认为婆婆都见孙子了，还生这个死丫头，碍着公婆的面子，也不敢对她怎么样。

戚姑 12 岁那年，父母先后去世了。嫂子当家，这下可没有戚姑好日子过了，白天要她去放猪，夜晚来家要她拐磨。吃的残茶剩饭，半饥不饱，穿得破破烂烂，连双鞋子都没有。这还不算，稍不顺心，不是打就是骂弄得她终日愁眉苦脸，得不到一点人间温暖。把原先像葱苗一样嫩的戚姑，折磨得似一棵枯黄的小草。

这年冬天，戚姑正在拐磨，突然昏倒在地，大哥赶忙把她抱到床上，用被子盖好。此时戚姑浑身打战，发着高烧。忽听门砰的一声，坏嫂嫂闯了进来，破口大骂，硬逼戚姑到冰河冻水里去洗衣服。她咬紧牙关，一滴泪未掉，挎起一篮衣服就走。洗啊洗啊，忽然一阵头晕，栽进河里，再也没有起来。

哥哥和乡亲们闻讯都赶到河边，此时，只见从戚姑落水的地方，猛地飞起一只鸟来，连声凄厉地叫着："戚姑姑——苦，戚姑姑——苦……"在场者无不为之泪水盈眶。

据说这种鸟就是戚姑变的，这一带的群众每当听到这种叫声，就知道这又是戚姑在控诉那个狠心的坏嫂嫂了。

盐的传说

海水为什么是咸的

很久以前，只有人间有盐，天上却没有。天界诸神，包括玉皇大帝都不知道盐是个啥滋味。有一次，玉皇大帝巡视东海之滨，地下的山神、土地搜集地方山珍海味，设宴款待。玉帝原来并不指望能在卑湿海滨品尝到多少美味，不料想，竟然发现这里的菜肴远远胜过天庭御厨的龙心风肝、熊掌燕窝之类稀世奇珍，就问山神、土地，你们的菜为什么这么好吃？山神、土地诚惶诚恐地禀告玉帝，也没有什么特别的，无非就是放了些葱、姜、韭、蒜、油、盐、酱、醋之类。玉皇大帝听到了“盐”，问他们什么是盐？山神、土地连忙让人送来一捧雪白晶亮的盐，请玉帝御览。玉皇大帝看看这些盐，心想，我贵为天界至尊，这么好的东西竟然享受不到，岂不是咄咄怪事？回到天宫后，玉帝立即颁发御旨，命天神们将世上所有的盐搜罗来，制成盐砖，放在天宫御厨房，供自己饮宴享用。

地上失去了盐，民众只能淡食，许多人患了病。连花果山的孙悟空也只能吃水果度日，这段日子，恐怕他也像《水浒传》里的李逵一样，“嘴里淡出个鸟来！”这盐都哪去了呢？找来山神、土地一问，才知道被玉皇大帝全部搜罗走了。悟空十分恼火，一个筋斗就翻上了天宫，直奔天庭御厨。看到御厨房的厨师们正在为玉帝烧菜，要用盐了就在一个雪白的盐砖上刮点屑子放进锅里。悟空找来一块石头，吹一口气，将它变成盐砖模样。趁厨师们不注意，丢下假盐砖，抱着真盐砖就跑。御厨要用盐了，却刮不出盐屑来，才发现盐砖没有了。扭头一看，只见孙悟空的身影一晃，早已不见了。

御厨们急忙将此事禀告玉帝，玉帝连忙命托塔天王率领天兵天将追赶。悟空还没有回到花果山，就看到身后出现黑压压的追兵，急中生智，将盐砖“扑通”一声扔进大海，转眼之间，就已在海水里全部溶化了。托塔天王追到花果山，孙悟空死活不认账，俗话说，“捉贼要捉赃。”托塔天王对孙悟空一点办法也没有，只好空手回天庭交差，玉帝无奈，再想吃盐，就只有让东海龙王进贡。

从此以后，海水就成了咸的，盐又回到了人间，百姓需用吃盐，把海水一煮就有了！

盐的传说

据说古时候没有盐。因为玉皇大帝把天下所有的盐制成了一块块盐砖，收藏在天宫，只供他一人享有。那年，孙悟空大闹天宫，在厨房里偷吃了玉皇大帝享用的食品，觉得跟人间食品不同，有滋有味。他问御厨师，才知道里面放了一种叫“盐”的东西。孙悟空想：如果把这东西偷到人间，那才好呢。于是他找到藏盐的宝库变了只小虫飞进去，偷了两块盐砖出来。

孙悟空刚离开宝库，就被天神发现并禀报了玉皇大帝。玉帝一听，那还了得，立即命令天兵天将追来，从南天门一直追到黄海边，孙悟空为了腾出手来抵抗追来的天兵，连忙把盐砖摔下人间。一块落到黄海里，一块落到海边的沙滩上。落到海里的那块盐砖立刻就溶化了，从此这里的海水就变得特别的咸，而落到海边的那块经太阳一晒，变得晶莹剔透，十分好看。有一天，一对老夫妻到海边取鱼，看到这块白色的晶体，似玉非玉，似鱼非鱼，老汉用舌头舔了一下，美味无比，就将它带回家，小心翼翼地将它放在灶头上。煮饭烧菜揭开锅盖时，锅里的热气上升，白色泥团就有一串液体像水一样滴到锅里，煮出的饭菜就变得有滋有味，十分好吃。发现了这个秘密，老夫妻十分喜悦，老汉干脆用根绳子将此物吊在锅的正中，每次煮饭让它滴几滴水进去，享受美味。而老汉是个好心人，他不忍心独自享受。有一天，他对老伴说，听说当今皇上每天吃的是山珍海味还难以下咽，都怪御厨手艺不高，不知杀了多少御厨。我们把这泥团献给皇上，定能改变他的食欲，以免滥杀无辜。

老汉说到做到，真的将此物献给皇上。皇上一看，说是以泥团欺君，下令将老汉杀了。临死之前，老汉告诉皇上的厨师们，将白色泥团挂在锅上，必有奇迹出现，定能改变你们的命运。以后当厨师们烧菜时热气上升，白色泥团像悼念它的主人一样，流下一串串“泪水”滴到锅里，菜的味道就立刻大变，变得从来没有的好吃。皇上大喜，始知这种白色泥团是个宝物。其实这宝物就是世界上最好的盐，于是皇上厚葬献宝的老汉，奖赏他的妻子。

时间不长，这块白色泥团溶化完了，皇上也就吃不到有滋有味的饭菜了。一怒之下，又杀了几个厨师。这样下去总不是办法。皇上下令将老汉的妻子带来盘问她家有没有此宝，老人回答没有了，皇上追问宝物的来由，老人说是在海边捡到的。于是皇上派了许多人到海边去寻找。找了几天也没找到。这些人又累又饿，没有办法就舀海水喝，感到此水非同寻常。其中有个厨师说，此水用来烧菜定能改变口味。于是就弄些海水带回京城，厨师们烧菜时就舀点海水掺进锅里，果然皇上吃了很满意。水吃完了又派人到海边去挑，挑回来的海水盛放在几口大缸里，夏天经烈日曝晒，缸里的海水上面出现一层白色晶体，这就是海水浓缩的盐。弄了一层又一层，厨师们就用它来烧菜。发现了这个奥秘以后，皇上下旨让天下的子民们将海水弄上来晒盐。从此人类结束了没有味道的日子。

（李习仁整理）

私盐的由来

以前，盐又叫“私盐”，这个说法的由来，还有个古老的传说呢！

相传，古时候有个皇帝在早朝上，一边喝着莲子汤，一边出个题目让大臣们讨论。这题目是：“盐好吃还是糖好吃？”好半晌，也没有人说话。谁都知道，如果自己的见解和皇帝的心路不投，就有被杀头的危险，可是不答吧，又怕皇帝训斥庸碌无能。因此，弄得众位大臣六神无主，个个面面相觑。

大臣中的苟且善于观言察色，他知道皇帝正津津有味地喝着莲子汤，心想这莲子汤是要掺糖做的，皇帝一定喜欢吃糖，于是他仗着胆子答道："陛下，是糖好吃。"皇帝听了，轻拈胡须，微微一笑。众大臣知道了皇帝的心意，立即附和："陛下，是糖好吃，糖好吃。"不料这时却有一人高声奏道："陛下，一顿两顿，是糖好吃，时间长了，还是盐好吃。"皇帝不由一愣，见是不苟子。这不苟子常使皇帝下不了台，今天又和皇帝唱起对台戏。皇帝冷冷一笑说："既然不苟子讲盐好吃，那就把他用盐腌起来，挂在午朝门口，成全他吧。"众大臣虽苦苦求情，也未能幸免。话说皇帝说糖好吃，于是厨房里天天弄甜食给皇帝吃。饭是甜的，菜是甜的，汤是甜的。不几天，吃得皇帝倒了胃口，饮食大减，精神不振，严责御膳厨师。这一天中午，皇帝忽然觉得饭菜好吃多了，便把厨师叫来盘问道："今天饭菜特别可口，是何道理？"厨师跪奏道："陛下，臣每天都是这样做的啊。""胡说！"皇帝大怒道，"尔等平时偷懒，不好好掌厨，今天不说实话，拉出去斩了。"厨师吓得浑身筛糠，战战兢兢奏道："陛下恕小臣无罪，方才敢说。""你如实奏来，恕你不死。"厨师回奏道："哪里是为臣有什么新法子，是我端饭菜时，经过午朝门口，不苟子身上的盐汁滴到饭菜里，我来不及换，就端来了。"

皇帝至此，方才明白不苟子的话，时间长了，还是盐好吃。但自己已当众说过糖好吃，金口玉言，岂能更改？还是苟且出了个主意，叫皇帝偷偷私下吃盐，不让外人知道。从那以后，由于是私下里吃盐，就成吃"私盐"了，贩盐的不经过官府批准，私下里贩卖食盐的也就叫"贩私盐"了。

盐婆婆和盐爷爷的故事

据说过去某地有一眼古老的盐井闻名遐迩，某盐井祠里有一双手被铁锁链锁着的彩塑女神像，这尊女神就是“盐婆婆”。盐婆婆为何被铁锁链锁住呢？有这么一个凄婉的传说——

相传，很早很早以前，齐寿山以西的西汉水两岸是块水丰草茂、气候宜人，宜农宜牧的风水宝地。

玉皇大帝看中了这里，在马平山上给他修建了一座殿宇，还给这里赐了一眼能疗疾百病，让人畜身强体壮的卤水，并打发盐圣母专门管理这眼盐井。

盐圣母司管盐井后，恪尽职守，终日向人们传授水盐加工技术，每年的农历四月十二日是她的生日，她才可以歇息一天。

有一年，盐圣母听说遮阳山下的某地也有一眼盐井。在她生日那天，盐圣母脚踩祥云，翻山越岭去考察此地的盐业生产。

这里管理盐井的是个英俊的小伙子。

盐小伙和盐圣母一见钟情，相互倾慕。

白天，盐小伙陪伴盐圣母游山玩水。

晚上，盐小伙和盐圣母相互交流、研讨水盐的熬煮、晾晒等加工技术。

不知不觉间，盐圣母在此地逗留了三天，在这三天里盐圣母和盐小伙相许了终身，结成了夫妻，并约定每隔三年的四月十二日相会一次。

从此，盐圣母被人们叫作“盐婆婆”，这位盐小伙就叫作“盐爷爷”。

该县的城隍神发现当地的卤水含盐量突然大增，一打听才知道是盐圣母来了，还和盐小伙结成了眷属，心里说，盐小伙和盐圣母私订终身，虽然有悖天条，但给当地百姓带来了福祉，只好睁一只眼闭一只眼，任其发展。

当地民众为盐婆婆的到来奔走相告，大街小巷张灯结彩，庆贺盐圣母和盐小伙喜结良缘。

这天，盐官的方神听盐工传出消息说，盐井里的卤水没有了咸味，打发土地神到盐婆婆处查看究竟。

刚刚从外地回来的盐婆婆听了土地神的来意，拿手指蘸了点卤水尝了尝，果然恬淡无味，暗暗吃了一惊，她没敢说是去了外地，谎称出去拜访了一位道友，可能影响了卤水的质量，她马上调理，很快就会咸香如前。

方神听了土地神的汇报，心想盐婆婆本是神仙，偶尔出去访神论道也是情理中事，也就再没追究。

光阴荏苒，转眼过了三年时间，盐爷爷日夜思念盐婆婆，没等到约定的四月十二日，提前一天赶来盐官和盐婆婆相会。

盐爷爷来到盐官的第二天，该地盐井卤水的含盐量大减，有些人家挑回去的卤水，一锅卤水熬不出一把盐，有人去盐井坊找盐爷爷询问原因，可是盐爷爷不知去向。

很快，人们四处奔走惊呼，“盐爷爷不见了，盐爷爷把盐带走了！”

城隍听到消息，掐指一算才知道盐爷爷原来到盐官找盐婆婆去了，便授意当地土地神把盐爷爷的去向托梦给了县城里的盐会长，让人们去盐官接回盐爷爷。

县城里的民众知道了盐爷爷的下落后，盐会长召集了一大队人马，拿着刀械，浩浩荡荡赶赴盐官要盐爷爷，并放出话说，如果盐官不放盐爷爷回来，就毁了盐官的盐井，还要状告盐婆婆以色诱拐盐爷爷，断绝一方民众生计。

盐官民众得知有人来抢盐爷爷，还要毁了他们的盐井，也是一呼百应，人们纷纷拿着刀枪棍棒涌向城门，要和来人见个高低。

盐婆婆和盐爷爷听说由于他们的相会，要引发一场流血冲突，盐爷爷吓得一时没了主意。盐婆婆灵机一动，暗暗使用法力刮起了一股沙尘，盐爷爷借沙尘掩护，悄悄返回了住处。

两方的人正在城门外对峙，突然狂风大作，沙尘漫空，对面不见人影。

人们刚要四散躲避，少顷风息尘散，只见盐婆婆亭亭玉立地站在两队人马的中间。

盐婆婆和颜悦色地说：“你们兴师动众的，所为何来？”

有人说：“我们来接盐爷爷，快把盐爷爷交出来。”

盐婆婆装出大惑不解的样子说：“你们的盐爷爷不是在老家吗？这里哪来的什么盐爷爷。”

“你不要装糊涂了，盐爷爷就是让你给拐骗来了，你敢不敢让我们搜？”

盐婆婆坦然地说：“你们如果执意要搜，也可以，你们要是搜不出来呢？”

“要是盐爷爷不在你们这里，我们立马回去，再不来找你们的麻烦。要是我们搜出来呢？”

盐婆婆果断地说：“要是你们搜出盐爷爷，我跟你们一同去，从此再不来盐官。”

双方订好协议，盐官人打开城门让人进城搜寻盐爷爷。

来找盐爷爷的事惊动了盐官的土地神，土地神捏了一把汗，暗暗到盐婆婆处去查看，见盐爷爷已经脱身，就到方神处去汇报情况。方神其实早知道了事情的来龙去脉，听了土地神的汇报，说：“盐爷爷已回老家，此事不要再声张，你以后多留意盐婆婆，盐婆婆和盐爷爷年少情笃，就怕盐婆婆受不了寂寞之苦，偷偷跑去找盐爷爷。”

来人搜遍了盐井坊和盐婆婆的闺阁，没搜出盐爷爷，悻悻地返回了。人们回到家里，只见盐爷爷正在城里指导盐民煮熬水盐。

不久，盐爷爷就病倒了。

盐婆婆得知盐爷爷生病的消息，心急如焚，乘着月夜赶来看望盐爷爷。

二人相见，悲苦难当，双双落下辛酸的泪珠。他们多想长相厮守，过上平凡人男耕女织的幸福生活。可是，“人有王法，神有天规。”上天的清规戒律不容许他们享受普通百姓的天伦之乐，何况他们各自庇佑的一方民众也不理解他们，只要他们的恩惠，不给他们哪怕是一天两天相爱相守的权利。

受方神旨意监视盐婆婆的土地神发现盐婆婆出了盐井坊奔西北而去，知道盐婆婆去找盐爷爷，赶紧把盐婆婆的行踪报告给了方神。

方神很是恼怒，让土地神当即给盐官的盐会长托梦，让盐会长召集一班青壮年，连夜骑快马去追赶盐婆婆。

天色微明时节，盐官一班人马到了那里，在盐爷爷的盐井坊里找到了正在给盐爷爷熬药的盐婆婆。面对面容憔悴的盐爷爷和一脸戚容的盐婆婆，大家的心不由得软了下来，有人提议让盐婆婆伺候盐爷爷两天再回去。盐会长心里虽然不忍，但神命难违，一时为难起来。

盐婆婆给盐爷爷喂完汤药，凄然地对盐爷爷说了句，“你安生养病，如果上天见怜，明年的四月十二日我再来看你。”转过头含着泪水对大家说了句，

“你们是奉神旨意行事，我不难为大家，我跟你们回去吧！”

再说，盐会长带着人马去追赶盐婆婆后，方神思来想去觉得事关重大，且不说盐婆婆三番五次擅离职守会给当地民众的生息带来损失，盐婆婆和盐爷爷私配婚缘是犯了天律，如果天界怪罪下来，他有失察之责。于是，方神起草了一份文书，把盐婆婆和盐爷爷婚配之事禀报给了玉皇大帝。

玉皇大帝大怒，下旨让两地的民众把盐婆婆和盐爷爷用铁绳、铁锁锁起来，永世不得恢复自由身。可怜一对恩爱夫妻就这样被活活分开了。

后来，周朝廷在大夫非子的举荐下，委任当地一个叫胶鬲的人担任了盐官管理盐业生产的专属官员。

再后来，唐代大诗人杜甫从秦州赴同谷路过盐官时写下了一首题为《井盐》的诗：“卤中草木白，青者官盐烟。官作既有程，煮盐烟在川。汲水岁榾榾，出车日连连。自公斗三百，转致斛六千。君子慎自足，小人苦喧阗。我何良叹嗟？物理自当然。”形象地描述了当时煮盐的盛况。

（孙连崇整理）

盐婆婆的故事

早先的时候，东海龙王有个小女儿，叫嫣儿。她看不惯龙宫里争权夺势、钩心斗角的勾当，就偷偷地跑到灌河边来，嫁给了一个姓严的穷相公。夫妻安贫乐道，小日子过得还怪好。

这一年，旱灾、蝗灾、涝灾接连不断。收不到粮食，只能靠到河边挖点野菜，刮些树皮过生活，大人小孩饿得黄膀虚肿，走路打晃。说话过了腊月到了新年的正月初六，这一天，过晌了，还锅没动瓢没响，小孩饿得嗷嗷叫。严相公对妻子说：“你赶忙烧锅，我这就去借粮。”他想起有个要好的朋友，才来海州当官，现在就去看看，保准能借些粮食来。嫣儿添了一大锅水，烧了起来，一等没来，看看水快烧干了，添上水再烧，烧干了又添上再烧。直到傍晚时，见丈夫才恹恹地回来，空空两手。“怎么的呢?”严相公说:“这世道难说啦，他说有点粮食，今日要宴请官僚富豪，挤不出来。说皇家有粮，现在正从徐州往这里运，到时尽你家吃!”嫣儿说:“恐怕我们等不到那时就咽气了。”

严相公一头气，一头揭锅盖，一看，没有饭。哟！锅底上凝固了厚厚一层白色晶体。原来这地方在大海边，海边人家吃的水都是咸水，这结晶的自然就是盐。手指蘸了尝尝，有咸味感。嫣儿把野菜朝锅里一倒，弄出来，全家一吃透鲜，好吃，大开胃口。嫣儿将这个东西送东家、送西家，大家都说味道鲜。没病的吃了浑身添劲，有病的吃了渐渐地好了。这个咸东西，是个宝物，是严家嫣儿发现的，就叫成了后来的同音字“盐”。大家都尊称嫣儿为“盐婆婆”。把盐吃光了，就挑海水来，放到灶上锅里熬。慢慢灶民就成了制盐人的代名词。

后世灶民为纪念嫣儿，就把正月初六定为盐婆婆生日。时至今日，当地仍保留这种祭盐婆婆的风俗:大清早，各家各户老人带着小孩，拿三股香，一对小红烛，带上印有龙图案的红方纸、白方纸、黄小马，到盐滩头给盐婆婆烧纸，祈祷:“请盐婆婆显灵开恩，保佑今年多长盐，全家温饱，老幼平安。”放过鞭炮，灶民们拿上工具，或翻翻盐席，或戽几斗卤水，表示新春盐业生产开始，大吉大利。有的人家还在滩头上供奉盐婆婆画像。灶民们这天还有看天习俗，如若正月初六这天红花大太阳，就说今天盐婆婆眉开眼笑，今年的盐定有个好收成。

盐王的传说

据说很久以前，黄海边上住着一个姓陈的打鱼人。他每天靠出海打鱼为生，日子过得非常快活。这一天，他正在河边补网，发现海滩上停着一对凤凰。而当地流传着这样的说法,凤凰落脚的地方就一定会挖出宝藏,于是这姓陈的打鱼人高兴得赶忙跑了过去。而那对凤凰见渔人走过来了,张开翅膀就飞走了,只留下一行爪印在海滩上。

渔人就把留有爪印的沙土小心翼翼地挖起来,开心地带回了家。他将这些沙土用纸包起来放在了灶台上,像供奉宝贝一样供奉着它们。

有一天晌午,渔人炒了个菜吃。菜熟了之后他一尝觉得味道格外鲜美,但是那菜都是平时的材料,怎么会跟往常不同呢?正当他纳闷之时,发现原来是那包泥沙中的水分透过纸渗到了锅里。渔人茅塞顿开,从此之后,他常常到海边去取海水,放在锅里炒菜吃。

再后来,他渐渐摸索出了一个方法,即将海水放在罐子里,用火烘烤。几个时辰之后,海水被烘干了,罐子里就会出现一颗一颗颜色纯白发亮的东西,这就是后来人们所说的盐。

这渔人自从知道在菜里放盐,会使菜的味道更加鲜美之后,就改行当起了厨师。后来他烧的菜因得到了远乡近邻的一致好评而渐渐有个名气。皇帝听说后,就将他招进宫去了。

自从这陈姓渔人当了皇帝的御厨之后,皇帝的胃口大开,心情也跟着大好起来。这一天他来了兴致,就让陈姓渔人掌厨,请了文武臣工前来赴宴。

正吃得尽兴,皇帝将陈姓渔人叫来问:"这天下的美味朕都尝过了,却不知道哪个最好吃,如今朕想听听你的意见,不妨说来听听。"这陈姓渔人为了显示自己发现盐的功劳,随口答道:"万岁爷,依小人之见,这天下的美味莫过于盐了。"

皇帝见他并不正面回答自己的问题,而是跟自己打起了太极,顿时大发雷霆,说道:"大胆,敢在这里胡言乱语戏弄朕!"大臣们见皇帝发怒,都不敢做声。只有那陈姓渔人看不出事理,接着说道:"小人不敢戏弄万岁,但是小人说的是实话呀。"皇帝听了气不打一处来,就下令将陈姓渔人推出去斩首了。

皇帝御膳房里的厨子知道陈姓渔人被杀的消息后,就再也不敢在皇帝的菜里加盐了。皇帝吃了没放盐的菜,觉得非常不对劲儿,就责问起厨师:

“这些菜是怎么做的？淡然无味，叫朕怎么吃得下去？”

厨子起初不敢说，在皇帝的逼问下才战战兢兢地开口道：“自从皇上将陈姓厨子杀死后，我们就不敢在菜里放盐了。”皇帝不明白，说道：“大胆厨子，你何出此言啊？”厨子赶紧跪在地上磕头，嘴里说着：“小人该死，小人该死，只是那厨子说世上最美味的东西是盐，然后万岁您就将他处死了。”

皇帝一时语塞，于是命厨子下去，暗自琢磨起来：“难不成这盐真是好东西？是我错杀了这陈姓厨师啊。”后来皇帝封陈姓厨师为盐王，并昭示于天下，人们便尊称他为盐业的祖师了。

（史忠霖整理）

地名传说

贼头港

响水县陈家港之北，有一尖嘴港。航行于灌河近海的船只，每遇风暴，就驶来小港避风，因此，人们就叫它嘴头港。后来，一海盗船来这小港避风，便据为巢穴。自此，过往船只常受其害，不敢再来小港避风。一年，那艘海盗船出海劫财，碰上大风浪。海面上波浪滔天，白昼如夜，水天一色，吓得海匪们哭爹叫娘，匪首许下次年八月十五日人头大愿。翌年八月，海盗为还愿，四处收买“童子”，可任其出大价钱，也无人敢应。最后，精通武艺法术的于“童子”应了召。还愿那天，匪首和“童子”各怀心事，到杀鸡过关一节，两个小海盗从舱中抬出一个麻袋，倒出一个抓来的小秃子，正准备祭祀，于“童子”说：“用秃子敬神，是对神灵的亵渎。”他的话音没落，便举起宝剑，直刺匪首的咽喉。匪首头一偏让过剑，“唰啦”一声抽出防身佩刀，对打起来。众海匪也手执兵器一拥而上。于“童子”飞起一脚，把一张芦席踢下了河。右手提起小秃子猛一跃身，稳稳当当地站到芦席上，那芦席逆着风迅速向对岸浮去，就像八仙过海那样神奇。“追!”匪首大声命令。海匪们立即起锚、拿篙子、划桨，出动一只大船和数只舢板，追赶于“童子”。于“童子”不慌不忙，从背袋里摸出一把芦苇秆子，往后一撒，顷刻间灌河近岸水里，长出高大粗壮、密密麻麻的芦苇，挡住了海匪船的前进道路。于“童子”和小秃子平安地到达了对岸。以后，人们就把嘴头港改叫贼头港，原名则渐渐被人们遗忘。

（王志迁整理）

苏大塘

有一年，京城派来一队人马，进驻响水口、双港、陈港等地，以剿灭土匪，治乱安民。大营就扎在响水口。这些人马的领队就是武前军左路营务处第十五营营长苏锡麟。此人五十开外，高个儿，在剿匪安民中，他指挥果断，体察民情，不到两年，就平定了匪乱，百姓安居乐业，民众也亲切地称他为“苏大人”。

一年大旱，响水口的百姓尽管紧靠灌河，但因灌河之水也变得跟海水一样咸，百姓吃水困难，一般要到四五里外的关帝庙、小浦庄、三家村等地去抬去挑。当时在响水口境内虽有一个小水塘，但也干得塘底裂缝。百姓为了就近取水，就在塘底挖了几十个大小不等的坑口，从中舀上一些浑水沉淀饮用。一天，苏大人走到塘底，蹲在一坑口用双手捧了一些水尝尝，原来是淡水，还带有甜味。没两天，苏大人亲自带领一批兵勇挖深水塘。苏大人画了塘界，挖起第一锹土。起初，百姓三三两两来相帮，之后，越来越多。水塘快完工的这天，苏大人到塘边看看深度，正巧从塘底下甩上来一锹污泥，溅在苏大人的身上，衣服、鞋袜都沾上了污泥。护卫火了：“他妈的，没长眼睛！”话还没落音，苏大人打了护卫一个耳光，“你有眼无珠，不识好。”说着，指了指塘底下的那个百姓，“他力大过人，不是蛮好的吗！”并安慰了在塘底下挖塘的百姓，又对护卫说：“快去买点烧饼油条，慰劳慰劳这个大力士。”

军民协力，一口又深又大的水塘挖成了，人们吃水问题解决了。为了纪念苏大人，就将这个水塘定名为“苏大塘”，并把靠在塘边不远处的一条巷子叫做“苏塘巷”。

琵琶湖

七套梅湾村境内有一大景观——琵琶湖。当地人原来称“梅家大塘”，因“塘”形如琵琶状，文人们近年来便美其名曰琵琶湖。琵琶湖非人工所挖，历史悠久，据说原是黄河北徙后留下的一个浅滩。

琵琶湖大致呈东西走向，绵延1.5公里左右。湖南毗邻中山河；平均湖深约在5至8米，南北最大宽度约为400米；湖东呈琵琶头状，狭窄细长，湖西宽阔，如琵琶身。琵琶湖里产鱼虾无数，湖的四周生长着不少树木和芦苇，很是美丽。

琵琶湖还不少神话和传说。

据当地人谈，深更半夜，他们经常听到河中心有音乐飘过来，还有人曾看到河上有很多彩船，船上有美女在跳舞、弹唱。见人来了，他们就立刻沉入水底。捕鱼的人都说，琵琶湖的鱼很多，还有很多的鳖，但由于水深、面积大，无法捕捉。有人曾带鸦捉，鸦入水中往往反被大鱼吞食了。

有一年，外地有人想发财，与塘主签约分成，准备将河水车干拿鱼。几十部水车，几百号人，摆开阵势，在河边住下，日夜不停地车水，车了两个多月，有一天天快晚了，终于将水基本车干，只见河底大小鱼黑压压的一片，外地人心里十分高兴，心想，这次可以发个财了，因为河底淤泥太深，人一时下不去，只在边口抓了一些小鱼，准备次日用小船下去取大鱼。晚上派人值班，防止堰倒了。塘主在家里灯下看书，忽然外面来了一个老叟，须发皆白，到塘主面前扑通跪下，口称：“救命！救命！”塘主见了不认识，便问：“你是哪里人？找我救什么命？”老叟说：“我姓倪，就住在你家地上，不想两个多月前来了一帮人想发财，要出卖我们，你能否大开恻隐之心救我们性命，则感恩不尽，至于钱不成问题，有我负责归还。”塘主说：“你这老头，一派胡言，是否神经有毛病，我们庄上哪有姓倪的？我又如何救你？你赶快走吧，不要在这里胡闹了！”接着便将他赶了出去。

再说，琵琶湖夜间有好多人值班看堰，防止大堰发生意外，如果堰一破，水流回，那就前功尽弃。这时又见那位须发皆白的老叟来了道：“你们抓了一些小鱼就是了，我劝你们算了吧！”，看堰的人说：“什么？半夜三更的，哪来的老头，来此说这些泄气话，去去去！你不要靠近我们的大堰，快走吧！”边说边过来赶老头，只见老叟步履轻捷，冲入河中，忽然化作一条大鲇，身长丈余，粗似笆斗，那鱼首尾摆动，水花四溅，直向大堰冲去，说时迟那时快，只听“扑”的一声，大堰被冲开一个口子，霎时，河水像脱缰的野马一样奔了过来，顷刻之间水就还原到原来的模样。

第二天早上，外地人都到了河边，见两个多月的辛辛苦苦车的水又恢复了原状，力出了，钱花了，一条鱼未捉到，财力人力损失很大，劳而无功，有的人都失声哭了起来。外地人一点办法也没有，只好收兵回家。

琵琶湖还有神奇的地方，据说喝了琵琶湖水的人聪明，有人统计，近十多年来，靠近琵琶湖边的几村庄先后出了二十八位本科大学生，这在农村是也少见。另外说喝了琵琶湖的水还可长寿，因为湖周围八九十岁的老人比比皆是，不知是真是假，反正琵琶湖成了人们心中的神奇的湖。

（周德新整理）

大通口铁牛镇水妖

在响水县运河镇境内，距古云梯关不远，位于废黄河北堤，有个大通村，古称“大通口”。

自宋、明起，黄河夺淮，泛滥成灾，饿殍遍野，人或为鱼鳖。清康熙十六年(1677 年)，河督靳辅为治淮水，在河身两旁离水三丈之处，各挑引河一道，取黄土加筑两岸大堤，堤高一丈，借以引黄淮二水入海。拦河坝北自清河县（淮阴县）至云梯关长约220里，南自北洋河至云梯关长约330里。康熙三十五年，河督董安国又在薛套黄河中游建拦河坝，企图拦住洪水，并挑马港引河，导黄水循灌河入海。康熙三十九年，康熙帝南巡清江浦（今淮安），当地治水官员禀报拦河坝一事，帝拍案大怒，水可疏，岂可拦？盲目筑坝，更改河道，只会加重水患。当拆除大坝，顺其自然。遂命总河于成龙治理黄淮，于遵帝旨，命河督张鹏翮在治水的同时，铸造九牛二虎一毕㧐，分置于沿河险段以镇洪水。铁牛，一名铁犀，与真水牛大小相仿，卧伏于地，目视河道，若有所思。但能否治好洪水，官民心中都没底。

这日黄、淮二水再度肆虐，一泻千里，哪是土坝能挡得住的？更有水怪兴风作浪，推波助澜，周遭田园、村庄尽皆淹没，穷苦百姓流离失所。这天深夜，水妖又来作怪。已经成为地上河的黄河黄水横溢，大堤眼看将要决口，忽听得河堤上一声巨吼，九只铁牛活了过来，直奔水妖而去，铜铃般的大眼放射出耀眼的光芒，尖尖的牛角真刺水妖，吓得水妖四处躲藏，落荒而逃，洪水也跟着退去。当天夜里，有人看到，洪水退去后，铁牛又回到原来的位置。

嗣后，张鹏又命在大通口这个地方拆开拦河大坝，洪水由此直泻大海，两年多的时间再也没有泛滥成灾。康熙闻知，龙颜大喜，亲赐此地为“大通口”。于成龙也亲书《法海当梁》匾额，悬于云梯关禹王庙中。当地官员遂在铁水牛肩胛部铸刻铭文，文曰：

维金克木蛟龙藏，
维土治水龟蛇降。
铸犀作镇奠淮扬，
永除昏垫报吾皇。

——康熙辛酉午日铸

铭文为阳文楷体。谁知康熙四十一年，黄淮在大通口以下再度漫溢，水患频仍。可怜康熙大帝至死也没有实现“永除昏垫”、“吞吐百川归领袖”的遗愿，悻悻然寿终正寝。

乾隆帝即位后，第三次下江南，驻跸淮阴，乘舟南下，及至洪泽湖高良涧，停舟登岸，观看湖堤上镇水铁牛，见憨态可掬，形态逼真，便心血来潮，吟诗一首：

怪石磋硪号铁牛，
古今屹立几千秋。
风吹遍体无毛动，
雨洒浑身有汗流。
嫩草堆前难下口，
金鞭任打不回头。
而今鼻下无绳索，
天地为栏夜不收。

嘉庆十三年（1808 年）盛夏，大雨如注，河水暴涨。雨后，几个无知顽童在河堤玩耍，捉住几只癞蛤蟆。就取一段母亲纳鞋底的麻线，两头各拴一只蛤蟆，在河堤两边嬉耍，玩过以后各自回家。谁知那癞蛤蟆跳来跳去，一个拉过来，一个拽过去，麻线捋的口子越来越大，河水慢慢渗进口子，顷刻间漫过河堤，像脱缰的野马奔腾咆哮，数百座村庄被淹，数万百姓葬身鱼腹。这就是史上有名的“倒大通口”洪灾。有人看见，铁水牛流泪了，但它见天下百姓吃过太多的苦，心已麻木，不能再发神威，面对天灾人祸，已无能为力了。后来，朝廷发动数县民众抢救，直到第二年才将大通口堵上。咸丰年间，黄河复归山东故道。铁牛依旧守卧在废黄河堤，荒草丛中，见证着历史的沧桑。

大通口这头铁水牛，于百姓已是神灵。庄上老人说，上上辈子曾有人看见它经常在夜间出来，来回走动。人们对它已产生特殊感情，农忙之余，大人们总喜欢来此驻足、观赏，在牛背上骑一骑，可保吉祥平安。庄上孩童有个头疼脑热的，大人到它面前烧点纸，焚点香，祷告几句，立马见效。牧童们经常骑着真水牛来此玩耍嬉闹，年代久了，牛背被磨得锃光闪亮，可惜抗战时期毁于战火。据悉，九头铁水牛仍有四头保存完好，1982 年被列为省级保护文物，现陈列于高良涧节制闸和三河闸等处。

（赵斌整理）

柏团塘

六套乡新条村六组庄前有个水塘，呈正圆形，面积不到 100 平方米，塘的周围栽有大树，大树的倒影映在水塘里，使塘中的水显得更加碧绿，透过大树枝叶的阳光映射在水面上，塘面就像菱花镜一样，闪烁着耀眼的银光。真可惜，这个水塘是处在乡间的村庄上，不为人知，要是坐落在城市公园里，它会成为一个十分亮丽的风景，将会接受许多游客的欣赏。

说起这个塘，它既不是人工开挖，也不是河流漩涡冲刷，而是大自然所造化。据说在明末清初，海岸线东移时，我地就有少数农家居住。有一天，陡起大风，只见满天乌云滚滚，从天际间挂下了一条“云带”，摇摇摆摆地向这里飘来，到了此处后“云带”竟然不走了，形成一个上齐天，下处地的灰色云柱，继而暴雨如注，一会儿，风停雨止云散。只见云柱之下出现一个柱状深塘，塘中的泥土全被云柱卷走了，只剩下深不可测的混浊泥水，由于塘边住着一户姓柏的农家，因此这个塘就被命名为柏团塘。

解放前后，我村的柏团塘曾被我村用来作为村名标志，无论在过去还是现在，在中国地图上均有“柏团塘”标注。因此，柏团塘就成了我们这个地方特有的地名代号。

由于柏团塘成因神秘，“文革”后期，有一段时间“四旧”泛滥，有少数人视此塘为“神塘”，称塘里的水为“仙水”，有病的人只要喝了塘里的水能治百病，将这个水塘蒙上了一层神秘的面纱，方圆百里的病者都慕名前来取水，取水的人鸣鞭放炮，往塘里扔猪头、公鸡、烧饼、油条……作为供品，把这个塘弄得乌烟瘴气。当时村干部见状后，便组织民兵看守，对前来取水的群众进行耐心的说服教育，尽管这样还是禁止不住，有的人竟在深夜远离水塘处放鞭炮，偷偷地溜到塘边扔供品取水，这股迷信风越刮越猛，后来请派出所同志协助，才制止了这场风波，恢复了柏团塘往日的平静。

现在的柏团塘，经过几百年的淤塞，终于见底了。塘口还是那么大小，塘的深度也只有3—4米左右，和普通的水塘一样展现在人们的面前，但柏团塘这个地名却永远地留在地图上。

（胡立志整理）

鱼 涝

加庆村境内有个湮灭已久的地名，叫“鱼涝”，传说它得名了一条大鱼。

那是黄河夺淮以后，这地方沧海逐渐淤成桑田，形成了一片平原，平原坦荡，一望无垠，然而泥沙在淤积过程中却留下了一个洼地，洼地有水，太阳一照，水洼闪闪发光。多年之后，这里逐渐长出了稀疏的植物，如茅草、芦苇和盐蒿等等，而那个水洼里有人也发现了鱼。大家觉得奇怪，这水洼远不通大海，近不连江河，这鱼从何而来呢？

到了冬闲，当地人一起戽干了水洼里的水，捉到了一条大鱼，有识得者说，这是黄河鲤鱼。黄河离此地千里之遥，怎么会有黄河之鱼？有人说，那是黄河夺淮带来的，然而掐指一算，黄河夺淮又改道北上，距此时已数百年之久，怎么还会有黄河鱼游来，莫非是从天上飞来的吗？这时从人群中出来一位老者，说出了其中原委。

老人告诉大家，俗话说“草籽万年，鱼卵千年”，既然这里的土里能长出草，那么这里的水里也一定能长出鱼。鱼由鱼卵孵化而来。那么可以知道，孵化这一条黄河鲤鱼的鱼卵想必从千里之外的黄河而来，它首先东入大海，被泥沙裹挟淘洗，一定是伤痕累累，后来随之上陆，机缘巧合，落入此水洼安身，遇合适之环境，最终化而为鱼……说来也是缘分。老人又说，我们迁徙到此，垦荒熬盐，筑庐而居，千辛万苦，其经历正和这大鱼相似，今日我们不如将其放生。大家一致同意，待水洼重新渗满清水之时，众人将大鱼放了进去，并将水洼命名为“鱼涝”。

（史忠霖整理）

孙堰村

运河镇西边有个孙堰村，说起这村名的由来，有这样一段传说。

早在明成化年间，有一年夏天发大水，流经村边的淮河河水猛涨。当时驻守云梯关的治水道台孙大人，冒雨察看河道水情，看到一处堤岸即将被冲开一道口子。他非常着急，也很清楚他这个水官的重大职责，若保不住河堤，致河道溃缺，人为鱼鳖，他觉得那是百身莫赎之罪。

治水道台连夜召集下属前来议事，商讨如何保境安民。有一属下禀报：“道台大人莫急，淮河决堤，咱们不是还有第二道大堤吗？”治水道台猛然醒悟，立即与下属去察看淮河堤外的第二道大堤。只见这堤虽然年久失修，但只要加高加固，应该还是可以抵挡即将到水的洪水。

道台当机立断，花重金动员百姓迅速运土筑堤，他用几个箩筐装满银钱，放在大堤上，向百姓发话：“一筐土一两银，立即兑现，决不食言。”百姓纷纷到来，冒雨运土筑堤。

但是大堤增高速度赶不上洪水上涨速度，洪水漫过淮河堆堤以后，迅速冲击新筑的土堰，由于未经夯实，土堰不堪一击，散沙一般坍塌。眼看筑堤民工有生命危险，道台吩咐立即鸣锣收兵，锣声一响，人们四处逃散。

人走光了，最后道台一人呆呆地站在雨中。他想，淮河决口是我防御不力而造成的，无论我逃到哪儿，都免不了一死，我宁可为抵挡洪水而死，也算是尽到了我的责任。于是，他往决口险要处只身躺下，闭上眼睛等待无情的洪水来淹没他。说来也怪，道台躺下以后，雨却慢慢停了，侧耳细听，他觉得水声渐远，睁开眼睛一看，大水竟缓缓地退去了。

大水退了，百姓得救了，村民感谢孙道台大人，自发地在堰旁竖起一块石碑，上书“孙堰”二字，同时把村子定名为“孙堰村”，以永远纪念那位道台为民尽责的事迹和精神。

（史忠霖整理）

鱼段庄

去响水县城东南十数里，是经济开发区的兴泰居委会，居委会的最东边有个叫“于段庄”的自然村。其实，这庄名原叫“鱼段”。可能是近代居住此地的人觉得“鱼”字较俗了点，或是“于”字书写极为简便而有意为之。

相传在明朝末年间的一年夏天，黄海之滨发生了一次近似海啸的洪水，有一条极大的大鱼（鲸鱼）随海水游上来后在此地搁浅。头东尾西的大鱼在向海里挣扎洄游的过程中，因鱼尾不断地拍打，竟将身后拍打出个一亩方圆的大深塘来；前面也因鱼头的摆动、喷水而形成了一条长长的沟渠。尽管大鱼使出了全身的解数，也没能游离此地。

洪水退去后，天气复加暴热，大鱼渐渐腐烂。因鱼头、鱼尾皆悬空于深塘、沟壑之上，不久就坍塌于塘渠之中。后被发现时仅剩下一个无头无尾的鱼的身段架子，人们就将这个地方称作“鱼段”。

多年后，不少人觉得这里地势高爽，有塘有沟，风畅水便，很适宜居住，遂陆续有人迁居于此，便渐渐地形成了个村落。按习惯叫法，故称此为“鱼段庄”。

（何志宽整理）

黄圩原名“薛圩”

黄圩集镇是现在的黄圩镇政府所在地。据说,黄圩原叫薛圩。为什么叫黄圩,还有一段传说故事。

清朝嘉庆年间,薛圩只是一个小庄子,没有街道,庄上姓薛的较多,故称薛圩。当年属安东县(今涟水县)管辖。薛圩靠近佃湖。有一天,薛圩庄主薛田便去佃湖卖粮食,到了粮行,薛田把粮食从毛驴身上卸下来,因第一次来这里,不知道驴拴在什么地方,随口便问那伙计,“喂!驴扣哪里?”那伙计头一抬,看薛田是土庄户人,说话连个称呼也没有,就不耐烦地说:“没地方扣?扣你腿上。”这句话也有点“冲头人”。薛田没想到粮行伙计竟这样无礼。当时没有发作,忍气吞声地把粮食卖掉,连“尖”也未打(办事后,吃点东西叫打尖),一肚子气回到家里。经过一番考虑,找来几位本庄头面人物,把在佃湖受辱的经过一说,提出想在薛圩兴集市的事。几个人听了也很气愤,一致同意兴集。经过筹备,没几天薛圩小集正式开张。想不到这个集市很受欢迎,附近人纷纷都来此赶集。佃湖人接受不了,便向安东县告了一状。说是政府有文规定,“十里路之内不准兴二集。”佃湖距薛圩九里半,兴集是违法的。薛圩人听说佃湖人向县递了状子,一时也慌了手脚。薛田忽然想起北禄沟西边的黄举人,和他家有点亲,此人有文化,交际广,点子多,求他帮忙和佃湖人打官司肯定能成。当即便备下厚礼前往黄举人家,黄举人听了来龙去脉,大拍胸膛口表态:“这小事一桩,县太爷和我是同窗好友,我替你们跑一趟!”黄举人真的找到了安东的知县,知县一见老同学来很是高兴,黄举人说明了来意,知县说:“这小事问题不大,先喝酒。”几场酒把黄举人喝得酩酊大醉,晕头转向,打官司的事也无暇提及。时间不长,县里真的有文书下来,意思说,经查黄圩与佃湖相距十二里,可以兴集!薛田蒙了,薛圩怎么变成“黄圩”了？哪知那天知县酒也喝多了，糊里糊涂，只记得有个什么“圩”，因是黄举人关照打的官司，文书上便写了个“黄圩”。白纸黑字，怎好改动？薛圩人听说县里已承认可以兴集，非常高兴，黄圩就黄圩吧，名字只是个符号而已，认了，反正官司打赢了！于是薛圩就改称黄圩了。

（周德新整理）

黄圩龙背村和三毛寺村名的由来

黄圩的龙背村名称来源很有意思。相传很久以前，天宫中有一条懒龙，整天游手好闲，好吃懒做，屡教不改，玉皇大帝非常生气，就惩罚他一下，命天兵天将将其抛入凡间，刚好落在龙背村前位置，据说当时天空乌云密布，狂风大作，暴雨如注，对面看不到人，人们只听到一声巨响，惊天动地。风雨过后，呈现人们眼前的是一条巨大的乌龙，它嗷嗷直叫，双目流泪地趴在地上，人们不敢靠近，数天过后龙体发烂生蛆，但它能吃，食肠很大，一顿能吃几箩筐的馒头，善良的老百姓只能站在很远的地方，使劲地将食物抛向龙口。数日过后的一个下午，天空突然乌云翻滚，大雨如注，一转眼，大乌龙不见了，只留下深深的如龙的形状一样的泥塘，直到现在还可看到泥塘龙头龙身、龙尾位置。此村处于龙的背部位置，当地的老百姓就把这个村叫作龙背，一直沿用至今。

黄圩还有个村名三毛寺。其来历是这样的。相传三国时，曹军的右将军毛将军带领军队从此地路过，忽然一阵狂风将毛将军的乌纱帽刮上了天空，奇怪的是，帽子在天上滴溜溜转了一会儿又好好地落到他的头上。风停了，众将士都惊呼：奇怪！奇怪！毛将军也举起佩剑连呼“此处乃是宝地也！回京后我要启奏皇上，在此修建一座纱帽寺”。说完哈哈大笑。后来“纱帽寺”说走了嘴，说成了“三毛寺”，到底毛将军是否启奏皇上，还是皇上没批准，寺院未建成名字却传了下来了。“三毛寺”成了一处地名，20 世纪 60 年代，政府在此处建起了木制民用的导航塔，后又改建了铁塔，离多少里路都能望见。

（周德新整理）

“鳝鱼庄”与“皂角树”

六套有个善友村，过去叫鳝鱼庄，这个名字的来历据说与武状元徐开业有关。

徐开业文武双全，文学高超，武功非凡。据说他原来是习文的，后才习武，习武后，总觉得身体单薄，气力不佳，为此很是苦恼。有一年春天闹大旱，沟河干涸，禾苗枯死，庄户人家连吃水都很困难，没办法，人们只好从水塘底再往下挖深水井，一挖挖出了一条大鳝鱼，有碗口来粗，状如蟒蛇，背黑腹黄。大家都知道鳝鱼大补气血是个好东西，但谁见过这么粗的鳝鱼呢，没有人敢吃，这时有人建议送给徐开业吃，徐一见大喜，立即“断其头吮其血而食之”。说来奇怪，徐开业自从吃了大鳝鱼以后，顿觉气力大增，武功日进，不久竟能两手各提一只石磙，平臂而行且面不改色。嘉庆二十五年，徐开业赴京赶考，由于武艺出众，被太子看重，终于得中武状元，一举成名天下扬。

徐开业中状元后，历任御前一等花翎侍卫、陕西都阃府宜军参将、潼关协政等职，名声大振，徐开业因得益于鳝鱼，遂将徐家庄改名为鳝鱼庄。“鳝鱼”与“善友”谐音，因笔画较多，人们为了省事，便写成“善友”，一直沿用。

六套街向南三四里地有个皂角村，旧时叫“皂角树”，是因为从前生长过一棵巨大的皂角树而得名。

皂角也写着“皂荚”，落叶乔木，枝上有刺，初夏开淡黄色的花，秋天结荚果，扁平、褐色，果可入药且有较强的去污力。皂角树在我们响水地区并不多见。

相传清朝初年，黄河经常泛滥，有一年黄河堆决堤，六套里外滩一片汪洋，水退以后，孟家的地里出了一棵小树苗，但大多人都不识是什么树，有人认得说这树叫皂角树。这棵神奇的小树越长越大，几经沧桑，竟然长成一棵高数丈、三四个人合抱不过来的参天大树，树冠如盖，浓荫馥郁数亩之地，人们远离十里多地便能望见。每至春暖花开，古木参天，一片葱茏，树上栖息各种鸟雀，俨然鸟的天堂。每年这棵大皂角树结实颇多，村人争相采撷浣衣洗发，甚是热闹。

这棵皂角树因高大而远近出名，于是人们习惯上都称那地方叫皂角树，久而久之，“皂角树”便成了地名。抗战时期，这棵几百年的大皂角树忽然枯死，因其生长年久，家人一时不忍砍伐，抗战胜利时，忽又枯木逢春，仍枝叶繁茂，开花结实如前，一时传为奇谈。解放前夕，孟家经济拮据，外地有人到那里收购木材，见其树高大粗壮，出高价收买，孟家终将其砍伐出售，今仅存地名。

（周德新整理）

小蟒牛

陈家港有个北边的村，叫蟒牛村，过去叫“小蟒牛”，位于陈家港镇东北几公里远，这里东北边是黄海，西边是灌河，住着几十户人家，地理位置很好。

蟒牛村地名很有意思，传说若干年以前，有一天，人们发现在这土块地上不知从哪儿来了几条大蟒蛇和几头牤牛，不知怎么就争斗起来，牤牛低着头用它那尖角向蟒蛇冲过来，蟒蛇也不甘示弱，吐出它长长的蛇信，一个回合又一个回合，打几天几夜，打得天昏地暗，最后纠缠在一起，难分难解。

牤牛和蟒蛇怎么会打架呢？人们都感到非常诧异，畏而远之的瞧着。恰巧有位风水先生从这儿经过，看到这一奇景，自言自语道："善哉！善哉！世人不知，蟒牛争抢，此处必为风水宝地，话说在这里，将来此地定有发达之日！"有人问何故，他笑而不答，只说：天机不可泄露！天机不可泄露。大家半信半疑，后来人们称这个地方叫"小蟒牛"，后来叫"蟒牛村"、"蟒牛居委会"。

小蟒牛确实是块好地方，它东濒黄海，地势平坦广阔，背靠灌河，水陆交通便捷。20世纪80年代，外地专家来到响水考察，都认为这里是建造万吨级码头、工业生产基地的理想之地。不知是这位风水先生的预言准确，还是事有凑巧，小蟒牛近几十年确实兴旺发达起来，日新月异，大电厂、造船厂、化工厂纷纷来此落户，成了一个工业集中区。如今的小蟒牛真让人刮目相看了。

（周德新整理）

小侉坟

陈家港西南，方圆百里，过去是一片大草滩。草滩西南，有个李家圩庄子，庄子上有个地主姓李。偏北有个庄子叫半沙，庄子上有个地主姓张。两庄以一条小河为界，平时常有人越界偷草，双方互不相让，不断发生吵架争斗，互有伤亡。

一年冬季，半沙张地主送信给李家圩李地主，约定三日后比武，输者割让草地。李地主吓得要命，自量敌不过，因为张家人手多，势力大。恰巧此时有一个山东小伙子逃难过来，大高汉，粗胳膊。一听说这事，就侉里侉气地对李地主说："不要怕，我一人就能对付。"李地主将信将疑，但又考虑他是外乡人，被打死也不过搭上一口棺材，因此就收留了他。

打此以后，小侉子要李家每顿饭供他一百个鸡蛋，二斤白酒，还给他备好毛刀两张，石磙三对，小碗口粗缆绳二十根。他用缆绳将六个石磙一头三个捆绑好，神像古代的流星锤。

三天后，张家二百多人来到约定的械斗场，每人手中拿着木棍、铁叉、土枪，一副盛气凌人的架势。这时候，山东小侉子也来了。只见他腰里插两张毛刀，两只手一手提三只石磙，声如闷雷地说："你们要比武打斗不迟，先看看我的戏法。"说完他运了一口气，伸手将六只石磙提着舞动起来，先慢后快，越舞越快。只见风声呼呼，黄光耀眼，舞起来像玩小皮球那样轻快。舞了一阵，放在地上，面不改色，又拔出双刀，舞了起来，只见刀光不见人。停下来后，再看看张家人马早已吓得不知去向。

李家因此得胜，得到大片草地。就为小侉子在地界上盖了三间房子，又给他说了个秃头丫头做媳妇，让他看草滩。小侉子的本事，远近闻名，张家不敢再来欺侮李家，他看的草滩多少年来未差过一根草毛。

几年后，小侉子带着老婆回山东探亲，一去未回。张姓地主得知，纠集几十人与李家格斗。虽然打胜了，但被李家打死了一个姓许的陈港人。张家一怒之下，将小侉子三间房子拆掉，将姓许的埋葬于此，填了一个坟，人们都叫它小侉坟。

后来，有外地有钱人来此，新办了新南、新通两家盐业公司。要开挖一条河，必经小侉坟，但没有把坟挖掉，而是绕了过去。据说，坟下是蛇地，有数万条蛇在下面，每天天黑和天亮之前，坟头上雾气蒙蒙，仿佛有灵光宝气，人皆称奇，远近百十里无人不知。

（赵斌整理）

人物传说

周敬仲轶事

周敬仲，六套人，其出生于清光绪二年，在周家，按辈分应是“敬”字辈，因排行二，兄弟三人，按照“孟仲季”起名，名敬仲，号子平。周敬仲生活清末民初，当时正是兵荒马乱、国弱民穷的年代。家中生活十分艰难。他除了种地，农闲时还“撵驴”，就是用驴子驮粮食到外地贩卖来维持生活。

周敬仲身高力大，远近出名。有一年秋天，大场上有很多家在打豆子，休息的时候，大家聚在一起闲聊，街上有一位亲戚姓朱，对他说：“敬仲！人都说你力气大，今天跟你打个赌，这里有加尖一笆斗黄豆，你能扛上肩，一粒不洒，我们就输你一顿酒，如何？”周敬仲笑笑说：“这有何难？”说完，先坐在地上，一手托住笆斗底，一手抓住边沿，一使劲便将一笆斗黄豆放在肩上，然后两脚一蹬站了起来，真的一粒豆子未洒，在场的人个个瞠目结舌，姓朱的连连承认：“名不虚传，名不虚传，厉害，厉害！真服了你！我输了，我请客请客！”

还有一次，周敬仲从六套用驴驮着两口袋黄豆到响水口卖，一走走到北边老舍的大口附近，因前几天刚下过雨，水比较大，有一条小河满满地一下水，挡住了去路，一望上游幸好有一座堰可以过去，周敬仲牵着驴子刚要过堰，忽然来了一人，高声叫道：“走路的！这堰是我打，这路是我开，要从堰上过，路钱留下来！”周敬仲愣住了，问：“你要多少钱？”那人道：“钱不多！人走五个铜钱，驴子加货十个铜钱！”周敬仲问：“能不能少点？”那人说：“板上钉钉，不能少！”“那么我将驴子背过去，五个铜钱行吗？”那人心里想：驴子能背过去？你大概说笑话了，于是很爽快地说：“你如果背过去，我一钱也不要！”“既然如此，一言为定！”说罢！只见周敬仲右膀夹起驴子，左膀夹起两口袋黄豆，“哧溜”从围堰上走过，然后轻轻放下驴子和黄豆说：“给你五个铜钱行了吧?”那人吓得半天说不出话来,直直地愣在那里,连连摆手说:“真神力!神力!佩服!佩服!一钱不要!一钱不要!”

周敬仲为人和善,一身正气、有胆有识,很受人敬重。有一次,他听说后天井老大家槽坊内会作怪,四五个伙计晚上都不敢去睡觉,他自告奋勇地说:“今天晚上让我睡在那里看看有什么动静,我就不信这个邪!”当天晚上,他一个人带上棍和刀睡了进去,睡到半夜,忽听屋内窸窸窣窣有响声,朦胧中觉得像有几个孩子在皮麻,一会儿又有一个摸他的脸,他上去一把没抓住,点亮灯看看什么也没有,他笑笑说:“伙计!皮什么麻?也不过就这两下子,有什么意思,还有什么手段尽可显吧!”然后,他又重新睡下,直到天亮,什么动静也没有,后来连睡几夜再没有出现什么异常,这下几个伙计也就敢住了,那屋里从此没听说作什么怪。

有一年夏天的傍晚,周敬仲从东坎回来,快到六套时,突然乌云密布,大雨倾盆,这时他正好走到堆南马家门前,马家妇人见了,便喊:“二爹!雨下得这么大,快来我家躲躲雨!”周敬仲于是进了马家,刚坐定,便问:“你家当家的呢?”妇人答道:“他外出走亲戚几天了,还没回来呢!”周敬仲一想:这不好,孤男寡女,同处一室,瓜田李下,多有不便。就说:“那谢谢你了,我得赶回家去!”妇人说:“您刚坐下,外面雨越下越大,等雨停了再走不迟,就是不走,我家也有地方住的,这样吧,我帮你在外单间山头上铺张铺,我在里间睡,不碍事!。”周敬仲说:“不行!不行!难为你了,我家离这已不远,我一定得回去!”不由分说便冲出屋子,妇人见外边雨下得大,连忙拿了把伞追出屋子喊:“这里有伞,你带上!”就在两人刚离开屋子的瞬间,只听一声巨响,这座房子轰然一声全部倒塌。两人回头一望,大惊失色,半天说不出话来。后来,他常对人说,那天我如果有什么非分之想,命早丢了!

周敬仲四十八岁那年,因翻碱地用力过度而突然得病,按照现在的医疗条件根本是没事的,也就是“肠梗阻”之类的急腹症,但在当时缺医少药,医疗条件十分落后的情况下,这个病却成了不治之症而使他过早地去世。

(周德新整理)

神医周兆璋

扁鹊、华佗都是古代神医，清朝年间，六套镇上也曾出过一位神医，他姓周，名兆璋。

周兆璋出生于清道光年间，其父周廷锺，幼时，兆璋过继给伯父周廷栩。周家家境宽裕，兆璋为人诚恳，乐善好施，且上进好学，二十来岁开始学医，认真钻研医学三十年，直到五十多岁才开始正式行医。他家有一间书房，架上装满了医药书籍，且排列有序，凡读过的书，他都在纸条上写出重点和自己的体会，然后贴在墙上，时间一长，墙上都贴满了纸条，随时翻看，好多经典医书都能倒背如流。就这样，他经年累月足不出户，埋头苦学。由于他的基础好，医理通达，着手成春。周兆璋行医不求报偿，凡遇贫苦患者，经常分文不取，甚至还代为病者购药，他开出的处方，如患者付不起药费，他便盖上自己的印章，随便到附近药店照付不误，每年八月半、年底，他便亲自到药店如数结账。因此附近人又称他为"大善人"。

周兆璋的脉理深厚。有一年，海边王家滩有家富户王某，妻子三十多岁，患了重病，多日恶寒发热、茶饭不思，不久竟骨瘦如柴、卧床不起，请过多少医生看过，都束手无策，家人没有办法，将她的衣棺都置办停当。后来，听说周先生医术出众，特地雇车来请，周到他家为她一搭脉便说："恭喜你家，夫人没什么大病，是怀孕了，而且还是个男孩！"一家人喜出望外，王妇听他一说当即病也好了不少。周开了几付安胎调和之剂让她服用，不几日就好了。足月后，王妇果然生了个白白胖胖的儿子，王家感激不尽，特地用驴子驮了不少海产品送到六套，并送了两只元宝给周兆璋，走时连驴子也不要了。

周兆璋医术高明，如有神助，尤其对痘科更是擅长，能断人生死，从无差错，人又称他为“活痘神”。四汾港有家姓张的，儿子大约十三四岁，那年出了痘子，请周诊治，周一望，叹口气说：“这孩子病情很重，来治疗迟了，请带回去吧！”张家经济很好，一听说孩子病重已经不治，很是着急，没有办法，只好回去，回家以后哪能不治了呢，便央求河北一位老医生给儿子治疗。老医生说：“周先生人称‘活痘神’，他的话大概也不是乱说的，但我看这个孩子的病也不是那么重，难道就没治了吗？他说得未免有点太神乎其神了，这样吧，我来治治看。”于是，老先生就帮孩子治疗了，张答应，不管是谁只要能将孩子的病治好，一定送他二十亩良田。治疗几天后，病日见其好，又过了几天，痘痂已脱落，孩子已能吃饱饭，眼看就要痊愈。张高兴万分，那天六套逢集，又碰巧是举办骡马赛会，人山人海，非常热闹，张看孩子病好得差不多了，想将孩子带上街看看热闹，结束后，顺便走周兆璋药店看看，也想说几句风凉话。张到了周家药店便对周说：“周先生好忙啊？上天你断定我孩子的痘子没法治是吧？现在已治好了，今天特地送来让你看看，当初我若信你话，不治了，岂不枉送了孩子的性命？病理变化莫测，除古时长桑君、扁鹊，谁能说这样狂话！”周兆璋听了也不反驳，抬头看了看他家的孩子，沉默良久道：“张东家，实相告，你家的孩子已病入膏肓，如果今天不上街，还能多延长几天，今天你带来，又到了骡马赛场，更坏了！赛场上锣鼓震天，今夜回去二更天，孩子必头痛，五更时脑部开裂，即刻没命！我不是危言耸听吓你，如果我的话不验，你明天来将我的招牌砸了，从今以后我再不行医！”张听了，将信将疑，又赔笑道：“您不要生气，我也没有其他意思，只是说说而已……”张讨了个没趣，便将孩子带了回去。想不到当天夜里二更时分，孩子果然头痛，越痛越狠，再等带来医生看时，孩子已经昏迷，天要亮时，突然大叫一声，头脑开裂，竟气绝身亡。天亮了，邻居都来探望，张哭着对人说：“周老先生真是神仙啊，昨天我真不该去奚落他，我真太愚昧，太浅陋了啊！”

又有一年，六套堤南有一家姓马的，家庭经济十分困难，兄弟五个。时值痘疫流行，马五不幸感染了“黑痘”，这种痘子粒粒如黑墨点画，遍布全身，请几位医生看过，都说没法治。这天马家请周兆璋老先生来家诊治。周看过后，面带笑容说：“小五子痘子非常重，但不是没法看，不过要动用贵重药了，我知道你家经济困难，这样吧，药费问题由我解决！”马家听说，感激涕零。这时，正好马四耕田回来，看到周老替小五子看病，便上来说：“啊呀！真凑巧，也请周老替我看看，最近我感到身体不太舒服。”周老往他望了望，没有说话。马三挑水回来，马二喂猪回来，都说身体不舒服，顺便请周老一块瞧瞧，周老一一看过后，支支吾吾，一时都没说什么。这时，马大正在门外扫地，笑嘻嘻地进屋说：“弟兄四人都看过了，到底怎么样啊？您说话呀！”周老将马大拖到一边说：“你既然要我说，我就说了，马五的病目前最重，但还有药可治。其他弟兄三人现在看上去不怎么重，但都传染了痘子，怕都难治，都有性命危险了。”马大听了大为震惊，道：“我看他们不是好好的吗，只是稍微有点不舒服，难道都有性命之忧吗？”周老说：“不错啊，现在看上去还好，三天后就现出来了！”马大说：“您不知说的是真是假，这样吧，您也替我看看吧？”说着，放下了扫帚，请周老看。周老看过又默不作声，马大笑起来道：“您快说，难道我也快没命了吗？”周兆璋半天没话说，双目流下泪来道：“我看了多少年的病，从来没有遇到像你家这样弟兄五人，一朝将去四个，真令人悲痛！”说过后，含泪默默离开马家，只关照到他家去拿点药。马大不以为然，笑起来说：“周老先生，你的话说得也太玄乎了，大概是老糊涂了吧！”

过了三天，马家弟兄四人都睡倒，弟兄五人皆出痘子，家里找了好几个医生来看，都毫无效果，一天狠似一天，果然，后来只有马五扳了过来，其他弟兄四个在头十天内相继去世。周兆璋如此料病如神，名声大振，远近人都称他为“神医”，或称之为“活痘神”。

周兆璋著有《痘科秘籍》《妇科》两本书，但由于当时条件有限，都未能出版。他去世后，不知书稿落于何处，至今仍是个谜。

（周德新整理）

郑某浪子回头

从前，潮河边有个郑某，二十多岁，家庭殷实，舒舒服服地过日子，后来不意沾染了赌博的恶习，一下输了不少钱。有人就劝他说："赌博是坏事，十赌九空，你赶快远离它！"郑说："没什么！我只是小玩玩而已，打发打发时间罢了！不碍事。"哪知有小就有大，越赌瘾越大，逐渐一发而不可收。后来，郑某整天以赌为戏，非赌不乐。家里的母亲和妻子都管不住他，他天天在赌场与那些赌鬼厮混。再后来，手中的钱都输光了，另外倒亏了几千文无法归还，弄得焦头烂额、债台高筑，借贷无门，以前的好友也纷纷离他而去。

有一天，几个赌友上门逼债，叫他将房子作为抵押，郑某这时忽然良心发现，想想自己何苦呢！原来自由自在，过着吃不焦穿不愁的日子，就因为赌博，将钱白白地送给了人家，一点人情都没有，如今受了这样的罪，真的不值得，想想几年来自己的所作所为，对不起老母和妻子，回不得家乡，见不得爹娘，留笑于亲朋，留骂于世人。有道是：浪子回头金不换。我要改过自新。于是，他到家里往母亲面前一跪，流着泪说："母亲，事情我也不瞒了，不孝儿现已失足，悔不当初，目前在外负债累累，请母亲给儿一个机会，还清赌债，从今始，绝不近赌，重新做人，不发家致富，誓不为人。"母亲见他如此说，也淌下了眼泪，道："儿子如此诚恳，我很是高兴，男子汉，大丈夫，说话要算数，没有钱，可以将家里的十九亩地卖去十亩，偿还债务，待日后再苦！"

卖了十亩地还了赌债，还剩下一点钱，郑某将剩下的钱，先替母亲做了几套好衣服，又到集上买回了一头小牛、几口小猪。从此，郑某判若两人，服侍田地，养牛养猪，拾粪砍草。不到半年，猪肥牛壮，田里有肥，庄稼苗壮，年年丰收，虽剩九亩，但胜过当年，生活也逐渐好起来。以前的赌友有时来喊他参赌，他婉言谢绝，他说："以前因赌而受害，几乎倾家荡产、妻离子散，今天想起来仍不寒而栗，今天再赌还是人吗？我现在唯一做的事是勤劳持家，将功折罪了。”

郑某果然言而有信，说话算话，再也没进过赌场，埋头苦干，只三四年间又买地十几亩，逐渐成了一个富裕之家。

人非圣贤，孰能无过？错误人人会犯，犯了错误能知错、改错就好。

（周德新整理）

活痘神姚永檠

活痘神远近闻名，其实他就是清朝晚期家住我们何圩村的姚永檠。他出身于书香门第，年少时饱读诗书，钻研中医学，擅长痘科。每每药到病除，起死回生，曾于天花大灾之年救治众多天花病人的性命。

清咸丰年间，水患连年。为堵黄河夺淮之水，引水入海，治水衙门令下口筑坝，淹没包括何圩村在内的九里十三庄农田。当时，上口众人推荐姚永檠带人去交涉放水，结果与下口的群众发生冲突，误伤一人命，姚永檠被告入狱。一个人命官司本是凶多吉少，大家为之担心。

刚入狱的前几天，安东县官天天提审，逼供，要他认罪，之后一连七天也不提不问。他感到奇怪，后来从牢头口中得知，县官唯一的儿子得了天花，请遍安东城所有的名医都治不好，已断定为绝症，现已奄奄一息，快不行了，哪有心思问案。姚永檠心想，救死扶伤是医生天职，不能见死不救。于是对牢头说：“我治天花病从未死过人，能否让我见一见病人？或许还能有一线希望。”牢头听了，立即禀告县官。县官一听，急命牢头叫人。姚永檠对病人望闻问切后说：“此症不是绝症，只是先前用药不对症，延误疗期，导致病情恶化。如果让我早治三天五日，不致如此。现在只能试试看，等我这剂方子吃下去后即可断定。但有个条件，药要让我亲自抓，亲自熬，还要亲自给病人喝。”当药喂下一个时辰后，病孩好像呼了口气，稍微动了一下。姚永檠又切了切脉，笑着对县官说：“祝贺大人鸿福高照，孩子有救了，我包他没事。”县官全家听说孩子脱险，转泣为笑。当第二剂方子吃下去以后，孩子已能睁开眼睛喊妈妈，并且要吃东西了。县官全家欢天喜地谢恩不迭。

当时天花还在流行，县官目睹姚永檠治天花病妙手回春的精湛医术，就暂免他坐牢，让他戴罪立功，为百姓治病。姚永檠不辞辛劳，精心为天花病患者治疗，几天后，疫情便得到控制，挽救了众多大人小孩的生命。县官又对此案反复核实，认定下口拒绝放水理由不足，姚永檠为了众乡民谋利益，在纠纷中致人于死，实属误伤。当即便宣布免罪释放回家，还口誉他为“活痘神”，并赠紫红色匾额一块，匾长三尺五寸，宽八寸，上书“姚生生堂痘科神医”几个金色大字。从此，“活痘神”的美名便传开了。

姚永檠的这块匾后传至其孙姚焕宇，又传至曾孙姚开雄，乃成中医痘科世家。现在原物还在其玄孙姚同方家，不过年深日久，字迹已模糊，但却是他崇高医德高超医术的见证，它记载着姚永檠对百姓的关爱，对中医痘科的贡献。

（姚开左整理）

顾大善人

草港一带原属黄海滩涂，本无村落，是黄河夺淮以后，黄沙淤积而成陆。本地居民都为移民。顾氏之一支原籍苏州阊门，明季随迁移大潮北下，辗转落户于此，靠着垦荒赶海，历经数代，终于创恒产而振家声，成为本地殷实人家。有个叫顾瑞庭的，字凤仪，颇得先人之遗风，持身清慎，处世谦和，贻谋耕读，勤俭克己。人常说为富不仁，而顾瑞庭却与一般富人不同，是一个怜贫恤寡、古道热肠的人。邻里乡亲，每逢荒年浅岁或是急难病灾需要周济的，他虽说不能有求必应，总是没多有少，绝不作壁上观，因此，乡亲们皆呼之曰“顾大善人”。

顾大善人有一妻弟名路锦，生活无着，曾由顾垫资，做一小本生意，每有赚，必自觉还本。因其为人耿直善良，终难得经营之妙诀，竟是赚少赔多。某日无事，盘点之时竟然发现累计亏本八十四两白银之巨，觉得再无颜面见人，终于自寻了短见。

一日，顾大善人半卧半眠之际，朦胧中听得路锦于窗外高呼：“姐夫，我还你八十四两银子来了！”顾起坐点灯照之，院内外并无人影。遂告之于夫人，夫人顿时跌足哭道：“锦弟当不在人世矣！”次早，看见母驴生下一小毛驴，全身雪白，煞是可爱，心疑为妻弟转世，倍加关顾。小毛驴日渐长大，惜其性情暴躁，不容他人使唤，唯对顾大善人百依百顺。顾也不轻易役用，几次欲出手，掮客出银止六十两。顾大善人心想：如果卖价不足，徒叫妻弟心里不安，反正也不等着银子用，就没有成交。

又一日，顾骑小毛驴至陈家港赶集，在一家饭店门前，遇一挑卖乌盆的老汉，小毛驴忽然奋起一蹄踢向老汉的乌盆担子，只听“哗啦，哗啦……”两声山响，原来这担子两头先后着地，盆子全都摔坏了。这老汉上前抓住主人评理：“我这一担乌盆，小本经营，仅值一两五钱银子，却是一家人的生活所在，望您大财主怜悯小老儿！”顾大善人情知理亏，满脸堆笑，一口应承：“抱歉，我一定照价赔偿！”复又口中念叨：“路锦呀路锦，你又多欠了我一两五的银子了。”这老汉听得真切，忙问仔细，待顾大善人道出个中缘由，始知此毛驴乃路锦托生还债，不由羞愧满面。老汉缓缓说道：“路锦却是一个好人，因见我生活无着，出主意要我贩卖乌盆为生，这本钱也是路锦借的，听说路锦已死，我就昧了良心，欲贪而不还，真是为人莫作亏心事，举头三尺有神明。罢了罢了，今日也算我还了路锦的一两五钱银子了，我也心安了！”说完，提起个空担子，头也不回地去了。顾大善人心想，我这妻弟，也是个直性子，虽在阴阳两界，却能毫厘不爽。从此以后，为富当守本分，守穷不可妄想，愈发慷慨大方。

事有凑巧，后恰逢一山东客商，看好顾大善人的驴子，浑身一色，白缎无瑕，更兼精神爽朗，骨格清奇。愿出高价收买，顾大善人却只收八十四两银子成交。此事后来亦广为流传。

（汪以整理）

大力士传说

神力得自关老爷

从前，陈家港海边不知从何处来了一位青年，自称姓郭，名叫大力。大力孤身一人，靠给人家放鸭子混口饭吃。后来他力气大增，传说是因为半条黄鳝。

每天天一亮，他就撑着小船，赶着一趟鸭子下到大潮河里去放。后来他发现，鸭群经过一个叫潮河湾的地方，总要少掉一只。长此下去，怎么是好。

为了弄清情况，他开始躲在船舱里观察。第二天鸭子游过来的时候，潮河湾里突然窜出一条大黄鳝，这黄鳝有碗口粗细，一伸头一张口，就吞掉了一只鸭子，随即又缩回洞里。

第三天，郭大力找了一把锋利的砍刀，等黄鳝伸出头来吃鸭子的时候，郭大力用力一砍，黄鳝被砍下了半截，他把半截黄鳝拿到船舱，仰起头，让黄鳝的血滴到嘴里，又把半截黄鳝带回家，放在锅里烧熟吃了。

说来也怪，自从吃了黄鳝，他觉得自己浑身有使不完的力气。那天他在船舱里伸了个懒腰，脚一蹬，竟然把小船给蹬成了两截。

还有个传说更神奇，说他的力气是关老爷给的。

小时候，一天郭大力在关帝庙里睡着了。迷迷糊糊中，听到关老爷叫他，说：“孩子，你给我掏掏耳朵。”他便爬到神台上，发现关老爷的耳朵里有一只蜘蛛。他伸手把蜘蛛掏了出来，抬脚踩死了蜘蛛。关老爷很高兴，还伸手在他的头上摸了一下。

醒来以后，他走出庙门时，觉得神清气爽，竟然一伸手举起了门前的石狮子。

抓了个俏媳妇

郭大力到了婚配年龄，由于家贫，一直没有娶亲。

有一天，街上来了一对卖艺的兄妹。哥哥指着妹妹说，这是我妹妹，她站在这里，谁能把她抓离地面并举过头顶，便可以把她领回家当媳妇。否则，要交二两银子。

众人看那女子，生得柳眉杏眼，千娇百媚，细细的腰上扎了一条宽大腰带。众人议论纷纷，说这女子顶多也就八十斤重，抓起来有什么难处。立刻就有后生上前去试，但那女子仿佛用了定身之法，两脚就如生了根一般，任你有九牛二虎之力也无法撼得动她，一个又一个好汉败下阵来。

就在这时郭大力来了，众人便一齐撺掇他上前去试。郭大力下了场，从后面抓住了女子的腰带，似乎只是轻轻地一提，那女子便离开了地面，再一用力，就把她举过了头顶。

在众人的欢呼声中，郭大力兴高采烈地把女子领回了家。成亲以后，女子帮郭大力练会了不少武功。

千斤石磙上了树

秋天，郭大力和几个农民给一个财主家帮工。财主人很坏，既不让帮工们吃饱，又克扣他们的工钱。大伙儿很气愤，又无可奈何。郭大力说："我有法子对付他。"

那天，帮工们找到财主，说，我们已经把水稻收到晒场上，眼看明天就要打场，但磙子全都不见了。财主说，石头磙子又不是纸糊的，难道还能飞了不成，待我去看看。

财主来到晒场上，东找西找，最后在场边几棵大树上，找到了那些石磙子。什么人能把千斤石磙放到树上呢？财主挨个看过去，只见郭大力不声不响地坐在那里，一件短打盖不住健壮的身躯，两条胳膊上的肌肉在太阳下闪闪发光，两个拳头堪比醋钵大小，真的是上山能打虎，入海能擒龙，不是他还能是谁。财主也是聪明人，想到自己的所作所为，知道自己对不住帮工兄弟们，只好说：“这样吧，有劳大力士把石磙取下来，把场打完，我办酒席赔罪。”看到郭大力坐在那里纹丝不动，财主一咬牙：“那好，搬下石磙子，工钱加一倍。”

郭大力见目的达到，走到树边，轻轻一拎，把石磙子一个一个放到了地面上。

大力士之死

1939 年春，日本人占领了陈家港。他们一边欺负中国人，一边玩弄“日中亲善”的骗人把戏。有一天，那些军人在街头摆下场子，要和中国人“切磋功夫”。那些军人仗着受过训练，个个如狼似虎，嘲笑中国人不敢应战。

有人想起了郭大力，就飞跑去找他。这时的郭大力已有 40 岁了，他听了摇摇头，不愿去惹麻烦。说话时又有一人跑来，报告说日本人把一个中国人给摔死了。郭大力一听，脸色陡变，骂一声狗娘养的小日本！就推开拦挡他的当年抓来的媳妇，一路向街上跑去。

到了街上，郭大力发一声喊：“不许欺负中国人！”便迈开大步跃上台去。

日本人看来者已四十多岁，早已过了盛年，根本不放在眼里，只见他上前一个猛扑，郭大力随即一个闪躲，几个回合，瞅一个破绽，郭大力抓住了对手的后衣襟，将那日本人提离了地面。离开地面，日本人无法施展，“哇哇”乱叫。郭大力一不做二不休，发出神力，像揉面一样，一次次将日本人举起扔下，弄得台上尘土飞扬。最后他将鬼子高高举起，“嗨”的一声，扔到了台下。郭大力拍拍手，向众人一揖，纵身一跳，便消失在欢呼的人群中。

后来，郭大力带着媳妇和孩子，逃离了陈家港，隐姓埋名，杳如黄鹤。待到重新现身，则已是解放以后。

有一天，一个小村庄里发生了一起惊车事件。当时一位老汉正在树下哄孙子，看见惊马拖着车狂奔过来，但见这老汉一手把孙子往腋下一夹，噌噌几步冲上去，一手从后面拖住了马车，再看那马，任怎么嘶鸣狂怒，车子却不再前进。众人过来制伏了惊马，并赞叹老汉的神力。大家说，在村里住了几十年，却不知道老人家有如此力气。就在此时，老汉却发出一声撕心裂肺的呐喊，原来，在拦阻惊马的过程中，由于用力过猛，老汉居然把腋下的小孙子给夹死了。

不久，一代大力士在痛苦和自责中郁郁而终，留下许多神奇的传说。

（史忠霖整理）

王知县巧断烟袋案

从前，小李庄有个王老头，他有一个烟袋，白钢头，玛瑙尾，玉坠子，小巧玲珑。王老头把它视为珍宝。

这天，王老头上街赶集，碰上一个李老头，哪知，李老头忘了带烟袋，烟瘾一到，急着往王老头借个烟袋抽烟，王老头当然答应。

哪晓得，李老头吃罢了烟，把烟袋往腰眼里一揣，拔腿就走。“老兄！烟袋给我，老兄。”李老头只当没听见。老王急了，抢先一步，拽住李老头。谁知李老头转脸不认账，心里话，当中无有证人，谁是谁非，只有死人肚子明白，也就一本正经地说：“谁拿你的烟袋，你血口喷人，当众诬栽我呀。”说着，死命拉着王老头见官。王老头心里是实的，当然不怕。

凑巧王知县外出视访，路过此地。王知县看这两个老头一拉一扯，争论不休，走向前去，喝令两人住手。问明事由后，只见王知县接过烟袋，上下看了一阵子，开口道：“不要争了，你说你的，他说他的，本官自有主见。听着，你俩各吃一袋烟，就有个水落石出了。”两个老头也不知道是怎么一回事，只是点头道是。李老头接过烟袋，抽了一袋烟，吸完，在一块小石头上磕去烟灰；接着，王老头又抽了一袋烟，吸完，用手凭空磕去烟灰，还用烟包揩了揩烟袋头子。王知县一一看在眼里，冷冷地对李老头说；“你心怀不善，赖人家烟袋，下不为例。”转脸又对王老头说：“你受委屈了，本官为你说真话，烟袋你拿去吧！”

从此，“王知县巧断烟袋案”的故事，就一传十、十传百传开了。

（赵斌整理）

阴阳先生看风水

王李两家隔墙为邻。王家是祖传的阴阳地理先生，日子过得还算不错。李家人丁兴旺，以农为主，日子也算罢了。常言道，远亲不如近邻，可王李两家不是这样。因为，两家祖父在世，为着口舌是非，结下了冤仇。直到下代、下下代，还是见面低头走，你望他倒霉，他望你晦气。一句话说到底，誓不两立。这年，李家老父亲得病死了，按照乡俗，总得求个“领葬”（即阴阳先生）的，看看风水，以求人丁安康，六畜兴旺，请谁好呢？按李家的心意，祖父老早去世，父亲刚刚升天，如果撇下王家，到外地求“领葬”的，两家的结子还是结子，俗话说：“冤仇宜解不宜结。”李家主动上了王家的门，开口道：“老伯，今个看在侄子的面上，请您给我老父选个安身之地，日后报恩谢德。”姓王的听了，真是意想不到，好在挣的是钱，也就点头答应了。心想，今天的机会可来了，定叫你尝尝我王家的厉害。

第二天，王阴阳先生来到李家，李家自然是当上客相待，酒席吃罢，就随着李老大去寻找什么“风水”地了。找来找去，只有门前水塘边一块地方看好了。姓王的心想，有仇不报非君子，眼下这个地方，书云“吊浆塘”，若为祖坟茔，就是你钱财再多，也得四漏八淌流个精光。于是，姓王的假惺惺地对李家说：“此乃荷花之地，安葬祖坟，人丁兴旺，后步宽宏。”李家信以为真，当天就把棺木安葬下地了。

说来也怪，李家自打老父死之后，弟兄、妯娌更加和睦相处，男耕女织，勤劳务农，一年好过一年，还盖上几间房子，又买了几十亩地。哪晓得，王阴阳看在眼里，暗自思忖，李家如此兴旺，莫非“三杀”还未临凡吗？这天，他又来个“猫哭老鼠——假慈悲”，得为来到李家，对李家人说：“侄儿，叔叔看的风水怎么样，还不是都为你家好呀，买田、盖房，不是洪福齐天？昨天，我又屈指一算，你父安葬之地，眼见得枝叶衰败、荷根腐烂，古书云，荷花塘虽好，不是久居之地。”李老大听了忙问：“依您看呢？”“依我看，还得迁居为妙，以免后患。我看你家东北角有块叫‘金刚地’，若为祖坟，必定有贵！”李家只得按王阴阳的指点开坟搬柩重葬。这一来，王阴阳喜煞了，心想，我的嘴两块皮，“火丫地”也能变成“金刚地”。头一回便宜了你，这一回，不死也叫你塌层皮。不知过了多少年，李家又买了几十亩地，日子越过越好。直气得王阴阳咬牙切齿，心想，难道书上说的是假的吗？逗巧有位“南访先生”（游乡阴阳先生）路过这里，王家特为办了一桌酒席，把南访先生请到家。席间，王阴阳就把李家的事，一五一十告诉了南访先生。南访先生几杯酒下肚，也掏出自已的心里话，“吾行阴阳半生，唯辨是非，但只有一得，人间祸福，事在人为，若整人，凭阴阳，不可也！”一番话，说得王阴阳垂头丧气，不久王阴阳得了大病，临危时，他把儿子叫到身旁说：“你把我的藏书统统找出米，放火烧光，切切记住！千万不要再行这骗人的手艺了！”说完，就断了气。

（赵斌整理）

王金声与状元粥

县城“紫竹居”粥店的墙上，悬挂着一张广告画，画的是一碗豆粥，旁边的文字是：响水历史状元王金声，一生喜欢吃豆粥，终于考取状元。百姓相传吃豆粥，考“豆”状元！流传至今！

看到这幅画，我问了县城的几位长者，他们告诉我，确有此说，自从王金声考上了状元，豆粥就改叫“状元粥”了。长者还引经据典，说豆粥营养好，补脑益智，多吃能帮助学习，学习好了，当然就能考上状元了。我觉得这个说法靠谱，起码比平时不学习，临到考试时吃粽(中)子靠谱。

那么王金声是谁呢？

据响水县政府网站文章介绍，王金声是安东县潮河镇八墩王槽坊(今响水县南河镇八墩村)人氏，生于清乾隆五十二年(1787 年)，卒于光绪九年(1883 年)，享年九十六岁。

王金声自幼家贫，他秉承“耕读两行”的祖训，七岁入塾，聪明好学，刻苦攻读。二十岁时参加淮安府试中秀才，二十九岁乡试中举，三十二岁赴京会试中进士及第。因为家境贫寒，历次应试所需盘缠费用，均向亲友借贷，而无力偿还。虽然中了进士，却穷困潦倒，债务缠身，故弃官不做，五百两纹银将进士卖掉，以偿还债务，亲朋邻里都为之惋惜。而他却乐观地说：“为人无病一身安，无灾一身乐，无债一身轻；官是身外物，清官难做，贪官遭唾骂，倒不如乐守田园是福也。”但是，在那朝廷腐败，盗匪四起，恶霸横行的社会里，他本想乐守田园，耕读两行，过着清静安闲生活的愿望，并未能如愿以偿，相反地仍逼得他日夜不宁，贫不聊生。处于此种环境，王金声走投无路，官念又萌生，复又指望在仕途上谋求出路。于是，他又赴京应试。谁知，好事难成，一连数次，都金榜无名，名落孙山。

王金声未考中，并不甘休，回家继续吃豆粥。

道光二十七年(1847 年)，年已六旬的王金声，再次赴京师进考场，主考官将其所作诗文献呈御览。道光帝怜其年已花甲，尚有坚毅的上进心，特恩赐进士，列候补阙，后又以翰林院编修职御赐之，按清官制属正七品，与外官县丞、教授训守、知县、按察司经历同级别，月俸银三十一两六钱四分。因其年老，道光帝又给予特殊的照顾，让其退养家居，俸禄照吃。这种边赐官边归田的做法，在清朝典制中尚属首例，在中国历史上也绝无仅有。王金声退养家居后，人们还称他为翰林，表示对他的尊崇。

所以，王金声虽为官身，依然在家乡喝豆粥。

王金声的事迹除了喝豆粥、考状元、授翰林之外，真正使他声名鹊起的，是这样两件事，一是龙袍案，二是明珠案。

清同治元年，同治帝派员去杭州赶制龙袍，龙袍制好后，海运回京。途径安东县灌河口时，被海盗窃走。当时，朝廷责令淮安府缉拿盗贼。淮安府错拿王金声族人以为盗贼。事发后，王金声随即赶到安阜庄族中调查，得知纯属冤案。他虽年逾古稀，却不顾年迈体弱，决心亲往淮安府为族人申冤。王金声来到淮安府求见正堂吴棠。吴知府早就知他是恩赐进士，官拜翰林院编修，因此对他十分尊重。问他来有何贵干？他回道是为龙袍案而来的，并向吴棠申述说："皇上对我恩深似海，凡我族人无不感激涕零，正虑无以报答，怎能劫走皇上龙袍？如若实属我子侄所为，首先治我之罪，灭我九族，也不怨也。"他情词恳切，言语笃笃。经吴棠查实，纯属差役误捕，遂将王金声族人统统释放回家。由于王金声的努力和担当，避免了一起冤案的发生。

族人感激不尽，纷纷请王金声到家吃饭，族人知王金声喜好，每饭必备豆粥一碗。

作为翰林，王金声有官帽一顶。有一次，他帽子上的朝珠被人窃去，家人很是着急，也很气愤。而王金声不怒也不急，他分析说："偷珠之人是因穷困所逼，我能理解。但这样做也太不明智了。我这帽珠是朝廷所赐，谁人不知？你拿到集市上卖，谁人敢买？"王金声向大家宣布："为了不伤和气，我也不惊动官府。管家今夜把看门狗拴好……"

第二天早饭时，王金声一边喝豆粥，一边对管家说："去，把门环上挂着的朝珠取下来，装到我官帽上。"

"神了！"后来，管家逢人便说，"我们家老爷神了，他喝了一口豆粥，就能算出偷朝珠的已经送来……"越传越神，大家说，人家喝的那是豆粥吗？那是状元粥。从此，凡有读书孩子的人家，都兴起喝状元粥了。

（史忠霖整理）

陈阿尖咬掉母亲的乳头

这个故事不是发生在响水，但在响水民间流传甚广，我小时候就没少听父母讲这个故事。过去，父母为什么老对我们小孩讲这个故事，其主要目的只有一个，那就是教育我们从小学好不要学坏。

陈阿尖咬掉母亲的乳头，这个令人非常痛心的故事，尽管大多数人听过甚至讲过，但警钟长鸣没有什么不好。

整个故事情节是这样的——

某朝某年某天，午时三刻已到，开刀问斩！

监斩官狠狠掷下火签令，令牌弹起，在地上翻了个身，刽子手鬼头刀已落下，一颗脑袋滚下死刑台，滴溜溜转了一圈，脸朝向了站在远处的一个女人——他的母亲。

死刑犯叫陈阿尖。

他的母亲正在啼哭。

一为儿子之死，二为儿子咬下了她一个乳头，三是追悔莫及啊。

为何陈阿尖死前，会咬掉母亲的乳头？

因为他恨。六七岁时，村里来了个卖鱼蛋的，他趁人不注意，偷拿了三颗，两颗夹在腋下，一颗贴在背上，靠墙站着，直到人都走光了，他才回家。本以为母亲会暴怒，哪里晓得，“母大喜。”非但没打他，还表扬了他。

他发现了自己的天赋，就是做个偷儿，从此舞刀弄棍，甚至还跟人学了些轻功，偷遍旁边数县，从来未曾失手。家中富裕起来。

他母亲常燃香烛祭亡夫，老公啊，你死得早，你不知道啊，我们儿子，很有出息呢，现在我们成了大户人家，光宗耀祖啊……

正是在母亲的鼓励之下，陈阿尖越偷越大，直到某次失手受了伤，从此身手没那般灵活，终至被抓。因负案太多，不杀不足以平民愤。

临刑之前，他跟母亲说，这下是逃不掉了，我只有一个愿望，再含一下你的乳头，母亲，我是真舍不得你啊……

他母亲一听，哭得是上气不接下气，搂了衣摆，满足孩子最后的心愿。

别说围观者，就是监斩官，此刻都被母子深情感动了，泪花都在眼睛里打转——

这时，却只听母亲一声尖叫，陈阿尖站起身来，吐出一口血水，并哭天抹泪，“若早勖我以正，何至今日！”都怪你啊，小来偷针，大来偷金……

他母亲的一个乳头，就这样被他生生地咬下来了。

（吴非整理）

巧 姑

从前，灌河边上有个张古老，他的脾气非常怪——不让儿媳妇走娘家。

张古老有四个儿子，娶上三房媳妇，只有小儿子的亲事还没有着落。一天，张古老的三个媳妇一起去找老公公，要求走娘家。张古老见此情景，心里琢磨：让她们去吧，坏了家规；不让去吧，这次三人一起来，不同往常，要是弄翻眼，她们不理我这一套，那我这老脸又朝哪里放呢？张古老考虑再三，打定了主意，要出两道题别别她们。他说：“你们要走娘家可以，不过得有个条件。”几个儿媳妇齐声说：“只要给走娘家，我们一定照办。”张古老扳着指头说：“第一，你们把春节、端午节、中秋节三个节令搬到一起过；第二，我要自在风、自在雨、自在火三样东西一起来。这两个条件达得到，你们就走娘家，达不到，要走娘家没指望。”

媳妇急于走娘家，未拗口，把条件都答应了下来。可是，转脸再细想想，公公要的条件，连什么意思都没弄懂，哪里还谈得上办到办不到呢？第二天上午，三个人一同到街上去，想碰巧办着看。她们在街上跑了好儿圈都毫无办法。妯娌仨坐在路旁直叹气。

正在这时候，有个名叫巧姑的挑水路过他们面前。巧姑看见她们愁眉不展，痴呆呆地坐在那里，就放下水担，上前问道："嫂嫂满脸愁容，遇到了什么不顺心的事吗？"

"谢谢妹妹关心，对你讲也没有用。"

"那倒不一定，没有大用或许还有小用呢。"

经这么一说，妯娌们就把事情的经过诉说了一遍。巧姑听了嘿嘿一笑，她说："这个好办，春节吃糕，端午节吃粽子，中秋节吃月饼，你们把糕粽子、月饼三样东西办好，一起交给公爹，不就是三个节令搬到一起过了吗？""对，这倒真的。"她们紧接着又问："还有那三样东西呢？"巧姑滔滔不绝地说了下去："天热，扇子一扇，清风徐来，扇子就叫自在风；下雨了，雨伞一撑，衣服不湿，伞叫自在雨；天黑了，点上灯笼，灯光明亮，灯笼叫自在火。你们把扇子、雨伞、灯笼都办好，交给他就行了。"

妯娌仨听后恍然大悟，非常真诚地感谢了巧姑。巧姑也热情地邀请她们再赶集到她家的肉案边来玩。长话短说，三个媳妇把东西办全了，一齐交给张古老。张古老看了又喜又疑。喜的是儿媳妇未亏待他，疑的是她们没有这样的才学。追问到底，三个儿媳只好实说了。张古老一听，对巧姑赞叹不已，而且还要亲自拜访这个聪明过人的丫头。张古老对儿媳妇说："我要办的东西虽然办到了，但这不能算你们的本领，走娘家的事暂时还不行。"

隔一天，张古老兴致勃勃地去赶集，找到了肉案子，巧姑正在卖猪肉。她热情地问张古老要买什么样的肉。张古老故意出题：他说，第一块要"皮打皮"。巧姑举刀剁下猪尾巴。第二块要"皮靠皮"。巧姑伸刀割下猪耳朵。第三块要"不靠骨头不靠皮"。巧姑又随手递过一个大猪肝。这些，张古老看在眼里，乐在心里，实在佩服这个丫头的才华。说真的，张古老在肉案附近转来转去一个上午，街上再好看的热闹他也不去看。你猜他想干什么？他在专门打听巧姑有没有婆家，想把这姑娘说给自己最小的儿子做媳妇。真巧，巧姑的父母也正在给女儿找对象，结果两家一通融，这门亲事就做成了。

时隔不久，巧姑就成了张古老的第四房儿媳妇。哪知道，张古老早有打算，等四儿媳妇过了门，要让这个媳妇来主持家务。可是，眼下他却犹豫起来，怕那几个儿媳妇说他偏心小新娘子。张古老左思右想，决定还是出题目来考她们，哪个做对了，就选哪个来主持家务。

一天，他把四个儿媳妇喊到面前，说明用意。张古老要她们“七样粮食干饭一碗装，十样熟菜一盘盛”。结果，四人三个没办法，只有巧姑说会做。不过，巧姑倒有两点要求：第一，公爹对儿媳妇们的“约束”要放宽；第二，走娘家的事得一定兑现。只有答应这两个条件，才能去做饭办菜。张古老沉思了一下，二话没说，答应了她的要求。巧姑到了厨房，洗洗淘淘，煎煎炒炒，不一会儿，她端来大米绿（六）豆干饭，一盘鸡蛋炒韭（九）菜。张古老仔细一看，饭是大米加绿（六）豆正好是七，菜是鸡蛋炒韭（九）菜正好是十，果真符合自己的实际心意，这时，全家高兴，没有一个不佩服这个新娘子，一致推选巧姑来主持家务。

事后，张古老又别出心裁，特地请位高级木匠，制作一块紫红色的横匾，上面写着金光闪闪五个大字“万事不求人”，并把匾额高高地挂在自家的大门上。一天，有个知县老爷坐着官轿，从张家门口经过，偶然发现张古老家门上的那块匾，心中很不高兴，用手一指问：“这是谁家，竟敢夸如此海口？”随从告诉他这是张古老的家。知县要张古老快来见他。张古老不敢怠慢，慌慌张张跑出来等候吩咐。“张古老，限你三天以内给我做好三件事：第一，要叫牯牛生小牛；第二，要做块幕布把普天下的阳光遮起来；第三，海底有个泉眼，它会使海水或长或耗，很不稳定，你要把泉眼给我堵住。到时候，我来你家看究竟。”知县把话说完，起轿回府。

张古老一听，傻了，自语道：“这个七品县太爷无理要求，不是要我这把老骨头的命吗？”他急得无法，不得不把全家人喊到场，商议怎么办。

巧姑对张古老说：“这个无须公爹烦神，到时候老人家不露面，家里其他人各做各的事，问题全由我一人去对付。”

第三天晌饭后，巧姑拿条凳子坐在大门口，边做针线边等知县来。不一会，知县老爷带着人。前呼后拥，神气活现地来了。他下了轿，就朝着坐在门口的巧姑问："张古老在家吗？赶快叫他出来！"

"他在家，就是不能出来。"

"为什么？"

"因为他正在堂屋东头房里做月子呢。"

"胡说，哪有男的做月子！"

"县太爷啊，男的既然不能做月子，那牯牛怎能生小牛呢？"知县被问得咕嘟嘴。

"那么，还有两件事办得怎么样？"

"一切准备停当，遮太阳的天幕急等老爷的尺寸；堵海底泉眼，请老爷把海水戽干。"

"废话，此事我怎能办得到！"

"当官的，能做的事不去做，做不到的事硬叫老百姓去做，这是哪家道理？"知县又被问得哑口无言。

这时，知县老爷还不知趣，用手指指那块匾说："万事不求人，如何解释？""不求的是那些只吃人饭，不做人事，鱼肉百姓的酒囊饭桶！"知县讨个大没趣，灰溜溜地回去了。

巧姑智斗七品官这件事，像长了翅膀似的，很快传遍全县。名叫"闹街狗"和"讨人嫌"的两人听说后，根本不相信巧姑有如此的能耐，决心想个法子，戏弄戏弄她。

一天，"闹街狗""讨人嫌"在路上拦住张古老，说什么他两人在说话时，话柄子被张古老岔丢了，一定要张古老赔话柄子，第二天就到他家去拿，张古老气得浑身打颤，回到家就把路上的事说给巧姑听。巧姑说："公爹消消气，明天我坐等他们来。"第二天，"闹街狗"认为不需两个人，由他一人笃定说败巧姑。他就一人来了。他来到张家门口时，巧姑正好走出来。

"闹街狗"说："张古老呢？他要赔我的话柄子！"巧姑回答："他上山砍旋风根子去了。""闹街狗"说："你撒谎，旋风哪有根子呢？""旋风没有根子，说话怎么会有柄子呢？""闹街狗"被巧姑问得直翻白眼。"闹街狗"还想说什么，这时，旁边真有狗"汪汪"叫起来。巧姑随机应变，指着狗说："畜生，再要乱咬人，今晌非吃你的肉不可！""闹街狗"做贼心虚，听出话中有话，心想好汉不吃眼前亏，便没敢多啰嗦，夹着尾巴溜了。

"闹街狗"回来对"讨人嫌"说："小女子好厉害，今天不是我心眼转得快，肯定要吃亏。""讨人嫌"轻蔑地一笑，"老弟，看你的嘴也不像鹰，差得还远呢。要是我的话，贴起半边嘴也说得过妇道人。"随后，"讨人嫌"真用纸把嘴贴起半边去找张古老。

到了张古老家，巧姑告诉他："公爹刚才牵牛到厨房的锅台上耕地去了。""讨人嫌"不解地问："那么，牛在锅台上拉屎怎么办？""不碍事，牛屁眼已经贴起来半边了。如果还要拉屎，就把它全贴起来。"巧姑边说边朝屋里喊："大嫂、二嫂、三嫂，快拿纸来！""讨人嫌"一听，捂着嘴巴逃得比兔子还快。

豆腐郎

乾隆年间，灌河地区有个卖豆腐的人叫王小二，做得一手好豆腐，他为人善良，待人和气，人们都称他为豆腐郎。

这天豆腐郎卖完豆腐，挑着担子往家走。他家住在城北小王庄，离城三四里路。他来到黑松林中间，猛抬头见前面一棵树上挂着腰带，有个人双手抓住带子，头正朝扣子里伸。豆腐郎浑身汗毛一奓，猛喊一声："嗐干什么？"说时迟那时快，那人的头已经伸进扣子。双腿在地上直蹦。豆腐郎担子一甩，大步奔到跟前把人放下来，一看是个老年人，骨瘦如柴，穿得破破烂烂的，全身哆嗦着，嘴里在哼着。豆腐郎双手托着老人的头，噔噔噔直往家奔来。"这是哪个？"媳妇多远的迎上来。"快把茶壶拎来。"豆腐郎气喘吁吁，把老头放在床上躺好，两手轻轻抹他的心口，媳妇端来热茶，一勺一勺喂进老头嘴里。“哎哟。”老头长叹一声，睁眼望见豆腐郎，要坐起来，眼泪哗哗地说：“好心人，你不该救我，让我死了反好。”“哪有见死不救的道理，听人讲，宁在世上捱，不在土中埋，您老这样大岁数，有什么难为事，还寻短见？”“我，唉，和人怄气的。”“这些王八蛋，欺负老年人，不得好死。”“不是的，难为你们救了我，我要走了。”老头精神稍好一点，挣扎着下了床，就往外走。“这怎么行，等好好再走。”“多有麻烦，这阵子好多了，我能走。”“那我送你回家。”“不不不。”媳妇端过来碗“鸡蛋瞥子”说：“您老吃点东西再走，真可怜。”“哪能哪能？”“不碍事吃了暖暖身子，好有劲走。”老头接过碗，几口就吃完了，连声道谢，夫妻俩实在留不住，只好看着老头摇晃着走了。

几天以后，豆腐郎拿着口袋到城西买豆子，走上一个高坡，就见坡底趴着一个人。豆腐郎心里“咯噔”一下，几步冲到跟前，一看竟是几天前自己救下来的老年人，昏迷不醒趴在那儿，脸上擦破好几段。豆腐郎心里发酸，赶紧背起来往家跑。老头醒了过来，一看还是在这家，眼泪哗哗的说：“你们两次救了我的命，怎法报答你们？我是要饭花子，没家没道的，唉。”“赶紧不要这样说。”豆腐郎和老头拉起呱来，得知老头姓王，没儿没女没去处，就和媳妇商量商量，干脆把王老汉留下来做老爹，看看门带带小团。王老汉见这两口子实实好，又真心真意的，再不留下来就会伤他们心，就答应在豆腐郎家过了。

这两口子真是善心人，每天早茶晚水的服侍王老汉，变换着买点好吃的给王老汉吃。这媳妇更是贤惠人，半夜起来拐豆腐，给王小二上街卖，自己还要拾草担水，洗洗捞捞的，从来没一点怨言。王老汉饭食滋润，又舒心，脸色一天天好看起来，身体也强壮多了。王老汉一没事就教两个男小团识字，一家人和和气气地过着日子。转眼过了二三年，这天豆腐郎卖豆腐去了，媳妇出去拾草还没回来，王老汉闲转到锅屋，只见两个孙子脸对脸站着，大的手里拿着块麦麸饼说：“弟弟，明天你就走了，你吃吧。”“什么？”王老汉吃一惊，连忙拉过两个孩子哄着他们说话。七岁的大孙子说：“昨晚俺大俺妈说，家中没有吃，不能让爷爷受靠，要把弟弟拿去换粮食吃。”小团嘴讨实话，王老汉听了，一把搂住两个孙子直掉泪。过了一会，王老汉站起身，揭起锅盖拿出白面饼给两个孙子。“这饼是给爷爷吃的。”大孙子换了块麦麸饼吃着。王老汉心话，怪不得他们不和我在桌吃饭，家中的值钱东西也没了，原来家中没得吃了。王老汉叹口气，心里阵阵发酸，拿笔写了几句，叫孙子看门，转身走去。

王老汉奔哪段的？一路奔北京下来。他要找当朝宰相张玉书，原来王老汉是个有名的教书先生，张玉书是他当年最得意的学生。现在家里这样穷，没得法子，只好去找张玉书卖老面子，也许能给点银子。王老汉不知在路上走了多少天，最后搭便船到了北京，找到了张玉书。张玉书开正门把王老汉接进去，拿当上宾看待，派几个人服侍他，叫他吃好喝好玩好。

没事的时候就陪着王老汉喝酒谈心。一晃下来三个月，王老汉心里想到家里，眼下春荒到了，他们还不知怎么过呢。就急着要回家，张书玉也留不住，就派锦衣卫用船将王老汉护送回家，临走也没给王老汉一文钱，王老汉心话，张玉书对自己真不孬，就是没给点钱，回到家见到儿子媳妇怎说？

两个孙子多远的扑上来怎弄？还是一肚子心思。

锦衣卫陪着王老汉一直来到城北，原来的三间破草屋不见了，才盖好一座青亮瓦苫的四合头大院子。王老汉正在发怔，只见豆腐郎两口子，两个小孙子从门里迎了出来。“这是怎么回事？”大家在客厅里坐定，王老汉问豆腐郎。“您老那天留信下来说去走亲戚，我们到处找也没找到。后来来了好些当官的，说是您老要在这儿盖屋子。那阵子真是好忙，每天那么多人。”王老汉听了更加不解：“我并没有钱啊。”“您老这是岁数大了，记错了，家里还有那么多银子和粮食呢。那些人都说是您老带来的。”这时锦衣卫就把怎来怎去的一说。原来张玉书是位贤相，他一见王老汉来，知道家里穷了，就拿出自己的俸金，派人给王老汉盖房子，并给了银子和粮食给王老汉度晚年。又得知豆腐郎两口子善良贤惠，赡养王老汉，也很钦佩，就将豆腐郎夫妻所为，行文表彰，嘱按六品衔拨给俸金；免去这里三年税赋，拨给银、粮接济百姓。王老汉和豆腐郎两口子听了，万分感激张玉书。

春荒到了，豆腐郎不断拿出银、粮接济那些穷百姓。这天门口来了三个女人，探头探脑的，想进来又不想进来。豆腐郎看见了，告诉王老汉。

王老汉一望见这三人，浑身气得发抖，大喝一声："三个畜生，还认得我吗?"三个女人朝王老汉望望，一齐"扑通"朝下一跪，头也不敢抬起来。王老汉对豆腐郎两口子说了经过：原来老汉有三个闺女，那时候日子好过把这三人整天捧在手掌心，要吃有吃，要穿有穿，要月亮都能给半边。后来三个都排排场场出了门。老伴死了过后，三人争着要王老汉到她们家过，王老汉变卖了所有家产，就挨着在三个女儿家过。不到年把，王老汉把口袋掏空了，三个女儿眼一翻就认不得人了。慢慢的不给吃不给喝，刮三刮四的骂，一个比一个凶，一个比一个狠。王老汉是识字人，脸皮薄，这牢日子怎过，不如去请死吧。刚巧被豆腐郎救下来。从豆腐郎家出来，王老汉不想死了，欠豆腐郎的人情还没报呢。后来又晕倒在城西，逗巧又被豆腐郎救来家。没有法子报答豆腐郎两口子的恩。只好卖老面子来找张玉书，才有了今天。

那三个女儿哩，好吃懒做，穷了。听人说教书的王老汉家好了，就想来要点钱。王老汉见了这三人，气得破口大骂："你这三个畜生，还有脸来见我，赶快滚。"三个女人听了，羞得满脸通红，捂着脸出了门。豆腐郎两口子心软，悄悄地给点银子给她们。王老汉知道了说，"这种没良心的东西不能可怜，需要人脸朝前，不需要人脸朝后，不可共。"王老汉关照豆腐郎两口子，以后那三个女人又来要钱，不要再给她们钱了。

大脚嫂戏弄馋嘴吏

清朝末年，推虾港的项家庄有个叫项大龙的小吏，此人天生一张馋嘴，老百姓家的红白喜事都要请他去"吃桌子"(方言：吃酒席)。一次不请，他就会来找麻烦。他还巧立名目要吃酒席：过年年席酒、端阳雄黄酒一次不带，他就怀恨在心，不是给你小鞋穿，就是在你头上派夫征税。百姓们暗地里叫苦不迭。庄上有个农妇叫王杨氏，此人三十开外，聪明能干，敢说敢为，脾气倔强。她自小打死也不裹脚，别的女人是三寸金莲，而她却是一尺长的大脚，人们就喊她大脚嫂。

大脚嫂见项大龙这般馋嘴，决心想办法教训他一顿，为穷人出出气。

有一天，趁项大龙路过庄上，大脚嫂故意在锅里炸油饼。项大龙闻到香喷喷的油香味，涎水三尺，立即拢过来。此时大脚嫂有意把一盘油饼端来放到堂屋的桌上，自己立即走开。项大龙进来见到桌上黄灿灿、油滋滋的油饼，就狼吞虎咽地大口大口地吃起来，一刻工夫就吃去了五块。一会儿，大脚嫂进屋一看故作惊讶地说："我的天啊，谁把油饼吃了。里面的馅心全是老鼠药，我是用来药老鼠的。谁偷吃了谁要被毒死的。"项大龙一听，吓得脸上走色。为了不失体统，他仍装着一本正经的样子。大脚嫂又接着说："谁吃了，赶快喝童便。"说着又扬长走开。项大龙看见大脚嫂走了，为了保住性命，只好一骨碌地溜进屋，端起小马子里的尿咕噜咕哈地喝了几口。躲在窗户脚下的大脚嫂把这个情景看得一清二楚，哧嗤哧嗤地笑了，心里在嘀咕着：这次老娘教训一下你这个兔崽子，看你以后馋嘴不！

钱短和仁长

相传，在山阳县(今响水曾属此县)东街城隍庙里住着两个要饭的，一叫钱短，一叫仁长，他们相依为命，情同手足。

一天，仁长说："钱短弟，咱俩眼看已长大成人，这吃千家饭可不是长久之计啊！我看倒不如自力更生开创家业。"

钱短说："哥哥，白手持家，谈何容易，哪来的钱呀？"

"不要紧，"仁长说："我早就合计好，待讨到一吊钱(一千个铜钱)时就能买一辆车子。"

他们挨门逐户地要上九九八十一天，省吃俭用，筹足了一吊钱，买了车。

欢喜得饭也顾不上吃，就到街上找生意。适逢一位老者雇车，他二人一推一拉就将那老者送到三十里之外，又得了一串钱（也称一吊钱）。归来时，天色已晚。途中钱短就心想，有了车真好赚钱，于是就起了歹意。快要回到庙时，他假装要喝水，跑到一口石井旁，望了一阵，招手大呼："仁哥快来看啊，这井里有美女在吹弹歌舞呢！"等仁长跑到井口俯身向下看时，钱短"嚯托"（方言：快速）抓起他双脚往井里一扔，转身独自推车跑了。

那仁长"扑通"一声掉到井底，井底被砸了个大塘，塘里浮起了一块梨花石将他托出水来。他翻身坐在石上，生怕钱短再来作祟，便紧挨井壁不敢吱声，谛听井口动静。直到半夜，井口一无声响，他才舒了一口气。但无奈井深，深更半夜无人答救，只好闷坐着等待天明。

再说当晚月色皎洁，十分闷热，有几个大仙云游至此坐在井口上歇脚。

一位大仙说："已是深更，为何还如此憋闷？"

另一位大仙答道："还不知道吗，这儿遇到百年罕见的旱灾。水贵如油。要是从这井口起往西跨一百一十一步后，从脚下那块石头凿下去，下面就有泉眼，水汲不尽。"

"这儿还有一件奇事，"又一位大仙插话道，"就是王员外的三女儿，被他家后花园池塘中的乌鱼精纠缠，生命危在旦夕。那鱼精住在一只四鳖罐之中，只有取出鱼将鱼脑拌酒让三小姐服下，方能起死回生。"

说罢，仙神甩动拂尘飘然而去。哪知此话被井底的仁长听得一真二切。

黎明时分，一位小姑娘来到井边取水，刚拿起吊桶就听井底发出"救救我"的叫声，吓得她扔下吊桶转身喊人。刚好，后面成群结队的取水人赶到，便七手八脚地将仁长拉出井来。

仁长上得井来谢过众人，步履蹒跚地向庙中走去。走到东街时，只见人们围在一起叽叽喳喳。仁长凑近一望，原来是王员外家所贴的榜，上写着：

"……小姐生命危在旦夕，谁能治好此病，重赏千金。老者，拜为义父，少者，招为东床。"

仁长心想，果然真有此事。于是毫不犹豫地上前，一把将榜揭下。围观者见是一个要饭的揭榜，个个面面相觑。守榜的家人更是大惊失色，大声喝道："花子，你疯了！你长了几个脑袋？这可不是闹着玩的，快贴上去！"

仁长一本正经地说："这你甭管，没有香火不来敬这佛。小姐之病刻不容缓，烦你引我去见员外，小人自有良方。"

被他一说，家人便将信将疑地领他回府见员外，这时王府三女儿已奄奄一息，员外焦虑不安，如坐针毡。一听到家人报"揭榜人到"，不由喜出望外。但待听说是个要饭花子，顿时凉了半截。可是救女心切，不管是谁，水中捞盐，让他试试，便将仁长迎了进来。员外一看仁长眉清目秀，器宇轩昂，一表人才，只是衣衫褴褛，当即唤人为他更换衣衫，酒饭款待。仁长忙说："先别管这些，小姐治病要紧。请一切由小人作主。"

他令人立即到池塘戽水。哪知塘水刚戽干，乌鱼精嘴一张，水又满塘，反复三次，才将水戽干。他又派人用钉耙在塘底分东西两头相对揉淤，找罐子。当两队揉到相隔仅一尺多时，还没有揉出罐子，仁长不禁胆寒。正在这时，只"咔嚓"声，揉出一只罐，上面果真趴着四个鳖。仁长伸手将罐子提起疾跑上岸，顺手将罐子向下一倒，里面果然倒出一条约十两重的乌鱼。这鱼蹦跳几下，就蜷着身子躺在地上，流着眼泪苦苦央求道："仁大哥，你行行善吧！我好不容易修了三百年根本。若今日能免我一死，你要什么我就给你什么。"

仁长厉声地说："你这恶魔，专干坏事，留着你后患无穷，今日定除不饶！"说罢，举刀劈开鱼脑，倒出脑汁用酒分两次给小姐服用。

说也奇怪，小姐服用一次当即神志清醒，思茶欲食；第二次服完，便能起床行走。

员外见药到病除，欢喜不已，对仁长百般感谢，派人拿出重金赏赐，仁长却毫厘不收，员外又亲提婚事，仁长也婉言谢绝："感谢员外美意，这次小人冒昧来府本为治病救人，别无他意，况且，小姐乃千金贵体，小人又出身卑贱，万不能有辱员外门第。"

员外哈哈笑道："老朽正是念你人穷志长，品质高尚，相公就别再推托了。"

仁长见盛情难却，也就应允了。员外当即筹备婚事，仁长笑谢道："岳丈大人，个人之事是小，眼看万顷良田枯竭，禾苗垂危，民众将饥馑道旁，还是让小婿先救灾去吧。”员外对其更是佩服。

于是，仁长拿了镢头、凿子等工具，在离那井一百一十一步的脚下开始凿石。他披星戴月奋力开凿，手上的血泡起了又破，破了又起，连续三天三夜终于凿出了泉眼，一泓清泉汩汩流淌。仁长又带领群众用竹道引水浇灌田地。泉水如甘霖，所到之处，枯萎的庄稼顿时恢复生机。庄稼人奔走相告，欣喜若狂。

仁长本是出身书香门第，自幼习读诗书，才智过人。后不幸父母双亡，家中又遭火灾，无奈逃荒此地。这时，他请求员外让他攻读，员外当即应允，迅速请来博学名师，仁长如鱼得水，废寝忘食，刻苦攻读。他超众的才智再加上惊人的学习毅力，很快就满腹经纶。第二年适逢大比之年，上京应试独占鳌头。回来后便兴建“状元府”。正当王府鼓乐阵阵、喜气盈门之时，府前来了一个人——钱短。

这钱短，那日推仁长下井后，确也心惊胆战，觉得不宜再留此地，当夜就远走他乡。哪知推车这差事，晒得他火烧火燎，累得腰酸腿痛，实在不是滋味。俗话说得好：“要饭三年，官还不想当呢！”他便毅然卖掉车子，重新端起讨饭碗，继续干他的老行当了。

有一天他听说仁长未死，并中状元，顿时大吃一惊，六神无主，但转念一想，仁长这人一贯宽宏大量，还不如再厚下脸去投靠他，也许能得到好处。

仁长在府内一眼看到钱短，叫人把他带进府中。钱短“扑通”一声跪在仁长面前，痛哭流涕求饶道：“小弟当初一时糊涂，实在罪该万死，请大哥还念在兄弟情上免我一死。”

仁长见此状就说：“今日你既有悔恨之意，我也既往不咎。只是望你改邪归正，重新做人。”钱短连连道是。仁长把钱短留在府中宾客相待，并将井中遇仙之事一一告知了他。钱短一听，心中又打起了小算盘。

哪知钱短出得府来，心中好不快活，飞也似的跑到石井边，还等不到天黑就一头栽向井中。可是，水中怎么也浮不起梨花石。他拼命到处乱扒，才在井壁石中插下手指，咬着牙关，好不容易熬到三更。

说也巧，当晚月色也如那晚一样皎洁，果然那几位大仙又游到此坐到井口上。钱短一听高兴得心快要跳出来，屏住气侧耳细听，只听得一位大仙说："前次我们在此谈话，被凡人所听，泄露天机，今日在此谈话一定不能再让别人听去。"大仙齐声说好。那大仙用拂尘在井旁挥了一圈，瞬息飞起一块石头，不大不小正好盖住井口。说也奇怪，那石头由上而下整整长了一井，钱短就闷死在井里了。

找"谎架"

黄宝海、黄宝山是弟兄俩。因为家中地少，老二宝山在家种地，老大宝海在财主大赖皮家做长工。

一年到底，黄宝海来结算工钱了。大赖皮要花腔，想赖掉工钱。他说："黄宝海，你可知道老爷我定的规矩?"

"不晓得。"

"告诉你吧，在我家做长工，要会说谎。你说谎，我信了，才付工钱给你。不然的话，哼！一文工钱也没有。"

黄宝海是个老实种田人，从来未说过谎，勉强编了几个，结结巴巴说不圆。

大赖皮连连摇头说："不信，不信，我不信。"

黄宝海只好空着一双手，唉声叹气回家来，告诉弟弟宝山："大赖皮叫我撒谎，他信了才付工钱呐。我不会说谎，只好空手回家来。"

宝山说："算了吧。来年开春，你在家里种田，我到大赖皮家去做长工。看他能赖掉我的工钱。"

开春时节，黄宝山就到大赖皮家去做长工了。

春到夏，秋到冬，快要过年了。大赖皮皮笑肉不笑地说，"哈哈，你晓得老爷我定的规矩吗?”

“晓得,要说个谎,你相信了,就付工钱,是吧?”

“对对对,你就准备说谎吧。”

“行行行,一定叫你相信。”

这天,黄宝山跟大赖皮到街里去办年货。他们办好年货回家了。黄宝山挑着担子“嘎吱,嘎吱”在前面跑。大赖皮拖着拐杖,气喘叭哈地在后面追。

黄宝山是个青年小伙,跑起来赛马驹。跑跑跑,跑到大赖皮家大厅里。“霍托”(方言:一下子)把担子掼在地上,年货滚了一地。他这就失失慌慌地拿下一扇大门,要向门外跑。

大赖皮的老婆骂起来:“黄宝山,你发疯了?”

黄宝山上气不接下气地说:“不,不得了!大太爷在路上跌了一跤,中,中风了。我,拿门板去抬他。”说着,就向门外跑。

大赖皮的老婆呜里哇啦地哭起来:“老头子,天哪!”也向门外跑。

再说,黄宝山扛着门板在路上跑,跑跑跑,跑到大辣皮的面前。乒当!把门板掼在地上。

大赖皮吓得翻白眼,问道:“黄宝山,黄宝山!出了什么事啦?”

黄宝山上气不接下气地说,“不,不得了,家,家里失火,房子烧掉了,大老太烧死了,我好容易才抢出一扇门板来。”

大赖皮吓掉了魂,气喘叭哈往家奔。

大赖皮老婆吓破了胆,哭声呜啦在路上跑。

跑跑跑,两个人撞了个满怀,咕咚!头上撞起了一大瘤。啪托,都坐在地上。

大赖皮骂撞他的人“瞎了眼”,抬头一看,原来是自己的老婆。

大赖皮的老婆骂撞她的人是“杀头鬼”,抬头一看,原来是自己的老头子。

两口子都奇怪了。“咦,老爹,你没中风呀?”“咦!老奶!你没烧死呀?”

这时候,两口子都喊起痛来了:“呃呀哇!头痛!”“呃呀哇!腿痛呀!”便一齐骂起黄宝山来。

这时候，黄宝山来了，笑嘻嘻地伸出手来，向大赖皮要工钱。

大赖皮蛮不讲理，就是不肯付工钱，反到县官那里去告黄宝山。说什么黄宝山戏弄主人，害得主人跌伤了身体。

县官敲起惊堂木，问道："大胆的黄宝山，你为何说谎戏弄主人，把主人跌伤了？从实招来。"

黄宝山说："禀告大老爷，小民黄宝山从来不说谎，是老板逼我说的。去年我哥哥就是因为不会说谎，未得到工钱。今年我给他做工，他也要我说谎。我不说，他就不付工钱。现在我说了谎，他相信了，还是不肯付工钱。请大老爷明断。"

县官说："噢！你会说谎。好！说个谎给本县听听，要是我相信了，就叫你家老板把工钱加倍算给你。"

黄宝山听说这话，眉头一皱，计上心来，说："大老爷，说谎不是凭空就能说起来的，要有谎架才行。"

"噢！谎架？"

"是呀，有了谎架，千说千信，万试万灵。磙子发芽，碓开花。说什么，信什么。"

这个县官平时撒谎撒不圆，心想：我要是有了谎架，可就称心如意了。对，一定要搞到手。这就说了："黄宝山，你把谎架拿给本老爷看看。"

黄宝山说："老爷，要看谎架，有些困难，这谎架呀，在西城门外土地庙里。我平常去借用，都要供猪头三牲，烧香烛纸马，才能借来。"

县官说："本老爷给你纹银二两，你去买猪头三牲，借来谎架，重重有赏。"

黄宝山拿了银子欢欢喜喜走了。

下半天，黄宝山跑到县衙里，对县官说："禀告大老爷，一切顺利，谎架已经借到，只是谎架太大，城门走不下，抬不进城。请老爷出城去看。"

县官吩咐起轿出城，起兵发马一大趟。

县官到了城外，问道："黄宝山，谎架呢？

黄宝山说："老爷，你老叫小民说谎，小民已经说过了，你老也相信了，还要谎架做什呢呀?"

县官恍然大悟。说话不好反悔，连夸黄宝山聪明。叫大赖皮付工钱给黄宝山，连黄宝海的一份工钱也一齐交出来。黄宝山拿着工钱欢欢喜喜地回家去过年了。

"钱"到病除

过去，有一个医生，姓李名韦，在家排行第三，人称韦三先生，但也有不少人喊他"伪三先生"。他医术精通，远近闻名，屋里还挂着一块"药到病除"的匾呢。凡去治病的人，有的三两剂药一吃，很快就好，但也有的吃了十剂八剂还不见效。这是怎么回事呢?

有一次，伪三先生的丈人来看病，他恭恭敬敬地站起来迎到门口，客气得了不得。替丈人号脉、看过舌苔以后，又问了些病情，开好方子对丈人说："你老把这药吃了，病就好了。"并一直把丈人送到大门口。

丈人本来没有什么大病，给女婿这宽心话一说，也就好多了。可等药打回去煎好服下以后，病情陡然加重，一夜不能合眼。第二天，又到女婿家。适巧女婿刚刚外出替人家看病。他就把前一天看病的情况告诉闺女。闺女没等父亲说到底就问："您老看病带没带红纸封子?"这一问可把父亲问得两眼睁多大的，半天说不出话来。他无论如何想不到请女婿看病也要把钱。闺女又说："您老不晓得他现在的脾气，不要说是丈人，就是给亲老子看病也非钱不可。"说着从房里拿出五块洋钱用红纸包好塞在父亲手里。

丈人一时还不肯相信女婿是这样的人，倒要亲自试试。等他拿了红纸封子走进前厅，伪三先生已经回来，正替人家看病。他便把红纸封子往桌上一放。伪三先生见到红纸封子，"谷笃"(方言：立刻)朝起一站："岳父，您老这像什么呢？这像什么呢？……旁人的钱我能收，您老的断断不敢收。”一边说一边却把红纸封子紧紧捏在手里不放。他见丈人不再说要他收钱的话，便自带舵地说：“这样吧，我先收下，等一会叫您老闺女送回去。”接着就坐下来替丈人号脉，看舌苔，问第一次服药后怎么样。听丈人说服药后病更重了，他故意惊讶地说：“啊？这是怎么搞的，不会的吧。”还用手指敲敲脑壳，皱着眉头，苦思不解地说：“难道药开错了？您老把药方给我看看。”丈人把药方给他，他左看右看，突然把大腿一拍：“啊呀，我说的嘛，怎么好好会添病的，原来有一味药开错了，该死，该死！”还打了几下自己的后脑壳。接着重开一张方子说：“这一次再不好，我就不是您老女婿了。”

丈人拿了方子打了药，回家才服了一帖，病就全好了，但他气愤难平，磕磕冲冲地跑到伪三先生家里，举起拐棍就把“药到病除”的那块匾打落下地，并指着伪三先生的鼻子怒吼道：“你这小子，什么药到病除，改成‘钱到病除’得了。”

路遥知马力

潮河边上有个路员外，家里很有钱，请了一个教书先生来家，教儿子路遥读书，他家南头大车屋里，住着逃饭的娘儿俩个，马氏和她的儿子马力，这天马力到路遥的读书地方玩，听到读书声，就趴在窗外听路遥读书，路员外出来遛遛，看到马力趴在窗外听路遥读书，就问道马力：“你怎不读书的？”“我家穷，读不起书。”“你想不想读？”“想。”路员外见马力长得很聪明，就叫马力做个伴读，陪路遥读书。

两人都长大了，路遥带上了亲事，已经有了小团。马力哩，家里太穷，哪能说得起女人，这天路遥和马力拉呱：“马力哎，你想不想说女人？”马力说：“想是想，就是说不起，哪家闺女想把我这穷光蛋，连屋子都没得住。”“我把三间房子给你，完婚时所需的衣服被褥，钱粮我全给你办好，需要什么全由我办，你赶紧说个女人吧。”“真的?”马力那股高兴法子，“我还能哄你？但是你要答应我一个条件。”“中，十个都中。”“就一个，但看你答应不答应?”“保证答应。”“你拜过堂后，我找地方给你蹲，第一晚上让给我。”马力一听是这事，头脑一冲一下，世上三不让，哪有女人让人的？但是自己穷说不起女人，一切都是人家给办的，又答应了人家，马力咬咬后槽牙，干干脆脆地说：“中。”

有路遥出面，什么事情都好弄，很快就给马力找到了一个俊巴姑娘，这边路遥叫媒人过礼，选择了好日子，又安排人拾掇新娘房，准备酒菜，给马力做了一套新衣服，正日子这天，大红花轿抬着新娘子来了，几班吹鼓手吹吹打打的，好不热闹，马力和新娘子拜了天地，入了洞房，马力趁伴妈没注意，悄悄溜到书房，路遥已经等在那儿了，马力把新衣服给路遥穿上，路遥笑眯眯地对马力说：“这段有吃有喝，你在这安心过一夜吧，我走了。”路遥进了洞房，从袖头拿出一本书，放桌子上，搬过凳子，坐下来看起书来，一更天了，路遥还坐在那里看书，伴妈进来催新姑爷上床睡觉，路遥说：“等等的，不迟。”二更天了，伴妈见新姑爷还未上床，又进来催道：“请新姑爷上床睡觉。”路遥说：“等等的不迟。”仍然看他的书，三更天，伴妈见新姑爷还未上床，又来催，路遥还是说不迟，四更天，伴妈见新姑爷还未上床，又来催，路遥还是那话：“等等的，不迟。”仍然坐在桌子前面看书，五更天，伴妈见新姑爷还坐在那儿，又来了，“新姑爷你一夜坐在这没动，天就要亮了，快上床睡觉”，路遥站起来说：“我出去转转就来。”路遥一直来到书房，把新衣服脱下来递给马力，笑眯眯地对马力说：“你现在回去吧，我们俩已经互不该账了。”

第二天晚上，马力心里还在不好受，不是自己穷，怎能把女人第一晚上让给路遥，哎，残花败柳没滋味，他见桌子上有本书，就坐下来看起书来。到了一更天，伴妈见新姑爷还是坐在那段看书，心里来火了，走进来一把抢过书，说：“昨夜我有一个更次催你一遍，催了你五遍，可你整夜都始终没上床，今晚又坐在这看书，你到底想做嘛？还想一夜不离凳子?”马力听伴妈这样一数落，望望新娘子，只见她坐在床边抹眼泪，这才明白是路遥哄他的，马力连忙对伴妈说：“好好好，我上床睡觉就是了。”“这才像话，你完婚是为做什么的?”说完,笑嘻嘻地夹起书出了新娘房。马力宽衣上床,新娘子假假推他:“今晚还去看书,慌什么?”小两口子一夜说不尽的恩爱。

满月了,马力带着女人来到路遥住的地方,吃茶谈心,路遥说:“往后你打算怎弄?”马力叹口气说:“没有好办法,随他去了。”“我看你不如去当官。”马力苦笑笑:“现在多年不开科了,又没有门路,怎法当?”“花钱买一个。”“哪来那么多钱的?”马力摇着头说:“我还有一千两的家底子,给你买个官做。”马力赶紧阻止:“路大哥,你的大恩大德我这辈子也报答不了,你千万不要再多操心了。”路遥笑嘻嘻地站起身,从桌肚里拿出一札公文,对马力说:“我已经替你买了一个知府的缺,你赶快拾掇拾掇上任去。”马力一听,扑通朝地上一跪,直朝路遥叩响头,路遥一把拉起马力说:“兄弟不要这样,我已经摆好了送行酒,走,咱兄弟去喝个痛快。”

马力带着夫人上任去了,路遥不想当官,仍然在家过着清闲日月,后来他家失了一场天火,烧得地塌土平,一干二净,路遥家后来穷得连饭都吃不上,怎弄呢?路遥想起了马力,干脆去找他,朝他借点银子来家用,路遥拾当一个小包,就去找马力,走了几个月,路上没得盘缠钱,就一路要饭,最后来到府里,找到了马力。马力的家人见路遥是个要饭花子,就赶他走,不给他近边。路遥叹口气,马力会不会也是这样势利眼?既来之则安之,路遥对看门人说:“我与你家马大人是亲表兄弟,你们赶紧给我通报,不然回头有你好看的。”那些看门人一听这话,赶紧进去通报。马力一听路遥来了,赶紧叫人开正门,亲自把路遥迎进府里。这边有人打来洗脸水,那边有人端上来香茶。马力叫人赶快安排酒宴。和路遥两人对饮起来。两人一头喝酒一头谈心,不知有多亲热。晚上,马力叫人铺了软床,抱来锦被,派几个人专门服侍路遥,每天早茶晚水的服侍路遥,酒宴天天不重茬。路遥在这里吃好、睡好、玩好,还就不好意思开口朝马力借银子。一晃三个月,快过年了,路遥要回家,马力说:“将才过三个月就要回去,到明年再走吧。”一晃又到了春三月,路遥实在待不住了说什么也要回家。马力看看留不住,就对路遥说:“大哥,我也没有多少钱送给你,只有这二百钱给你路上买茶喝。”说着掏出二百钱递给路遥,路遥心里气啊,你马力虽然对我不孬,临走也不能就给我二百钱,路上买茶喝都不够，不吃饭啦？到家见到女人小团怎说，不要这二百钱吧，又杵马力难看，就伸手接过二百钱揣在怀里。马力又说："我还有一些公文正好给你顺路带去，省得派旁人去，又要多少钱，这一封信是给你的，但是要等你到家以后再看，请大哥千万帮忙。"说着又递给路遥一封信，路遥接过来，放进小包袱里，就出了马府。路遥心里老大不痛快，一憋气出了城门。一个人拦住了他："这位大爷是不是奔北的？""是的。""我有一顶轿，顺路也奔北，给你坐吧。""我没有钱，不坐不坐。""坐吧坐吧，最多收你二百钱，来来来，不客气。"旁边抬过来一顶四人轿，那人硬拖路遥坐进去。路遥心话，这些人真会做生意，硬拉客，坐就坐吧，反正我只有二百钱，到了晌午，轿子在一座衙门前停下。那人把路遥扶下轿，指着衙门说："你要送的第一封信就是这里。"说着带着轿子走了，路遥连忙喊："给你轿钱。"那人回过头说：有人替你给过了，路遥也不知是哪个代给的，就走进衙门，递上公文。县官亲自迎了出来，把路遥迎进客厅，打水净面，沏上香茶，接着摆下好酒好菜，招待路遥，晚上软床细被，路遥睡得舒舒服服的。第二天早上，有人端来早点，接着摆上早饭，吃过早饭，县官把路遥送出衙门，这时有人牵来一匹马，对路遥说："请你骑马走吧。"路遥望望，认不得这人，那人又说："送公文的派到骑马。"说着扶路遥骑上了马，一直跑到中午，在一座衙门前停下来，进去递上公文。一个官员亲自迎出来，把路遥安排得好好的，盛宴款待，第二天吃过早饭，又送出衙门，一路上，路遥不是骑马，就是坐轿，每到一个衙门，都把他当老太爷供着，服侍得好好的，路遥的信送完了，人也到家了。路遥再注意一看，花眼了，原来自家的二间丁头舍没得了，盖起了前后三进的瓦屋楼房，他正在发杵。女人和小孩从门里跑出来迎接他，路遥摸不着头脑，问是怎么回事？女人说："你走后不久，就有人来替我家盖楼房，我说你们盖错了地方，那些人说不要我问事，还给钱给粮给我家，房子盖好了，就叫我们搬进来住，那些卖出去的地契也赎回来了。"路遥这下恍然大悟了，这是马力这样安排的，他赶快掏出马力给他的那封信，拆开一看，只见上面写道：路遥知马力，日久见人心。你哄我一夜，我哄你两年！谁说君子之交淡如水，其实人间自有真情在。

风俗传说

扫尘的传说

俗语:“要得发,扫十八,要得有,扫十九。”说的就是春节前“扫尘”这件事,为什么要“扫尘”? 说来话长。

相传,很久以前,玉皇大帝专门派了三尸神到人间游走,了解民情到年底向他禀报。三尸神为了表现自己,把成绩吹得天花乱坠,还说人间老百姓粗野无知,喜欢骂人,就连玉皇大帝也敢骂。他添油加醋,说了凡间百姓许多坏话。玉皇大帝偏听偏信,叫三尸神继续察听,将那些敢骂他的人的姓名写在墙上,等到年三十晚,派天兵天将下凡抓人,定斩不饶。

灶君,人们通称灶老爷。他同凡人的关系密切,对三尸神的所作所为非常气愤,决心要搭救凡间无辜人民。

他在上天汇报之前,于腊月十七那天,吩咐凡间百姓,一定要在腊十八和十九两天,家家户户扫尘,特别要将墙壁扫得一尘不染! 大年三十,天兵天将果真奉命下凡抓人来了。他们每户必到,专查墙壁,结果,不但没有在墙上找到凡人的名字,而且连一粒灰尘都未看见,天兵天将很生气,回到天宫,向玉皇大帝狠狠地告了三尸神一状,三尸神不服,心想亲自写了那么多人的名字在墙上,怎么可能一下子都没有了呢? 他派遣太白金星陪他再到凡间察看,到时候便于作个人证,结果还是一无所获。最后,玉皇大帝以三尸神“欺上”“污下”的罪名,将其打入死牢。

如今,灌河流域,但凡人们希望落个干净,图个吉利,求个平安,牢记灶神的恩情,每到腊月十八或十九都要扫尘,然后祭灶致谢。社会进步了,科学发展了,人们不再相信会有灶神爷了,但是,打扫卫生(扫尘),保持清洁的习俗仍然存续至今。各家各户每年腊月十八或十九还是要扫尘的,所以这个习俗一直流传到今天。

腊八粥的传说

据民间传说，明太祖朱元璋出身贫苦，小时候给地方放牛常吃不饱。有一次饿极了，忽然发现一只老鼠，心想抓个老鼠烧熟也可以充饥。于是他便伸手到洞中去掏，竟然掏进了老鼠的“粮仓”，他喜出望外，掏出了大米、豆子、粟米、红枣……他把所缴获的胜利品，加在一起做成了粥，喝起来格外香甜。

后来，朱元璋做了皇帝，吃腻了山珍海味，又想起当年那种难忘的粥米，便传令御尉用各色五谷杂粮煮成粥进奉给他，他就大宴群臣。这一天正是农历腊月初八，因而赐名为“腊八粥”。

年年如此，传向民间。

人民群众喜食这种粥，不只是因为它香甜可口，更为重要的是它有较高的营养价值，能够促进人体健康，能够滋养病体。比如，大米中有较多亮氨酸，大枣含有丰富的维生素，混合煮粥，取长补短，营养价值较高。

（周仁甫整理）

过年贴挂廊

在灌河地区，过年都有贴挂廊的习俗，传说这里面还有一段故事呢。

原籍此地的姜子牙斩将封神快要结束时，他的老婆到了，说：“夫君，你封我什么神呢?”姜子牙见了她很生气，他说：“你和我成亲后，好吃懒做，一直很穷，后来休了你，我遇到文王才步步转机，你是个穷神。"他老婆听了很生气地说："你封我穷神，我就游走天下，叫天下百姓都穷死、饿死。"姜子牙说："也行，但只许你每年初一到人间游走。"他老婆发狠说："好，就这样，我一家也不会放过的。"说着阴风一刮要走。这时，姜子牙拍案喝道："见破纸而回，如不遵旨，就把你压入阴山背后，永不成神。"事后，姜子牙告知各家各户，务必于每年初一贴破纸于门窗之上，以避穷神。

就这样，一年一年沿袭至今，成为今天贴挂廊的习俗。

门上贴"福"字的由来

每年，到了除夕，人们都要在门上贴上"福"字。相传，这与朱洪武和马娘娘有关。

朱洪武的老婆马娘娘丑得很，一头鸡屎瘌子，生就的一双大脚。朱洪武本人也不好看，猴脸，又是个大麻子。

有一年过年，民间要闹花灯，街上热闹非常。朱洪武晓得后，便对马娘娘说民间闹花灯，我也要去看看。马娘娘说："哎呀，你是皇上啊。也跟着别人后头看热闹，这怎么行啊！"

"是啊，有道理。"

娘娘又说："看花灯可以，这样吧，穿老百姓的衣服，再带上随从，让他们也穿便服，这样就没事了。"

皇上换了便服，就上街去看花灯了。他边走边看，哎唷，看那边是热闹非凡，看这边也是非凡热闹，到处都是花灯，真是好看。

走走看看，刚巧走到一家大门口，见里面站了好多人，好像是看什么好东西似的。挤到前面一望，原来是一张壁灯上画了一匹马，这马上还骑了个女人，这女人不好看，是个瘌子，脚呢，是个大脚，在女人的脚后头，还画了一只小猴抱着她的一只脚。

皇上在人群中想:“这是什么意思?”又左望望,右望望,突然,哼了一声,明白了怎么回事,“我老婆姓马,笑她头上有癞子,是大脚,还笑我是猴脸,抱着老婆的大脚向上爬。这还了得!”想到此,他火冒万丈,准备冲上去抓人,但又一想,不行!自己穿的是便服,谁知道我是皇上?再说,作为皇上,也不能亲自去抓人啊!

于是,皇上想在这家人的门上写个字做个记号,写什么字呢?写旁的字,这家人肯定会抹掉,要写个他人看了不抹掉的字。对!有了,皇上叫随从找来笔,在门上写了个“福”字。

回宫后,他告诉娘娘说:“我在一家门上望到了一幅画,你晓得画的什么?”朱洪武就如此这般地说了一通。接着又说:“现在我赶回来就是派人的,要把这户人家包围起来。我在这家门上写了个‘福’字。”娘娘说:“哎唷,我们现在国泰民安,民间闹花灯,人家只不过是画了幅画,他画在灯上,又没有指名道姓。”皇上说:“不行!这明显是笑我们。”

马娘娘说:“那好,你先休息一下,明天再派人去也行。”马娘娘说完,便进里面去了。

朱洪武听了她的话,休息去了。这时马娘娘派了人,连夜去城里各百姓家门口,让大家都在门上写了个“福”字,而且还说:哪家门上不写“福”字,满门抄斩。黎民百姓听了这话,都很害怕,于是赶紧都在自家门上写了“福”字。

第二天,朱洪武派人去,要把那家人家包围起来,满门抄斩。过了一会儿,派去的人空手返回。皇上问是怎么回事,手下答道:“满街的百姓家门上都写了个‘福’字,不知捉哪家?”皇上明白了,这肯定是马娘娘昨晚做的好事,便不了了之。

从此以后,民间每年春节都要在门上贴上“福”字。

大新年五更芝麻秸烤火

我们苏北农村，有个老风俗，每年大新年五更头，不论大家小户，总得用芝麻秸架起来，烤上一阵子“元宝火”，所以寒里集市上总有人买卖芝麻秸，这是为什么？

传说，有年寒里，冰雪盖地，乾隆皇帝路过这块地方只觉得身子打战。于是，忙令随从寻点草来烘火取暖，随从得令，急去一家草舍，花上几个铜板，买来一大捆芝麻秸，找个避风地，烤起火来。哪晓得，芝麻秸上的艺麻种没有打尽，随从扛一路，抛撒一路。那天，逗巧风势又大，只刮得芝麻种满地跑。待到第二年，这块地遍地出芝麻，长势可喜人呢？

当地百姓不解其谜，心里话，地里无种不成苗。哪来的神仙下种的呢？后来还是卖芝麻秸的那家人想起来了，跟人说出卖芝麻秸的事儿，悟出芝麻种抛撒在地才长出芝麻的缘故。

打这以后，当地百姓每逢一年开头，就用芝麻秸烤火，用以告诫后代：“一粒种子万粒粮，到手的庄稼，定要精收细打，颗粒归仓。”就这样，一传十，十传百，用芝麻秸烤火的习惯就传开了。为了图个吉庆，后人还把芝麻秸称为“摇钱树”，这个风俗一直流传到今天。

（赵斌整理）

压岁钱

关于压岁钱，有一个流传很广的故事。古时候，有一种小妖叫“祟”，大年三十晚上出来用手去摸熟睡着的孩子的头，孩子往往吓得哭起来，接着头疼发热，变成傻子。因此，家家都在这天亮着灯坐着不睡，叫作“守祟”。

有一家夫妻俩老年得子，视为心肝宝贝。到了年三十夜晚，他们怕“祟”来害孩子，就拿出八枚铜钱同孩子玩。孩子玩累了睡着了，他们就把八枚铜钱用红纸包着放在孩子的枕头下边，夫妻俩不敢合眼。半夜里一阵阴风吹开房门，吹灭了灯火，“祟”刚伸手去摸孩子的头，枕头边就迸发道道闪光，吓得“祟”逃跑了。第二天，夫妻俩把用红纸包八枚铜钱吓退“祟”的事告诉了大家，以后大家学着做，孩子就太平无事了。原来八枚铜钱是八仙变的，暗中来保护孩子的。因为“祟”与“岁”谐音，之后逐渐演变为“压岁钱”。压岁钱只有在春节前后长辈给予晚辈，很少出现晚辈给予长辈的。

元宵节的传说

元宵节是灌河地区重要节日，关于元宵节的传说也很多，这里选列其二。

一、点彩灯的来历

传说在很久以前，凶禽猛兽很多，四处伤害人和牲畜，人们就组织起来去打它们。有一只神鸟因为迷路而降落人间，却意外的被不知情的猎人给射死了。天帝知道后十分震怒，立即传旨，下令让天兵于正月十五日到人间放火，把人间的人畜财产通通烧光。天帝的女儿心地善良，不忍心看到凡间百姓无辜受难，就冒着生命的危险，偷偷驾着祥云来到人间，把这个消息告诉了人们。众人听说了这个消息，有如头上响了一个焦雷，吓得不知如何是好，过了好久，才有个老人家想出个法子，他说：“在正月十四、十五、十六日这三天，每户人家都在家里张灯结彩、点响爆竹、燃放烟火。这样一来，天帝看到凡间一片火光，到处噼啪作响，就会以为人们都被烧死了，也就不会在意下界了。”

大家听了都点头称是，便分头准备去了。到了正月十五这天晚上，天帝往下一看，发觉人间一片红光，响声震天，连续三个夜晚都是如此，以为是大火燃烧的火焰，心中大快。人们就这样保住了自己的生命及财产。为了纪念这次成功，从此每到正月十五，家家户户都悬挂灯笼，放烟火来纪念这个日子。

这个习俗由来已久。据考，今灌南新安镇放灯习俗也已有400余年的历史。

二、汉文帝纪念“平吕”

另一个传说是这样的，元宵节是汉文帝时为纪念“平吕”而设。汉高祖刘邦死后，吕后之子刘盈登基，是为汉惠帝。惠帝生性懦弱，优柔寡断，大权渐渐落在吕后手中.汉惠帝病死后，吕后独揽朝政，把刘氏天下变成了吕氏天下，朝中老臣，刘氏宗室深感愤慨，但都惧怕吕后残暴，故而敢怒不敢言。

吕后病死后，诸吕惶惶不安，害怕遭到伤害和排挤。于是，在上将军吕禄家中秘密集合，共谋作乱之事，以期彻底夺取刘氏江山。此事传至刘氏宗室齐王刘囊耳中。刘囊为保刘氏江山，决定起兵讨伐诸吕，随后与开国老臣周勃、陈平取得联系，设计除了吕禄，“诸吕之乱”终于被彻底平定。

平乱之后，众臣拥立刘邦的第二个儿子刘恒登基，称汉文帝。文帝深感太平盛世来之不易，便把平息“诸吕之乱”的正月十五，定为与民同乐日，京城里家家张灯结彩，以示庆祝。从此，正月十五便成了一个普天同庆的民间节日——热闹非凡的“元宵节”。

三月三　蛇出洞

我的老家在响水，小时候常听老人们讲“三月三，蛇出洞”的故事，至今还历历在目，现整理出来和大家一起分享——

从前有一座山，山上有一座庙和一座庵。庙里有一个和尚与庵里的一个尼姑相好，随着日子的长远两人的恩爱与日俱深。可是，同是出家人，不能结成夫妻，只能时常暗中相会。

有一年的三月三，他们在一个湖边相会，被一个叫花子发现了。那叫花子本也是无意中路过，无奈天黑夜里那叫花子的形象颇似她的庵中住持，尼姑吓慌了，一慌之下竟跳湖自尽了。和尚见尼姑跳到湖里去了，他也不知那湖水的深浅，一心只想救起尼姑，结果也被淹死了。叫花子撞到尼姑与和尚的好事后，难为情地急急走开了。可是紧接着听到两阵水响，又听到和尚在水中呼唤尼姑的声音，料是尼姑含羞自尽，想想全是自己的过错，于是就急忙转身，赶紧跳到湖里救人。怎奈他们都不识水性，最后都被淹死在湖里。这一幕悲喜剧，世人谁也不知，唯有土地菩萨全看在眼里。他同情他们的遭遇，可是却不能救活他们，因为那和尚与尼姑毕竟犯了佛门的戒律！

和尚与尼姑的尸体很快被湖里的大鱼吃掉了，骨头飘到一块儿，渐渐沉入海底的淤泥中。鱼儿嫌叫花子身上有股臭味，而没有鱼吃他的尸体，叫花子的尸体便浮到水面上。和尚与尼姑觉得自己死得冤枉，双双向土地菩萨诉冤，说："我们在人世不能成为夫妻，能不能让我们沉入淤泥的尸骨节节相连，并给予一点生机？"土地菩萨说："因为你们违犯佛门的清规，死后只能与淤泥为伴。但念你们都是人，人世间男女相爱并无过错，故准许你们的尸骨在淤泥中节节相连，恢复生机。"

和尚与尼姑的魂灵见土地菩萨应允了，又得寸进尺，要求每年出来看一看世界。土地菩萨心肠软，竟也答应了，但是规定他们不能离开淤泥。每年要到他们的忌日三月初三才能钻出水面探看世界。

叫花子的魂灵见和尚与尼姑都获准恢复生机，也前来向土地菩萨诉说："虽然和尚与尼姑的死是我害的，可我是无意的，能不能也让我恢复生机，每年到世间玩一段时间？"土地菩萨觉得叫花子言之有理，便说："好吧，你就变一条水蛇，每年三月初三去看世界。"

后来，和尚与尼姑的白骨长成人喜欢吃的莲藕，节节相连，节节有孔，以示他们心心相通，节节之间长满细丝，即使折断，也可相连。和尚让自己长成荷叶，尼姑让自己长成荷花，每年三月初三钻出水面的，怎奈她对过去的事情感到难为情，要待荷叶长大了，长多了，她才从空隙里羞羞答答地钻出来。水蛇当然不会害羞，每年三月三，他便迫不及待地从土洞里钻出来。

因此便有了“年年有个农历三月三，蛇出洞来藕出簪”的谚语。

（施从銮整理）

清明节的来历

近年来，清明节从官方到民间，显得越来越重要了，响水地区也不例外。这很好理解，阳春三月，莺飞草长，人们纷纷走出户外，中国人的旅游热情越来越浓，清明节上坟扫墓活动本是户外活动，岂不正好兼顾。更重要的是，官方求忠，民间求孝，祭祀等传统得以恢复，清明节的影响也便越来越大了。

响水民间早已流传介子推割肉奉君、晋文公焚山求贤的故事，这些故事见之于文献，也记载了清明的来历。

春秋时，晋公子重耳为逃避迫害而流亡国外，途中经过一处渺无人烟的地方，又累又饿，再也无力站起来。大家找了半天，找不到一点吃的，此时，随臣介子推走到僻静处，从自己大腿上割下一块肉，煮了一碗肉汤让公子喝了，重耳渐渐恢复了精神。当重耳发现，肉是介子推从自己腿上割下来的时候，他流下了眼泪。

十九年后重耳回到晋国当上了国君，成了历史上著名的晋文公。即位后，晋文公重赏了所有当初伴随他流亡的功臣，唯独忘了介子推。很多人为介子推鸣不平，劝介子推面君讨赏。但介子推鄙视那样做。

几天后，晋文公终于想起了介子推，对自己的疏忽大意感到很惭愧很后悔。他决定亲自上门去请介子推，然而介子推早已背上行囊离开了都城。

晋文公派人打探，得知介子推藏在绵山深处。晋文公派人去请你介子推出山，无奈这绵山山高树密，找不到介子推的确切栖身处。这时有人献计，说这有何难，只须三面放火，网开一面，火起时，不愁介子推不走出来。晋文公决定依计而行。大火点燃了，绵山成了火山。然而，一直不见介子推走出来。烧了三天三夜，火熄后人们发现，介子推端坐在一棵老柳树下，早已烧成了焦炭。

晋文公听取禀报后，失声痛哭。禀报者又说，移开介子推遗体后，看到树上隐约刻着两行字，写的是：割肉奉君尽丹心，但愿主公常清明。为纪念介子推，晋文公下令，将每年的这一天定为寒食节，天下百姓只能冷食，不能动火。第二年晋文公率众臣登山祭奠介子推，发现那棵老柳树死而复活，便赐老柳树为清明柳，并晓谕天下把寒食节的后一天定为清明节。

（史忠霖整理）

清明插柳的传说

唐朝末年三月，黄巢率领的义军转战江浙，又从扬州出发北渡淮河，进攻滁州、和州、徐州，途经苏北一带。朝廷和地方衙门造谣，说黄巢是个杀人不眨眼的刽子手，他的队伍所到之处杀人跟杀小鸡一样，前后总共杀了八百万人。其实黄巢杀人虽多，杀的都是贪官污吏，恶霸土匪，无德无义之徒，所以这类人对黄巢和他的义军恨之入骨，到处煽风点火，造谣蛊惑。老百姓听闻后，人心惶惶，家家户户扶老携幼跑反逃难。

有一天，黄巢追杀一个贪官，半路上遇见一个三十出头的妇女，身上背着一个十来岁的男孩，手里搀着一个五六岁的男孩。黄巢感到奇怪，问道：“你这位大嫂，你把大的背着，小的反而搀着，是何道理？要是背着小的搀着大的，不是又省力气，又走得快吗？”妇人答道：“背上背的，是前娘所生，手中搀的，是自己所生。前娘只留下这条根，我以后还能再生。要是黄巢杀来，我就将自己生的丢下，背着前娘生的逃命了。”

黄巢听了这番话，大受感动。一个妇道人家，能如此秉大义而忍痛割爱，在妇辈中很少见。就对妇人说：“你真是一位大仁大义的好女人，告诉你，我就是黄巢。”

这位妇人一听说他就是黄巢，吓得浑身发抖，忙跪下央求道：“黄大人，求你行行好，要杀就把我亲生孩子杀掉吧，留下前娘生的孩子，让我把他抚育成人。”

黄巢把这位妇人扶起，说道：“我黄巢杀的是贪官污吏，恶霸土匪，不杀有德有义之人。你不要怕，像你这样的好人，我保你平安无事。赶快把孩子带回家，不要再跑了。明天是清明节，为防止我手下的人误杀好人，你们在门上插上柳条，作为记号，义军保证不动你们一根毫毛。还请你关照所有的百姓，都这样做。”

妇人听了，不相信自己的耳朵。再看看此人长得和衙门口贴的那人一模一样，心里话：笃豆（对），这才搬掉压在心头的一块大石头，于是连连作揖道谢。回到家里，立马在自家门头上插上柳条，又跑遍十三个庄子，关照贫苦百姓都这样做了。

第二天，黄巢的队伍真的杀了过来，十三个庄子上凡是门头上插柳条的人家都安然无事。从此，黄巢爱民如子的声名便传播开来，他和他的义军得到百姓的拥护，一直打到洛阳、长安。为了纪念这件事，十里八乡的百姓每年清明节都要插柳，这种习俗，传遍大江南北，长城内外，延续到今天。

（东篱子整理）

立夏吃鸡蛋传说

立夏吃鸡蛋的习俗，由来已久。俗话说：“立夏吃了蛋，热天不苦夏（疰夏)。”

灌河地区的人们都认为:从立夏这天起,天气渐渐炎热起来,许多人特别是小孩子会有身体疲劳、四肢无力的感觉,食欲减退逐渐消瘦,称之为“疰夏”。如果在立夏这一天吃鸡蛋,可避免苦夏(疰夏)。因此,在湖区,立夏这一天,家家户户煮吃鸡蛋,此习俗一直延续到现在。这里还有个神奇的传说呢——

很久以前,天上有个凶恶的瘟神,平时爱睡懒觉,一直睡到每年立夏这天才醒来,带一条瘟病口袋,溜到下界,传播瘟病,患者发热厌食,日渐消瘦,人们称为“疰夏”。

女娲娘娘知道后,晓得是瘟神在作怪,便直奔南天门而来向玉帝告急。玉帝说:“此乃天意,每年的今天都要做一次,谁敢违抗?”女娲只好去找瘟神,对他说:“不准你到下界去伤害我的子孙后代。”瘟神却并不买女娲的账。女娲说:“这样吧,在立夏这天,我叫我的子孙们每人胸前拄个蛋兜,你要认准了,有标记的,不许你乱来,否则,别怪我对你不客气。”瘟神说:“好吧。”立夏这一天,瘟神又到下界散灾,只见男男女女每人胸前都挂个蛋兜,知道是女娲娘娘的后代,哪敢作怪。他走遍各地,见人人胸前都挂有蛋兜,不敢下手,最后走得筋疲力尽,回头又怕向玉帝不好交差,就死在了路上。时间长了,人们就将蛋剥下壳后吃掉了。直到今天每逢立夏,家家还都还要煮鸡蛋吃呢。

端午节插艾柳

农历五月初五为端午节,每到这一天,灌河地区家家户户都挂艾叶菖蒲,吃粽子,饮雄黄酒,佩香囊等。

传说明朝建立,朝廷官兵滥杀无辜,老百姓遭殃。在此期间,朝廷一位将领率兵路过一个地方，发现有位农家妇女身背一个大孩子，手搀一个小孩子，艰难地奔波避难，于是下马上前询问，你为何背着大的，不背小的呢？这位妇女哭着说，我身背这个孩子是邻居家的，他是个孤儿，而我手里搀着的小孩子是我亲生孩子。这位将军一听此话，十分感动，便对她说，端午节那天，你把你家门檐下插上艾柳，以此为标，我们就不杀你们。

后来，这位妇女回家后转告左庄右邻都在这天把门檐下插艾插柳。一传十，十传百，家家户户都在端午节那天插艾插柳避灾。打那以后，这个做法慢慢演变成风俗，一直流传至今。

扣绒的传说

五月端（端午节，农历五月初五），灌河地区民间有给小孩扣绒的习俗。这一天，吃过丰盛的午饭，家家用杂草头熬水给小孩洗澡，穿上新衣服，然后拿一缕七色绒线扣在小孩手脖、脚脖和脖颈上。这时，大人才放心让孩子出门玩耍。

说起来，这个风俗还跟织女有关。织女原是王母娘娘的外孙女，她有纺织彩锦的手艺，只因厌倦天宫的寂寞生活，才决心偷来人间。她跟牛郎婚配后，过起了男耕女织的美满生活。

织女不但手巧，而且心地善良。她同左邻右舍相处非常好，哪家缺东少西，她都是尽心尽力给以帮助；乡亲来家溜门子，她总会和牛郎热情地摆出亲手种植的瓜果菜蔬，请人尝鲜。每逢过年过节，织女还把自己织的花布送给乡邻。

后来，王母娘娘查问到织女的下落，气得鼻塌嘴歪，骂织女败坏门风，违反天条，咬牙切齿非要惩罚织女不可。一天，趁牛郎下田劳动的当儿，她亲自来到织女家，不管三七二十一，把织女拉上云端。牛郎得知此事，赶到家中，披上神牛皮，带着孩子追上天空。不多一会，眼看就要追上织女。只见王母娘娘拨下头上的金钗，向后一划，陡然间，平静的天空出现了一条白浪滔滔的天河，把牛郎挡隔在天河的对岸。这时，只听织女喊道："牛郎，当心我们的孩子啊！"

牛郎回到家中，第二天正好是五月端。他发现织女那织彩锦、制龙衣的七色绒线没有带走。触景生情，牛郎随手拿起绒线扣在儿子、女儿的手脖、脚脖、脖颈上。这样做，一来是对织女的留念，二来防止孩子在外面乱跑，被天兵天将带走。

后来，乡亲们为怀念织女，也都仿效牛郎，在五月端这一天用彩色绒线把自家的孩子扣起来，祝愿孩子吉祥、平安。

七巧节

七月初七传说是"巧节"，又叫"七巧""乞巧"。女孩们特别是刚学做针线者，都要在这天"讨七巧"，俗叫"乞巧"，讨一手好针线、好茶饭。乞巧可在白天，用布做一双小鞋烧给"七鸪鸪"，也可在晚上对着月亮穿针。

灌河地区有一种形似布谷鸟的候鸟，夏来冬去，俗叫七鸪鸪，从早到晚在树林里不停鸣叫"七咕咕——苦"。传说这种鸟原是天下最巧的女子，排行第七，因做了童养媳，在七月初七受苦难而死。死时身上穿着破衣裳光着脚，死后变成了七鸪鸪，也是身上有衣服（羽毛），脚上没有鞋（爪上无毛），整天鸣冤叫苦"七姑姑——苦"，音调凄惨。女孩们听了传说，对七鸪鸪十分同情和崇拜，刚会针线的女孩，第一件是做一双小布鞋，七月初七正午时拿到树林里烧给七鸪鸪，边烧边说："七鸪鸪来穿鞋，拙的去，巧的来。"连说七遍。烧完鞋回家后即拿起针在布上穿几下，意为巧被学来了。

七月初七晚上，女孩们要对着月亮穿针，边穿边说；"月亮大姐对我好，朝我笑，教我眼尖手又巧。"穿上针的心里十分高兴，认为月亮大姐真的教她眼尖手又巧了；未穿上的心里很懊恼，第二年七月初七要再做双小鞋烧给七鸪鸪。

"春卷"是这样流传下来的

春卷，是响水人非常喜爱的美食。

响水春卷，是过年家家户户的"露脸菜"。

响水人吃春卷叫"咬春"，从头吃到尾，取"有头有尾"之意。而且，春卷色泽金黄，犹如金条，更被誉为"黄金万两"。如果在春卷里包进粉丝，"金包银"那就更讨口彩了。

春卷里可以包各种自己喜欢吃的馅，但在响水最典型的是荠菜馅。荠菜冒出土地的时候，正是春节到来之际。若迎风站在郊外的田埂上，就可以闻到春天的味道。

春卷在响水也有传说：

古代有个书生，在出仕之前，十载寒窗苦读，几番进京赴考，都未能得中。他虽年过三十，成家生子，但还是坚持日夜苦读诗书，有时竟废寝忘食。他的妻子十分疼爱，为了不让丈夫因三餐吃饭而影响读书，就用麦子磨成粉，放在锅里用豆油煎成又薄又透明的饼片。她又担心麦饼冷了，吃下去会伤胃，就把煮好的青菜放在麦饼里，然后把麦饼卷起来放在丈夫身旁，让他边吃边读书。书生就靠着妻子亲手巧制的食品，闭门不出，苦读书，学问大进。这年春闱科考，书生一举高中，传为佳话。从这以后，当地学子都喜爱卷着青菜的麦饼卷当夜食，并将这麦饼卷称做春卷。

从这个意义上说，响水人爱春卷，是因为它不仅仅满足了可口的食欲，还包裹着一份对彼时的怀念。

做春卷，响水主妇个个是把好手。每当春节来临，主动坐在餐桌前，一张张春卷皮在手中撑开，如同一张张轻盈的伞面，加进荠菜馅再卷成卷，这反反复复的动作，已经熟练得不假思索了，就连指尖上都不沾一点多余的面粉，仿佛她们的手是被施了魔法一般。

（吴万群整理）

寿桃的传说

响水人过寿，必须有一样物件：寿桃。据传，以桃祝寿的习俗是从孙膑开始的。

孙膑 18 岁时离开家乡，不远千里到齐国云蒙山，拜鬼谷子为师学习兵法。孙膑在师傅那里废寝忘食地刻苦学习，不知不觉十二年过去了，不曾回家一次。有一天，孙膑忽然想起，五月五日是母亲的八十寿诞之日，不知母亲身体状况若何，于是向师傅请假回家探望老母。师傅随手摘了一颗桃子作为寿礼，让孙膑带给母亲。

回到家中，孙膑大摆筵席为母亲庆寿，宾朋满座。席间，孙膑从怀里掏出那颗桃子，捧献给母亲说："娘，这是我师傅敬您的寿礼，请您享用。"老母亲吃了桃子后，瞬间白发变黑，落齿更生，满面红光，神采奕奕，完全一副年轻时的容貌，走路也弃掉了拐杖。全家人和众宾朋皆大欢喜，其乐融融。

这事儿就一传十、十传百地传开了。孝顺的子女们哪有不想让自己的父母长寿的呢！于是，人们纷纷效仿孙膑，在父母过生日时，献上鲜桃为父母做寿。在没有桃子的季节里，就用面粉做成桃子模样的馒头给父母做寿。

传说使桃子成就了"仙桃""寿桃"之美名，成了祝寿必备的吉祥物。响水民间庆寿时，都要悬挂带有寿桃的吉祥图——"寿星图"：寿星长长的脑门儿，白须飘逸，一手拄龙头拐杖，一手托着大仙桃；"麻姑献寿"：麻姑有时腾云驾雾，飞鹤相伴，有时骑着鹿，伴着青松；有时立身作奉献状，手中或盘中托着仙桃。

响水农村保持以桃祝寿的传统做法。不过不是真的桃子，而是由面做成，形如真桃，大小亦相当，点以桃红。现在也有人家以蛋糕代之，终不及寿桃之有寓意。

（史忠霖整理）

依九做生日

我们这个地方，做生有个风俗，总是超前一年做，叫做九不做十。做生日为什么要依九，是有说法的。

传说，在明朝辰光，这地方有家人家，孤儿寡母，儿子是个年轻人，因为姓王，人家都喊他小王，母亲是个瞎子，小王孝顺，总是小心侍候母亲。

有一天，小王在山上寻草，正巧，吕洞宾经过那里，他喜欢管闲事，便落下云头说："喂，年轻人，你不要再在这里寻草了，明天午时三刻，你就不在人世了，赶快回去料理后事吧！"

小王一听，心里想：这个老头，怎么这样说话！就问：

"老公公，我与你无冤无仇，为何咒我呢？"

吕洞宾说："我咒你做什么？你叫小王吧，不错，你逃不过明天午时三刻。"

小王一听急了，双膝朝吕洞宾一跪，说：

"老公公，我死了不可惜，可是家里有个老娘，双目失明，我一死，谁照料她呢？"

吕洞宾点头想道：唷，这位年轻人不错，是个孝子，倒不能忍心不管了，可又为难地说：

“没有办法救你呀!”

小王跪着不起来,求吕洞宾想法子:

“老公公,那么谁管生呢?”

吕洞宾说:

“嗯,只有阎王能掌握生,就怕你寻不到他。”

小王说:

“老公公,你跟他相识,又是好朋友。你跟他说说,帮忙就帮到底吧!”

吕洞宾推不掉,只好附在小王耳朵根上说了一个办法,叫他明朝午时三刻前在花果山下摆桌酒席,要好酒好菜,摆好碗筷,放在那里,别的就不要管了。

小王连忙说:

“好的,好的。”

小王才站起来,吕洞宾就不见了。小王赶到家里,赶紧把这件事告诉母亲,母亲也慌了,母子整整忙了一夜,把忙好的酒席摆在花果山下。

第二天,吕洞宾约好了一帮神仙来找阎罗王说:

“走,我们一起去花果山,敲敲孙悟空的竹杠,弄顿酒吃吃。”

那阎罗王与吕洞宾是好友,听说有酒吃,就腾云驾雾,跟着吕洞宾一块飞到了花果山上去,闻到一股酒气,喷喷香。阎罗王馋涎直淌,落下云头,端起酒盅就喝,吃着吃着,小王出来了,对阎罗王说:

“你这个人,怎么能无缘无故把我庆寿的一桌酒席吃掉了。”

阎罗王说:

“吃都吃了,有什么办法呢!”

小王说:

“你赔我一桌酒席!”

吕洞宾在旁边说:

“无功不受禄,总要想办法报答人家呀!”

阎罗王说:“我赔钱吧!”

小王说:“我不要钱,要赔酒席!”

阎罗王逼急了，只好问小王今年几岁，小王说："十九岁！"

吕洞宾对阎罗王说：

"他才十九岁，你掌握生簿，你看这人有多少阳寿，说出来好让他安排安排。"

"哎哟！你要死了，马上就要到寿了，还说什么寿？"

吕洞宾眉头一皱，对阎罗王说："这又不费吹灰之力，你在他十九的上面添一个'九'字，不就报答了吗？"

阎罗王双手直摇，说："不好，不好，改生簿没有前例，此例一破不得了，触犯天规，要办我罪的。"

旁边的几位神仙嘴上吃得油光光的，心想，不能白吃人家顿酒席，都帮小王说情了："这桌酒席是大家吃的，有福同享，有难同当，玉皇追查下来了，大家一起承担好不好？"

阎罗王想想，再也没有别的办法推却了，只好说："只此一回，下不为例。"

他拿出生簿来，就在小王的十九上头，添了一个"九"字，这样一来，小王就能活到九十九岁才寿终。

这事一传开来，大家听说在"九"头上庆寿能添寿，以后就都超前一年做寿了，慢慢地就变成了"依九做生日"的习俗。

"天官赐福"

从前，苏北农村每逢过年或盖新房，都要写"天官赐福"四个大字，高挂在房梁上，据传这是为纪念戚天官的。

明朝崇祯年间，朝中有位姓戚的天官，这人做官廉洁清正，刚直不阿。

有一年，戚天官出外视察民情，发现泗州一带遭大旱，赤地千里，颗粒无收，饿死的人不少。回京后，他立即向皇帝奏了本，求皇上大开恩典，免泗州皇粮三年。不料，当时朝中的西宫娘娘从中作梗，皇上听了她的谗言，借口“刀兵连年，国贫库空”，没有准旨。

事隔不久，西宫娘娘要回故里四川游玩。为了卖弄她的威风，便要皇上下旨免去四川皇粮三年。皇帝下旨，要经过戚天官手。戚天官一看，十分恼火：“泗州天灾地荒，不准免征皇粮，四川连年丰收，却免税赈粮，哪有这个道理?”一气之下，他冒着杀身之祸，竟提笔将“四川”二字巧添数点，把“免四川皇粮三年”变成“免泗州皇粮三年”。圣旨一下，泗州万民欢呼。

事情很快传到西宫娘娘耳朵里，她在皇上面前大哭大闹，说戚天官犯了欺君之罪。皇上当即降旨，要问戚天官死罪。

金銮殿上，戚天官视死如归，说，自己擅改圣旨，死而无怨。只是今后望皇上明察秋毫，以江山社稷为重。说罢，起身就去行刑。当时满朝忠良纷纷跪下，向皇上求情。皇上自觉理亏，只好免了天官死罪。

戚天官虽说免了一死，西宫却还不肯放过他。有一天，西宫娘娘与皇上下棋，她连胜三盘，便得意地说：“万岁，妾胜你一人，便胜了天下人。”皇上说：“不，朝中有胜你之人。”

一天上朝毕，皇上要戚天官和西宫下棋，戚天官明知西宫娘娘不会有好果子给他吃，只是皇上说了，只好应允。但天官要求皇上答应三个条件：一、不在宫里下棋；二、对弈要有时间限制；三、要有裁判做见证。皇上一一应允，当下决定：地点在午门廊下，老皇自荐做公证人，对弈时间为日出日落。

第二天日出，戚天官便与西宫下起棋来了，老皇在旁观阵。

第一局，戚天官败给了西宫娘娘；第二局一开，天官集中兵力分割围歼，打乱翅翼棋局，西宫娘娘输给了戚天官。皇上在一旁观阵，连声赞扬天官的高超棋艺。第三局开战，双方各不相让，都步步为营。天官想消磨时间，下个平局，所以下棋很慢，老皇观阵有些腻了，肚里也饿了，便自顾自吃饭去了。老皇离开后，午门前忽刮起一阵小风，西宫趁势一抬手，用衣袖将天官一只在盘边的棋子扫落，棋子滚到案下，天官弯腰去拾，手刚触到棋子，西宫娘娘马上用脚将天官手一下踩住，喝声：“无耻!”便拂袖而去。西宫娘娘回宫后，大骂大闹，以“风吹棋子落，调戏娘娘脚”为名，要老皇为她洗冤。

戚天官回到天官府，立刻安排家小，打算去服刑。家中老小不让他走，正说着，御林兵已将天官府团团围住，要捉拿天官问罪。戚天官一听，一口咬下朝服上的金纽扣，吞金而死。

不久，消息传到泗州，万民悲愤，为悼念天官，百姓便在泗州城西北堆一土丘，称为“天官墓”。百姓都哭着说：“我们泗州百姓多亏天官赐福啊！”从此，每逢造新屋都要在梁上贴上“天官赐福”的红纸条，祈求戚天官保佑。

新娘脚不沾地的传说

我们这一带好多村落都有这个习俗新娘下轿进婆家门时，脚不沾地，为此，有钱人家铺地毯，穷人家也不含糊，或铺席子或铺折子（一种以苇篾编成的像苇席，比苇席窄、长，用以屯放粮食或糠灰、玉米芯等的可卷曲的用具），让新娘从上走过。这是为什么呢，这里有个缘由。

传说，古时候，杜大庄杜员外家的杜公子娶亲，当花轿抬到半路时，突然，狂风大作，飞沙走石，遮天蔽日，令人难以睁眼；狂风过后，风平浪静，风和日丽，所不同的是抬轿人感到肩上的花轿重了许多。

天未晌，花轿到了杜家门前，当搀扶姑娘掀起轿帘一看时，惊得目瞪口呆，原来花轿里坐了两个新娘，穿着、长相、气质完全一样。上轿时只是一个新娘，下轿时，怎么会有两个新娘呢？

原来，大伊山南麓潮河湾的猴子精，为了吸取人间精气，施了飞沙走石之术，变成新娘，藏于轿中，寻机害人。杜员外难辨真假，只好请来亲家，要他辨认女儿。亲家望着眼前的两个女儿，一时也难分真假。突然，亲家想起女儿左耳根有颗朱砂记，可以作证，谁知一看，两个新娘左耳根都有一颗一模一样的朱砂记，搞得老人晕头转向。这时，两个新娘都喊：“亲大大，给女儿作主啊！”事情闹到了海州府，海州官见状，眉头一皱，计上心来。要当差的拿来一匹染成红色的小布（小布，即土布，口面很窄），放开来，两头有人将布拽平，离地面一尺有余，而后，海州官对两个新娘说：“你两人分别站在布上，来回走，谁能做到布不变形，脚不沾地，谁就是真新娘，否则，就是假新娘。”两个新娘听了，一个笑一个愁。愁的新娘，朝布上一站，拽布的人拽不住了，布变形，新娘的脚也触到了地面；笑的新娘，朝布一跳，绷紧的布丝毫未动，人好像气团一般，在布上飘来飘去，并洋洋自得，自语道：“有官相助，胜利在握。”不料，海州官将惊堂木一拍，指着悬在布上飘动的新娘，厉声喝道：“快，将这个妖怪给我拿下！”一语道破天机，得意的新娘，顿时扑倒在地，变成可怜兮兮的猴子，猴子就地一滚，化成一团烟雾，逃得无影无踪。

只因猴精未死，人们多有防范。带新娘时为避免邪恶，总要让新娘在红布上走出花轿，脚不沾地，进入新家。后来，人们感到红布铺地既不经济又不方便，于是，很多人来个就地取材，用芦苇编织的席子或麻袋来代替。

这就是新娘脚不沾地习俗的由来。

“拜天地”的传说

男婚女嫁，有拜天地的习俗。这个习俗是怎么来的呢？民间有个传说相传，女娲娘娘造人的时候，开始只造了个傻巴巴的小伙子，小伙子虽然逍遥自在，但总觉得孤单、寂寞，没情趣，因此，经常唉声叹气，闷闷不乐。

一天晚上，月亮如轮，高悬夜空。小伙子触景生情，孤独难耐，便对月亮说：“月光老你细听，帮我找个小知心；情投意合伴终老，世世代代领你情。”

话音刚落，月亮忽闪两下，一个白胡老头从天而降，来到小伙子面前，笑着说：“后生不用愁，给你找帮手。两相敬如宾，偕老到白头。”

说话间，白胡老头一忽闪不见了。不一会，白胡老头领着一个姑娘飘然而至，对小伙子说：“我到女娲娘娘那里，请她造了姑娘，给你作伴，你俩认识一下，由我帮助你们办喜事。”小伙见姑娘面如桃花，非常高兴，姑娘见小伙子英俊诚实，正合心意，两人一见钟情，心心相印。小伙子主动求爱，说：“愿意做我的妻子吗？”姑娘羞答答地应着：“愿意。”此时，伴着哈哈大笑声，来了天公和土地两个老头，白胡老头对小伙子说："你们以后的生活全由他俩帮助。下面开始拜堂，先拜天公和土地，夫妻对拜。"拜完毕，那三个老头一闪都不见了。后来，才知道那三个老头就是天、地和月老。

小伙子和姑娘完婚后，男耕女织，恩恩爱爱，几年后儿女双全，全家幸福。从此人就这么一代一代传承繁衍下来，越来越多。

后来，人们为了感谢天地的恩情和月老的牵线情意，男婚女嫁都要先拜天地，慢慢的都成了习俗。

结婚必贴红"囍"字

人们在婚嫁时候，总是往门窗上贴上红色的"囍"字，"囍"念做双"喜"，是中国的一个很特殊的汉字，关于它的由来，还有一个有趣的传说。

北宋时期，二十三岁的王安石进京赶考，途中经过马家镇。当时天色已晚，他便决定在镇中休息一晚，明日再启程。当时凉风习习，分外清爽，吃过晚饭后，他来到大街上闲逛。他正在左看右看，忽然发现不远处的马府门前挂着的走马灯上写道："走马灯，灯走马，灯熄马停步。"他觉得这半副对联写得很好，不禁走上前去，暗自想着对出下联。马府的门前已经聚集了很多人，而且人人呈现苦思状，这是干什么呢？原来，马府的小姐到了出嫁的年龄，但是小姐眼界极高，不满意媒人介绍的那些公子哥，想要找一个才子，于是她自己想了这半副对子，说只要谁对出了就嫁给谁。马老爷十分疼爱自己的女儿，便按照女儿的意愿，操持着这件事。马家镇的人早就听说马府小姐才貌双全，而且是马老爷的掌上明珠，如果娶了她，不但抱得美人归，而且还能得到一大笔财产，因此纷纷前来对下联。

但是，这副对子实在是太难对了，连续好几天都没人对出来，在门口等候的管家都有点打瞌睡了。这时候，王安石苦思冥想了半天还是对不出下联，但是觉得这半副对联很精妙，不禁说道："妙对。"管家正在昏昏欲睡，突然听到这么一个响声，以为他将下联对出来了，并且夸自己对的好。于是他赶紧进院报告老爷，但是出来的时候已不见了王安石。

原来王安石觉得自己一时对不出下联，就离开了。第二天王安石离开了那个镇子，进京赶考。在考场上，王安石作答很顺手，早早地交上了考卷。主考官见他这么早就答完了试题，就想见见他。王安石来到以后，主考官就出了副对子："飞虎旗，旗飞虎，旗卷虎藏身。"王安石听到以后，突然想起了走马灯上的那半副对联，好像正好与它相对。于是立即说道："走马灯，灯走马，灯熄马停步。"主考官一听对仗工整，而且这位举子反应敏捷，于是对他很欣赏。考完以后，王安石又来到了马家镇，想要感谢一下马府主人，因为自己被赏识多半来源于这副对子。管家一看，是对出对子的那位书生，于是就将他拉入了府中。马员外请王安石对出下联，王安石便将"飞虎旗，旗飞虎，旗卷虎藏身"答了出来。马员外见他对得又巧妙又工整，马上把女儿许给他，并主动提出择吉日在马府完婚。这个时候，王安石才知道这是马小姐的择婿联。

这天，马府正在为王安石举办婚礼，席间，恰逢官差前来报告："王大人金榜题名，明日请赴琼林宴！"看到双喜临门，王安石抑制不住心中的喜悦，顺手写了一个大大的"囍"字，让人贴在门上，并随口吟道："巧对联成双喜歌，马灯飞虎结丝罗。"从此以后，这个"囍"字便流传了下来。

送葬"跨火"的由来

灌河地区农村有这样一个风俗：人死送葬回来，要从一堆火上跨过去，所以人们称它为"跨火"。传说在很久以前，有一个姓刘的大户人家，喜得一个儿子，取名刘成，全家视作掌上明珠。刘成十五岁那年，他父亲把他送到庙里，交给一位老和尚管教。在老庙附近有一个地方，名唤十字坡。一天，刘成出庙路过十字坡，见一美貌姑娘在哭，于是他上前去问："姑娘为啥这样伤心呢?”姑娘说:“小女子父母双亡,无依无靠啊!”刘成看姑娘可怜,就从身上取些碎银给她,后来还常到寺里带些饭给姑娘吃。长此以往,就产生了感情,竟到了难分难舍的地步。一天,刘成的师父发觉他的脸带邪气,就问他同谁来往,刘成就一五一十地把经过都说了。他师父警告他说:“以后不要和她再来往,她一定是个狐狸精。”刘成仍执迷不悟,暗地和那姑娘来往。刘成的师父把这件事情告诉刘成的父亲,他父亲就要把他带回家。刘成听到这消息,忙带着姑娘躲进山洞里,他父亲气得一病不起,不久就咽了气。刘成和姑娘为父亲送葬,刚走到村口,刘成就听“啪”的一声,猛地被人推到一丈之外,再回头一看,顿时惊呆了,一只白狐狸在烈火中挣扎着,原来是师父使的“还原术”,人们一看是只狐狸精,气得纷纷从火堆上跨过去。最后,狐狸被烧得只剩下一堆灰了。

打那以后,人们为了除妖辟邪,为死人送葬回来的人,都要从火堆上跨过。

给死人烧纸的故事

从前,大潮河边有一姓黄的人家,夫妻俩开一个造纸作坊,用树皮、麻头、破布、旧渔网等为原料,制造土纸,以此为生。由于手艺不精,造出的纸粗糙低劣,销不出去,日子过得很艰难。

这天丈夫想出一个办法,对老婆说:“我假装死了,你把我的假尸放在家里。第二天众人来吊唁时,你就哭着说:‘我丈夫托梦给我,说他在阴间没钱用,叫我烧点纸给他当钱用。’”

第二天,亲戚朋友听说黄某死了,都赶来奔丧,屋里挤满了人。黄妻就按丈夫教她的办法如法炮制。只见她朝棺材前一跪,如此这般的一说,然后把自家做的粗纸抱出来,放在棺材前,点火烧起来。

这纸烧了能当钱用吗？在场的人都以为她哭丈夫哭痴了。正在大家议论纷纷的时候，只听棺材里面有响动，大家很害怕，静下来侧耳一听，哎呀，不得了啦，有人在里面哼哼呢。胆小的就吓跑了，边跑边喊："鬼魂出来了。"听到的人不信，跑的人又说："不信你们去自己看看。"

众人跑过去一看，一嘎（点）不假，就见那棺材盖慢慢地动了起来，众人更加害怕。接着，死人头顶起了棺材盖，露出半边脸，说："大家不要害怕，我活过来了，快把我拉出来。"有胆大的把他头顶上的棺材盖搬开，把他扶出棺材。妻子端来了热汤，丈夫喝了几口，说话了。

那姓黄的绘声绘色地说："我死了以后，小鬼把我头手锁了起来拖走，先过了奈何桥，又喝了王婆的迷魂汤，最后到了阎王老爷那里。阎王对我说：'你在阳间作了孽，才让小鬼带你到阴间。如果你家里能多烧点纸来，能当钱用，钱能通神，能使鬼推磨。如果钱多了，我上下打点，就能把你放出来，让你夫妻团圆。'我听了他的话，就托梦给我老婆了。"

看众人半信半疑，他又装模作样地问他老婆："你做梦了吗？"黄妻答道："我做梦了，梦见你叫我烧纸呢。""那你烧了吗？""烧了呀，当天就烧了，烧了一大摞子，刚才还烧了呢，大伙都看见的。"旁人纷纷作证，说不错，真的烧了。

黄某接着说："还是老婆好，救了我一条命。幸亏你给我烧纸，你在阳间烧纸，到阴间就变成了钱，当小鬼把你烧的纸钱抱到阎王老爷面前时，阎王就高兴得不得了，就叫小鬼把我放回到阳间了。"

众人听了黄氏夫妻的对话，都信以为真，知道给鬼烧纸能让死人复活，于是，凡有死了人的，都到黄家来买纸。一传十，十传百，四面八方凡死了人的，纷纷到黄家来买纸，黄家的生意便火了起来。两口子造的纸不够卖，雇用了十个伙计，从此黄家发财了。

后来，人们不但在死人的时候烧纸，每逢寒食、过冬等鬼节，也给死去的人烧纸，久而久之，就成了奠祭先人的一种仪式。

（东篱子整理）

烧轿马传说

从前，灌河南有两个秀才，结拜为弟兄，一同进京赶考。一天，他们行至一座大山下，天色已晚，便在一山洞中住下。谁知夜里下起了大雪，把道路都封了，无奈之下，兄弟二人只有等待雪化后再上路。

那一年，天气特别寒冷，雪一天两天也没化掉，他们带的干粮很快就要吃光了，衣物也不够保暖。老大望着冻得瑟瑟发抖的老二，要将衣服脱下给老二，老二急忙拦住道："仁兄，万万不可，我们结拜兄弟，不求同生，但求同死。"老大扶住老二，激动地说："贤弟，不必多说，我一定让你进京赶考。将来中榜以后，望能照顾一下我的老母、妻儿，为兄也就心安了。"老二一听，便紧紧抱住老大哭道："仁兄，你上有老下有小，千万不可，小弟我无牵无挂，还是我去。"说着，便要脱下衣服。老大急忙拦住道："贤弟，你的学问比我好，还是我去了。"说着，将二弟推到一边，脱下衣服，自己跳到万丈深渊里去了。老二当时一急，昏了过去。

后来，老二进京应试得中，做了知府，便将老大的母亲、妻儿接到府上照料。一天夜里，老二做了一个梦，梦里老大对他说：我在阴间没吃没喝，也没衣服穿，备受人家欺凌，请贤弟送些纸人、纸马、轿子等物给我。第二天，老二便托人办些纸人、纸马、轿子，抬到老大墓前焚烧。夜里，老大托梦说：谢谢你，现在我有马，有轿，有佣人，衣食无忧了。

从此以后，灌河地区的老百姓，每逢先人过世后，就烧纸马、纸花轿等，送给先人享用。所谓的封官轿马，便从那时流传下来了。

哭丧棒的由来

从前有户人家,孤儿寡母的。妈妈打儿子时,儿子从来不哭,因为他知道妈妈是为他好的。到后来妈妈年纪大了,再打他时,他反而哭了起来,因为妈妈打他时,一点也不疼,他知道妈妈老了,没得用了。再后来,妈妈死了,没人打他了,他就弄来一根柳树棒,一头烧糊了,朝坟头上一掼(戳),就以这棒子警诫自己,教育子女。

后来乡邻有老人死了,都学他家用柳树棒掼在坟头上。用得多了,有人就说,不如弄些小柴扎成个柴棒子,外面用土纸裹起来,又好看,打人又不疼,多好。于是,柳树棒就改成了柴棒子。又有人说,戴孝都是白衣白帽子,不如也用白纸裹柴棒子,于是就成了后来用白纸裹的哭丧棒。

有文化的人称哭丧棒为"孝子之杖",简称"孝杖",又曰"哀杖",为扶哀痛之躯。为长辈发丧时,孝子须手捧孝杖,以示悲痛。长辈若夫妇中一人去世,孝子执一根,若都去世则执两根。更讲究的人家说,父之节在外,故孝杖用竹子做;母之节在内,故孝杖用桐木做。民间穷苦百姓也没得那么多讲究,人死了,孝子把哭丧棒一捧,朝地上一跪,就哭起来。送葬时,跟在棺材后头,一路捧着哭丧棒一路哭。送到地头,棺材入土后,哭丧棒照例掼在坟头上。这种习俗一直流传下来,现在都实行火化,没得坟了,但送葬队伍走街时,还都作兴孝子捧着哭丧棒走在前头,归来时,选个路口,把哭丧棒和其他污秽之物一起烧掉。

(东篱子整理)

海产品传说

鲈鱼何来“四腮”?

灌河口野生的四腮鲈鱼鲜美可口,是宴席家餐上上乘佳肴,这让港城人引以为荣。

在陈家港素有“无鲈不成席”的俗语,接待来港城的宾朋,最拿手的一道菜肴必定是红烧灌河口特产四腮鲈鱼。野生的灌河口鲈鱼不但味道鲜美,肉质细嫩,最有特点的是它不但有鳜(桂)鱼那样美丽的花斑文身,而且比其他鱼类多长了两个鳃,俗称“四鳃鲈鱼”。

人们不禁好奇要问,其他鱼类都是两个鳃,为何灌河口的鲈鱼却多长两个鳃,变成了四腮?惯常的解释,是灌河口鲈鱼长期生活繁衍在灌河口、咸淡水结合潮汐的缘故。灌河是一条四季不冻的潮汐河流,蜿蜒东西70多公里流入黄海,潮汐落差较大。涨潮时,黄海水涌进灌河与上游淡水相交,河水变咸;落潮时,上游淡水流入黄海与海水相合,河水变淡;平潮时,咸淡融合,非咸非淡,这种潮汐现象与松江口最为相似,是鲈鱼最适宜的繁衍生殖的水域环境。其实不然,这里还有一个有趣的传说故事。

据说,早先鲈鱼和青蛙、泥鳅都是好朋友,都在灌河口的水域环境里生活,互相帮助,从不讲究,相安无事,分享着随潮汐涌进涌出的小鱼小虾的美餐佳食。但是时间长了,泥鳅为了多吃食物便生起了坏心眼,经常挑拨离间,闹得彼此不和。

有一天鲈鱼要到大海里去走亲戚,鲈鱼在灌河里生活惯了,因海深气闷呼吸不够,只好向青蛙借两个鳃,用四个鳃呼吸。青蛙一听,心口一拍:“朋友嘛,应该帮忙!”没说二话借了。青蛙要到岸边走亲戚向泥鳅借一件花褂子,泥鳅虽不太愿意,还是勉强也借了。大家约好,事后共同进餐,叙叙朋友深情。

可是等青蛙和鲈鱼走完亲戚，回来一看，它们一起捕捉的食物，全都被泥鳅吃掉了。泥鳅不但赖账，还分别在青蛙和鲈鱼之间挑拨，青蛙和鲈鱼气得打了起来。最后青蛙打不过鲈鱼，逃到岸上，再向鲈鱼要鳃，鲈鱼生气了，死活不还。青蛙气得两眼通红，两嘴角鼓起两个大气泡，鲈鱼也气得两眼瞪圆，至死也不闭。后来螃蟹把看到泥鳅偷吃食物的经过，告诉了青蛙。青蛙一气之下，不但不还泥鳅花褂子，还跳下水找泥鳅算账。泥鳅做贼心虚，一头钻进烂淤泥里，再也不敢出来见青蛙。没有了花褂，泥鳅只好一身黑皮混走江河。

因一场误会，鲈鱼和青蛙由一对好朋友，从此变成了仇家，老死再无往来。鲈鱼就躲在灌河口的淡水和咸水交界处生活。虽然长着四个鳃，但时刻陷于被人捕捉的危险之中，人们都认为它是忘恩负义之鱼，争相吃它。其实主要因为鲈鱼肉细鲜美好吃，为美食找个借口罢了。泥鳅是个奸诈可恶圆滑的东西，长期生活在淤泥中，过去人们抓到它从不愿吃它，不是把它摔死，就是用它来喂鸡喂鸭，命运惨极了。青蛙呢，因穿上了泥鳅的花褂子，苗条的身躯加上一副嘹亮的好嗓子，盛夏时节，能给寂寞烦躁的天空，增添一点响声，上岸后，又帮助人们捉害虫，深受人们的喜爱，所以大家都保护它。

事实上，选择了走什么样的路，就会带来什么样的结果，导致什么样的命运。有时虽然无法选择演出的舞台，却可以选择自己的心态，而且可以选择让自己表演得更精彩。

（孙连崇整理）

鱼死缘何不闭眼？

我们平时看到，人和其他动物死了，都会紧闭着双眼，不过你仔细发现没有，鱼却是“死不瞑目”，就是死了也不会闭眼。

这是什么缘故呢？这话说来就长了。

在遥远遥远以前，灌河里的鱼、虾、鳖、蟹有一种风俗习惯，每到年九月初九重阳这一天，都要由老黄剑鱼带领，顺着灌河东游入海，集体到东海龙宫去叩拜龙王，祈求龙王恩赐风平浪静，平平安安。

这年九月初八，正当鱼、虾、鳖、蟹准备明天出发时，发现灌河大湾子（就是现在三口镇张湾子）有一户姓钱的人家，在拜龙王必经的河道上下箔逮鱼，一共下了三门（即三道），恰恰挡住了去路。

就在钱姓人家刚下好箔时，抬头一看，见来了一个白胡子飘逸的老头。老头客气地对逮鱼的说："我是大潮河的鱼王，明天要带兵马去东海拜龙王，跟你借条路走走。"并承诺："只要你能拔个口子，让我的大队兵马过去，我就把尾子留给你，保证够你一辈子发财的了！"姓钱的一听，还有这样的好事，很爽快地答应了。

九月初九夜里，大约五更天光景，黄剑鱼王带领鱼、虾、鳖、蟹浩荡兵马来到了张湾河段，走不过去了。仔细一看，鱼箔不但没少，反而又多加了六门。老鱼王非常非常生气，跺脚只骂钱姓小人出尔反尔，说话不算数。心想，眼前已无落可走，只有拼死一搏，闯出一条血路，让大队兵马才能过去了。

这老鱼王黄剑鱼有好几百斤，头又尖又硬，号称铜头铁脑盖，力大无比。它指挥着鱼、虾、鳖、蟹闪到旁边，自己鼓足力气，一头向网箔撞去，接连撞穿了九门。有了出路，大队兵马"哗哗"通过，鱼群鱼头搭鱼尾，浩浩荡荡直出大堰口（今长茂）奔东海而去了。

而老鱼王呢？因用力过猛，头被箔杆撞破，受伤太重——死了。

再说这姓钱人家，起早到河边取鱼，心想这下可要发大财了。到河边一看傻了眼，箔全撞坏了，一口不剩，鱼都跑了，一条都没有，真是偷鸡不成还蚀了米，懊悔及了。

再仔细一看，发现河中还有一条几百斤重的大鱼，圆睁着双眼躺着，已经死了。钱姓人估计这一定就是老鱼王黄剑鱼。你看，它死了也不服气，还睁着眼睛呢！于是，姓钱的来个一不做二不休，干脆把老黄剑鱼拖到船上，准备到响水街市去卖，兴许还能赚个好价钱。可当船刚驶出张湾不远的深水航道，本来风平浪静的灌河，突然间狂风大作，巨浪涛涌，狂风狠狠地把船给掀翻了，姓钱的活活被淹死了。当地的人们都说，这是他做人做事不留后路的报应。

鱼死不闭眼也成为当地的一种忌讳，逢年过节，凡是从事网簖捕鱼的都会焚烧香火祈祷一番，以保佑平安。后来，这庄子上，又来了许多捕鱼的张姓人家，不过他们每到九月初九下簖时，都会留出一门，作为鱼、虾、鳖、蟹随波逐流潮汐的通道。于是，这庄子就叫“前头簖”，南边还有个“尾连庄”，据说就是那时流传下来的。灌河三岔口的那个大湾子从此也叫作张湾子，延续到今天。

（孙连崇整理）

沙光鱼的传说

在响水大小饭店的餐桌上，少不了一种美味的佳肴——红烧沙光鱼，或沙光鱼汤。对于外来的游人，或走亲访友的客人来说，到了灌东盐场，到了依河傍海的镇上，沙光鱼是必吃的一道美味佳肴。在这里流行着民间谚语，道是：“正月沙光熬鲜汤，二月沙光软溜当；三月沙光满墙撩，四月沙光干柴狼；五月脱胎又还阳，十月沙光赛羊汤。”

沙光鱼，又称推浪鱼。美滋美味的沙光鱼，为什么老是长不大？这里还有一段非常有趣的传说。

很久以前，沙光鱼个子大，特别肯长，一年能长出一尺，故它也就有了做龙王的野心。它仗着自己头大嘴大身体大，不得了了，在水族群们面前大耍威风，出言不逊。见到比自己小一点的鱼，它就嘿嘿冷笑，讥讽说：“看你这鬼样子，一丁点儿实可怜，我尾巴一摇，就能甩断你的大筋，还不快快滚开，找死呀!”看到比自己大的鱼呢，它又不服气，总是斜着眼睛说:“看你能跳几天? 你连头带尾不都在这儿摆着了，可知我一年一尺长，三年就能赶上老龙王? 到时候，你想巴结我，没门，睬都不睬你，哼!”特别是有一次它与“碗口鲳(鲳鱼)”在一起说话，无意中泄露了心中的秘密，他对“鲳鱼”说:“我一年一尺长，十年不死，就去吃掉老龙王。”由于沙光鱼的傲慢自大，还狂言称，不但要超过老龙王，还要吃掉老龙王，终于惹下了杀身大祸。

“鲳鱼”为了讨好龙王，就把沙光鱼的话原原本本地告诉龙王，老龙王听后勃然大怒，心想，这厮还得了，简直狂妄至极。于是下狠心要惩罚它。又值来年清明时节沙光鱼产卵衍殖期，老龙王下旨:皆因沙光鱼狂妄之至，口出狂言，损誉王宫，野心之甚，予以严惩。旨曰:一年一脱胎，三年变为小乖乖，不许胡作非为;一年只长一长尺，一年一死亡，永远赶不上老龙王。闻旨，祸从口出，沙光鱼悔之晚矣……

沙光鱼是灌东盐场浅滩涂上的独有特产，属虾虎鱼科，矛尾刺虾虎鱼种，为海水及咸淡水产大型虾虎鱼。此鱼外形奇，呈龙头凤尾，体色玉黄，头部粗看似有四腮，生活习性奇特，喜欢游弋于海边浅滩、盐场边缘之际的咸淡水交接处。沙光鱼嘴大贪食，小鱼、小虾、沙蚕之类，凡能吞下的东西都吃。因此，它长得特别快，每年清明时节产卵，孵化后生长迅速。待到霜降时，有的可长近1尺，重6两多。尽管沙光鱼长得很快，却只能一年一换代，只能尺把长。沙光鱼肉细嫩富弹性，味鲜美，既可红烧，又可做汤，已列入《中国名菜谱》。盐场有“十月沙光赛羊汤”的民谚，可见冬季是食沙光鱼的黄金季节。据《食物本草》载:沙光鱼“暖中益气，食之主壮阳道，健筋骨，利血脉……”，很有滋补营养价值。

这则传说告诫人们，凡事不能太贪心，贪婪的心，往往会损及自身，把自己推向一个不可收拾的危险地步。

(孙连崇整理)

吃泥螺的传说

清朝同治年间，有位沿海边长大的姓项的穷秀才，中举后又升为进士，官封云南永昌知府。刚上任，永昌的地方官请他吃饭，为他接风洗尘。

筵席一开始，桌子上每人面前放了一个馍头，项知府坐在上席，他老人家以为这馍头是吃的，便顺手用筷子夹来咬上一口，再看看别人，别人却拿着馍头在擦筷子，擦过筷子馍头放回原处。席间有几个人，看了项大人的举动，都在偷偷地笑，这让项知府非常的难堪。

知府心想，我初到此地，不懂风俗出丑是小事，可是这些有权有势的人如此糟蹋粮食，实在不可原谅，非要好好地教训他们一下不可。

过了几个月，正好家乡有人过来看望他，并从家乡带来一些土特产，其中有三坛子泥螺。

项知府也大摆酒筵，回请上次那批原套人马，筵席上的第一道菜就是泥螺。待客人坐定以后，项知府很客气说：诸位，今天本官略备薄酒感谢大家的抬举之恩，特请各位品尝一下家乡特产——泥螺。说完，自己先动筷子吃起来。

哪晓得，泥螺产在海边，云南哪有，不要说吃了，见都没见过。一桌的人，除项知府外，其他人，谁也没见过这玩意儿，他们又怎么知道怎样吃呢？客人又碍于面子不便请教，只好你望我，我望你，默不作声，学着项大人的样子吃了起来。他们把泥螺的壳子呀，泥螺屎啊，泥沙啊，嚼嚼，统统咽到肚子里。

知府大人从小在海边长大，当然会吃。他一个接一个把泥螺往嘴里送，又用马蹄袖笼到唇边，还不住地边招呼客人用菜，边赞不绝口：“好吃，好吃！”

看这道菜吃得差不多了，项知府站起身，把左袖一扬说："请诸位退壳吧。"说完哗啦一声，把袖子里的泥螺壳倒进了捧盘里。

退壳？退什么壳?！那些客人一个个呆坐在那里。心里猜疑，哪来的壳子退呀！不是全吃下肚子了吗？

项知府故意惊奇地说："啊，诸位贵宾，怎么，你们把泥螺的壳子也吃下肚子啦？遗憾，遗憾！"他抬头一看，个个面红耳赤，心中暗笑，又不能直接表露出来，只好来了个自收弯带舵："这也难怪，泥螺是敝乡的土特产，本官没有说明吃的方法，是本官的不是。"接着他又讲起泥螺的制作和吃法，说得在座的客官连连点头称是。然后，项知府把脸一沉，说："诸位都是饱读诗书之人，是文化人。什么叫文化，文化就是让自己有品格和做人的质量，你们为什么不懂得'锄禾日当午，汗滴禾下土。谁知盘中餐，粒粒皆辛苦'的道理？你等虽有田地万顷，金钱万贯，可知我们吃的一粥一饭来之不易！粮食不爱惜行吗？上次我看你们用馍头擦筷子，心里十分难过。本官有意把馍头咬一口，哪知道有的人不知尿屎，竟然还取笑本官不懂得礼节，不配为官，简直笑话！"一番话，说得在座的官员一个个面红耳赤，抬不起头。

从此，云南省永昌县府内再也没有用馍头来擦筷子了，促进了民风改良，使衙门奢侈浪费之风大有收敛。

（孙连崇整理）

姣姣美人蛏

据说，盐阜人对蛏的喜好历史悠久，源远流长，自古就流行着"无蛏不成席"的风习雅俗。而产自苏北古镇陈家港沿海滩涂的"美人蛏"，堪为逢年过节，宴请亲朋好友，家家户户必精心烹饪的佳肴上品，具有滋补、清热的效用，吃法也千姿百态，大受盐阜人的格外青睐，称之为"天下第一鲜"。陈家港也因此被冠以"美人蛏之乡"的美誉，声名远扬海内外。

陈家港地处黄海之滨，依河傍海，位于古黄河三角洲的淮灌走廊，辽阔的滩涂，松软的淤泥质海岸，成为软体动物生灵栖息繁衍得天独厚的理想家园。其中蛤、螺、蚬、蛎等贝类五彩缤纷，争奇斗艳。与它们同出一脉，同衍一宗的美人蛏，即以小巧玲珑、风味独特成为这个家族中出类拔萃的佼佼者。

美人蛏，又称缢蛏。属软体动物，有两扇介壳，生活在沿海浅滩涂里。这种无脊椎软体动物穴居地下，身体呈扁圆筒状，高达四指，宽不过盈寸，薄薄而光滑的外壳泛着黄绿色的光泽。它靠两根冒出水面的舌管吸取食物和吐故纳新，其发达的舌管犹如那跳着芭蕾的小天鹅翩翩起舞，婀娜多姿，亭亭玉立；更像那欲眠似醉的睡美人的一双粉腿，珠圆玉润，楚楚动人，美人蛏之名由此而来。

相传陈家港是二郎真君杨戬的故乡，因二郎神在灌江口大败齐天大圣孙悟空，东海龙宫才得以太平安宁。东海龙王遂派小龙女姣姣前往答谢。婀娜多姿，清纯柔媚的姣姣见二郎神手持三尖两刃刀，脚踏哮天犬，三目圆睁，威风凛凛、神采奕奕，不觉芳心萌动，顿生倾慕之情。对姣姣的一片痴情，怜香惜玉的二郎神心领意知，慑于天规律条，自知天命难违，只得忍痛割爱，婉言拒之。姣姣潸然泪下，依依而别。谁知她洒下的泪珠落地生根，着手成荫，变化作晶莹剔透的美人蛏。

美人蛏不愧是小龙女姣姣馈赠给二郎神家乡的礼物，它丽质天成，冰清玉洁，视之赏目，听之悦耳，食之叫绝。最令人流连也是最简单的吃法就是急火烩炒，无须佐料，壳开肉出，白皙细嫩，香飘四溢，趁热而吃，原汁原味，最为鲜美爽口。用以煨汤，汤汁浓厚，色白如奶，鲜香挂舌。美人蛏性味甘、平、寒，《本草从新》称"可补阴，主热痢"。其壳研末"治喉风急痹"。它的药用功效及丰富的蛋白质，碳水化合物、无机盐类和多种维生素倍受人们的宠爱。

（孙连宗　谢来法整理）

龙女胸兜与海蜇

说起海蜇，生活在海边的人一点都不陌生，是生活中一种美食，具有佐餐酒肴，清凉可口的特色，海边的人特别喜欢吃。

海蜇，俗称为水母、石镜、蜡、樗、蒲鱼、水母鲜等，是生活在海中的一种腔肠软体动物，体形程半球状，可食用，上面呈伞状，白色，借以伸缩运动，称为海蜇皮，下有八条口腕，其下有丝状物，呈灰红色，叫海蜇头。

据说海蜇还与龙王家族有着千丝万缕的联系，民间传说，海蜇是龙王三小姐的胸兜布变化而成的。

这又从何说起呢？

小时候听老人们讲，在很古老的时候，五月端午节的天气最好，大海上最有玩头。龙王家有三个女儿，大女儿、二女儿都乖巧听话，很少出龙宫半步。而三小姐与两个姐姐性格不同，偏偏生性活泼顽皮，又深得龙王夫妇的宠爱，龙宫根本关不住她，每年都要背着龙王夫妇，在端午这天出来游玩一番，以享受一下龙宫没有的天伦之乐趣在。

有一年端午，三小姐又偷偷地跑出龙宫在海上尽兴玩耍。玩着玩着，便嫌身上热得难受，干脆把胸兜布解下来放在浪头上晒着。不料，原本晴朗无云的天空，突然乌云翻滚，瞬间便下起了倾盆大雨。三小姐见状，忙着跑回龙宫躲雨，却把晒在海浪上的胸兜布给忘记了。风雨过后，三小姐再回来寻找时，怎么也找不到了胸兜布，却看到一样很像胸兜布的非常新鲜的东西，在海水中漂浮着。细细看去，这东西，它既没有鼻子，也没有眼睛，只有上头一层皮浮在海浪上，周围还有带子在摆动，非常漂亮，与自己的胸兜布非常相似，只要用手一抓，它就束起来，躲到了水下。

相传这就是龙王三小姐的胸兜布。因为她是女人贴胸之物变化的，所以不敢见人，只要一有动静，它就沉到水里去了，这就是海蜇。

海蜇不产籽，说是雨点子打在海里就衍生出来了。现在如逢五月端午时节下雨，雨点子越多，海蜇就出得越多，为什么呢？就是因为三小姐胸兜布遭雨打的缘故。

（孙连崇整理）

凤尾鲚鱼的传说

凤尾鱼，俗名“鸡毛鲚鱼”，因为它长得像凤凰的尾巴，又像古代军队作战得胜旗，所以渔民们又叫它“得胜鱼”。凤尾鱼不管是用面粉裹炸红烧，还是姜葱盐水清蒸，都十分鲜嫩可口，别有风味，算是灌河一大特产，也称灌河刀鱼，可与长江刀鱼媲美。

凤尾鱼来历不凡，传说是灌河口开山岛鸟王金凤雀与马陵山飞来的马鸡争斗时脱落的羽毛掉到灌河里变成的，其外形美丽像凤尾又像鸡毛。

相传在很久很久以前，灌河口的海域面积比现在要大好多倍。那时的开山岛耸立在烟波浩瀚的黄海波涛中，虽然小，岛上却长满了各种珍贵植物，多种鸟禽在岛上生育繁衍，过着相安无事日子。岛王就是金凤雀。

有一次，一群从马陵山飞来的马鸡，路过黄海灌河口，远远就看见波涛汹涌的海浪中，一处景色宜人、绿茵覆盖的小岛。飞临小岛上空，发现小岛上莺歌燕舞，海鸥翱翔，秀色可餐。听说岛王是金凤雀，心中很不舒畅，顿生一种邪念，欲赶走金凤雀，自己占岛为王。

其实，金凤雀与马鸡原是一对很要好的朋友，长期双栖双落在马陵山上。只因金凤雀长得一身漂亮的羽毛，又有一副好嗓子，受到众鸟羡慕。马鸡身像马身，嘴如鸡嘴，对金凤雀非常嫉妒，经常寻衅滋事，尤其是马鸡贪占欲特别强烈，有一次，它偷偷地将与金凤雀共同采集的果实偷吃了，事后还死不承认。最后，反目为仇。

金凤雀为躲开马鸡的纠缠，率众家族隐居在这孤岛繁衍生息。

不料，天有不测风云。金凤雀的隐居还是被马鸡发现。一天，马鸡气势汹汹飞至开山岛上空叫骂。金凤雀闻报，积聚多年的新仇旧恨一起涌上心头。它不顾众禽的劝阻，拉开了架势，与马鸡在开山岛上空，展开了一场生死较量。

经过数小时搏斗，虽然打败了马鸡，自己也伤痕累累，身上的羽毛也纷纷脱落入海水中，变成了一条条凤尾鱼……

从那两败俱伤后，开山岛上的树木也纷纷凋落，逐渐变成了现在的面貌，再也没有见过金凤雀的踪影……

其实，凤尾鱼习惯生长于海淡水之间，产卵时上游到淡水河中，而后再返回海中。渔谚说，“立春十八潮，得胜往上游。”讲的就是凤尾鱼上游产卵。凤尾鱼在水中如脱弓之箭穿行，所以灌河口渔民每次出海捕鱼，都要杀公鸡滴血祭海，拔鸡尾毛贴于船头，把鸡尾毛叫“得胜旗”，以示出海吉利，顺风顺流，舱满而归。

（孙连崇整理）

潮头虾籽嫩又鲜

潮头虾籽是灌河两岸百姓家常菜肴，甚至有的大餐馆都会用虾籽烹烧，“虾籽爆炒鸡蛋”，就是其中一道鲜美无比的佳肴。

虾籽为何特别鲜美，这里还有一段传说。

据传，古代的灌河口经常海潮泛滥，龙王就派大潮虾把守。公虾强悍无比，严格职守，而母虾只能生儿育女。因为虾王原来犯过天规，玉帝不准潮虾在大海繁育，因此母虾一旦怀孕，便于初春顺大潮水到上游海西一带诸河中产卵。由于潮虾一直喝海水，所以虾籽也受到一定影响。母虾产出的虾籽总是沿着岸边逆水漂游，逐渐成熟后才潜入深水。

这一习惯，被沿河两岸的居民所熟悉，所以，每到春夏秋初季节，潮（灌）河上游的渔民都要沿河张网，以捞取虾籽换钱。曾流传"潮头虾籽充着粮，感谢龙王好心肠。沿河张开网一张，家家户户度饥荒"的顺口溜，足见当时的虾籽繁衍时节，居民捞取之盛。

因为母虾喝了海水吃了盐，虾籽特别鲜嫩味美，深受百姓欢迎也就不奇怪了。

（孙连崇整理）

泥鳅的后代——铜头鲻鱼

鲻鱼为洄游性鱼类，生命力较强，喜欢生活于浅海、内湾或河口水域，既是黄海土产，也是灌河特产，小的叫乌眼（或乌鲻），大的叫铜头，形状剽悍威武，肉质细腻，餐用或红烧，或清蒸，或炖汤，都是南北游客餐桌上最不可缺少的美味佳肴之一。

相传鲻鱼是泥鳅的后代。

早在很久很久以前，近海滩涂十分荒芜，大海经常泛滥成灾。大海潮发海啸时，一片汪洋，浮尸遍野。玉帝得知此事，便派太白金星下凡人间调查。经调查发现，每次潮水满滩成海啸殃及凡间，都是老龙王与老鲤鱼精偷情的私生子泥鳅作的怪。

泥鳅由于自己的私生子身份在龙宫一直抬不起头来，对老龙王与老鲤鱼精耿耿于怀，怨而不敢言，就心存憋气，迁怒于凡间，动不动就掀风拨浪，造成海啸，殃及无辜。凡间百姓对此怨声载道，又要经常承受这灭顶之灾，多少人家被迫迁徙远走他乡……太白金星还发现，泥鳅又正与乌龟丞相的女儿恋爱着，经常成双成对，幸灾乐祸，出入波涛间。

禀报玉帝后，玉帝勃然大怒，立即下旨太白金星进行严惩。当太白金星领旨要查办时，老龙王便出来为泥鳅求情，请求上天给予泥鳅改过自新的机会。太白金星没有太为难龙王，只是限令今后任何时候不得再有海潮泛滥的灾难发生，否则将严惩不贷。老龙王满口答应。

不久，龟丞相的女儿就生下泥鳅的后代。老龙王特别封它为大将军，并委派其掘土筑堤，阻挡海潮。泥鳅和乌龟女生的后代果然不负众望，掘土不止，筑起万里挡潮长堤，止住了海啸大潮，因此人们都叫泥鳅和乌龟女生的后代为“止鱼”，后来时间长了，就叫成鲻鱼了。仔细看看鲻鱼的头尾皮色，会发现有泥鳅和乌龟的特征，人们把泥鳅也称作龙王，就是因为这些缘故。

（孙连崇整理）

海蚌姑娘

很久很久以前，天下的珍珠都被海龙王锁在龙宫的一座仓库里，钥匙给谁保管呢？龙王思来想去，就交给了他的爱女海蚌。海蚌是个俊秀而又善良的姑娘。有一天，她到龙宫外头游玩，听见海上有悲悲切切的哭声，就浮到水面来查看。原来是一个渔妇，怀里抱着孩子，坐在一块船板上随波逐流，随时都有被海浪吞没的危险。海蚌姑娘问道：“大嫂，你的船呢？”渔妇就对海蚌姑娘诉说自己的遭遇。原来，这里有个大海龟，专吃渔民们供给它的猪头三牲。因为连续三年大旱，养不起猪羊，渔民也穷得揭不开锅，买不起礼物供奉海龟，海龟来气了，不但赶走了鱼虾，而且兴风作浪，把出海的船都顶翻了！

海蚌姑娘把渔妇母子护送到岸边以后，立即返回龙宫，向父王报告海龟的恶行。海龙王一听，就下令不准海龟出海，否则严惩不贷！自打遇见可怜的渔妇，海蚌姑娘在龙宫里一直吃不好，睡不香，心中挂念着受苦受难的穷人。一天，她想着想着，无意间摸到珍珠库的钥匙，不由心生一计，忙跑去和父王说："明天是你的寿辰，我想把姐妹都请来，热热闹闹地庆贺庆贺，行吗?"龙王大喜，欣然答应。第二天，姐妹都来了，轮着向龙王敬酒，你一杯，我一杯，龙王喝得酩酊大醉。海蚌姑娘打开珍珠宝库，对姐妹们说："现今陆地上天灾连年，人们苦不堪言，请大家帮个忙把这珍珠运些出去，送到受苦人那里，也好救救苍生。"姐妹一行没想到会请她们做这样险事，一齐小声说："父王醒来会拿你问罪的!"海蚌姑娘说："别管我，快!"就在搬运珍珠的时候，被老海龟发觉了。老海龟一没呼叫，二没阻拦，只是躲在龙墙拐角，待到珍珠运走了，他在外面大喊大叫道："了不得了啦！了不得了啦！有人把珍珠抢走啦!"

这么一叫，把龙王惊醒了。问道："谁如此大胆，抢走龙宫珍珠?"老海龟赶紧奔到龙王跟前，说是海蚌公主领的头！龙王听了大吃一惊，不禁暴跳如雷，当即命令："快去，把疯丫头给我捉来!"老海龟领旨窃笑，心想，这回可就报我前仇了，转身就要走，不料，龙王一声断喝："慢着!"怎么啦？原来龙王心疼爱女，转了念头，又不想让他去捉了。

老海龟见龙王变了主意，眼珠一转来了点子，只见他"噗通"一声跪下来，说："大王，家贼难防呵！如不严加惩治，怕的是往后龙宫里连根茅草也剩不下啦。请大王以财宝为重，好歹给公主一个处分，也好镇镇邪气呀。"龙王一听在理，就说："那好吧，这事差你去办。"

老海龟为报私仇，砍掉了海蚌姑娘的手脚，挖掉了她的双眼，事后向龙王谎称是从海外窜来一个妖怪干的。龙王急了，下令封锁海疆，捉拿妖怪，哪里有妖怪的影子？只好暗自落泪，痛惜身残的女儿。可怜海蚌姑娘只剩下一个肉段，又没了眼睛，只能用舌头探索着往前爬行。

后来，在爬行中摸到了一粒珍珠的种子，赶忙吸进嘴里咽下了肚，整天汲取海水里的营养滋润腹中的珍珠。待到珍珠长大了，成熟了，就把自己的生命连同珍珠献给人间。世人为了纪念海蚌姑娘，就给她一个永远闪光的名字：珍珠贝。

乌贼的来历

秦始皇东巡来到黄海，在眺望海中仙岛的时候，忽然一阵大风，将一个装文具的袋子吹到了海里。不曾想天长日久，袋子受到海水的滋润，竟然渐渐地变成了精灵。

袋子变成胖乎乎的身体，扎口的绳子变成拖拖拉拉的胡须，墨汁变成了满肚子的黑油。这个小精灵自恃皇家文物所变，非常傲气，看不起众水族邻居，动不动就“噗”的一声喷得人家一脸黑！

这天，龙王过寿，大摆宴席，袋子精自以为出身非凡，未曾受到邀请就大摇大摆前来赴宴，还不等入座，他就“唏溜呼噜”，把那八仙桌上的酒菜吃了个精光。龙王气得暴跳如雷，下令擒拿袋子精问罪。袋子精见势不妙，把水搅浑之后扭头就跑。最后还是被虾兵蟹将抓住了。众水族一看，面目陌生，谁都没有见过。一个蟹将厉声问道：“你是何方来的怪物？如实讲来！”

袋子精把头一挺，冷笑着说：“你们有眼不识泰山。听清了，我乃当今秦始皇驾下的文书，到此赴宴是看得起你们的龙王。快快把龙王老儿叫来，听我训话！”

“不用叫，我来也！”随着话音，海龙王怒冲冲地来到了袋子精的面前。

袋子精吃了一惊，慌忙吐出一口墨汁，企图再次逃跑，哪里跑得出去？又被虾兵蟹将逮住了。龙王大怒，指着袋子精说：“大胆狂徒，你乌油墨黑，鬼头鬼脑，一副贼相，竟敢闯到龙宫喷吐黑水，为非作歹，活生生是个乌贼！”说罢，命令虾将军抽掉它的骨头，只留一条假脊骨，赶出龙宫。从此，海里头就有了这种名叫“乌贼”的生物了。

田螺姑娘

古时候，灌河边有个少年，没有父母，家里只他一个人，靠打鱼砍柴为生。一天，在湖里拉网，向岸上拖的时候，觉得很沉重。拉上岸一看原来网到一个盆口大的田螺。他抱着田螺，送到院子水缸里，又打鱼去了。暖和的阳光照到水缸里，田螺觉得眼前发亮，张开壳，向外看看，靠着水缸是两间小屋，四面竹笆围成小院。它脱下螺壳，向缸外一跳，变成一个漂亮的姑娘。走到屋里，看见两口小锅，一口里边有条小鱼，一口沾着几个饭粒子。她便朝这口锅吹口气，又朝那口锅吹口气，盖好锅盖，烧了两把火。看看天已到了晌午，就跳进水缸，回到壳里去。

不一刻，少年来家烧饭吃。揭开这口锅，满满一下鱼，揭开那口锅，满满一下饭。他很惊奇：这是什么人在我家弄的饭呢？就跑到家前屋后喊："是哪个在我家弄的饭呀？"喊了好一会，也没有人答应，他便把一锅饭、一锅鱼吃了。到了天晚，也没有人来查问。

第二天是如此，第三天还是如此，他觉得奇怪。到了第四天，他假装背着渔网，出去打鱼，却躲在篱笆外面，不时向院里望望，望了几十次，也没有动静。看看天晌，忽然听见水响，从缸里跳出一个漂亮的姑娘，到屋里去了。"呀，田螺成精了！"他一下窜到水缸边，从缸里捞出田螺壳，藏在院角破鱼篓里，上面又用破渔网盖着。然后回到屋里，一把拉住田螺姑娘说："你是什么人，天天弄饭给我吃？你对我这样好，不如跟我做个媳妇吧。"田螺姑娘红着脸，来到水缸旁，看看壳没有了。于是，她就做了少年的老婆。两人无比恩爱，过着幸福的生活。

对虾的故事

灌河口人喜爱吃对虾，现在也会养殖对虾，说起来这里还有个故事呢。据传在很久以前，老龙王过寿，龙女三公主派两名虾使女送去两盘寿桃。虾使女初到龙宫，被那里的奇花异宝吸引住了，把送寿桃的事忘得一干二净，玩了三天没回去。三公主非常生气，把这事报告老龙王。龙王把龟丞相找来说："三公主的两名使女把龙宫里两盘寿桃骗去了，快派兵把她俩抓回来治罪。"龟丞相派兵在花园里把使女抓到交给老龙王，虾使女立而不跪，瞪着眼睛望天空。龙王大怒道："你俩为何不下跪，这样傲慢无礼！"龟丞相急忙奏说："龙王息怒，虾使女只能坐不会跪，眼睛长在脑顶上，只会向前走，不会往后退。像这种人不配给公主当使女，只配给龙王做虾兵。"于是龙王对龟丞相讲，每人发支长枪，让他们当兵去吧。从此，就改名叫对虾。鼻梁上插上一支长枪，给龙王当虾兵，非常勇敢，出巡时一对一对的排列整齐。以后，就一代一代地传下来，直到现在，形成顺口溜："对对虾，对对虾，出了门，忘了家。"

大乌贼为什么不过端午节

大乌贼学名叫墨鱼，因体形像木工用的墨斗，又叫它墨斗鱼，陈家港一带的群众都叫大乌子或乌贼。它虽然是软体动物，但捕食却是一把好手，如梭子蟹别看张牙舞爪，一旦遇到，它将墨囊里的墨水射向梭子蟹，十个爪子全部掉下来，就被大乌子吃了。

一次，大乌子约好对虾，去龙王的水晶宫，吩咐对虾先跳到水上看看有没有人，自己到水下看看有没有卫士，然后到大殿后边碰头。过了一会在约定地点碰了头，都说没有发现别人。大乌子叫对虾在外面看动静，自己先进去，一看什么东西都没有，只看见龙书案上有两只砚台，便用十条腿裹住砚台，把里面的墨水全喝光了，然后离开龙宫。对虾也不甘落后偷吃了银珠砚台中的银朱粒子。

龙王带着卫士视察回来到大殿准备批阅文件，一看墨水被盗，传令所有水族都到大殿集中，挨个询问。当问到大乌子时，发现脸一时变白，一时又变黑，嘴却很硬死不承认。龙王说："你真没偷喝，在大堂当众赌咒。"大乌子只有硬着头皮跪下赌咒："我要偷喝墨水，叫我每年不过五月端。"从此以后，大乌子每年五月端前，先烂掉十条腿，然后就死了。因为他偷东西，所以后来人们就叫它大乌贼了。

动植物传说

百鸟朝凤的由来

我们家乡有一个很美丽的传说，它教导人们要居安思危，“常将有时思无时，莫到无时想有时。”这样才能永保安全，得以长久。这个传说还说明，许多美好的事物不是天生的，而是后天努力得到的。这个传说的名字叫“百鸟朝凤”。

传说很久很久以前，凤凰只是一种不起眼的鸟，羽毛也很平常，丝毫不显得光彩夺目。但凤凰有一个优点，就是很勤劳，很节俭，很有智慧，它不像别的鸟那样吃饱了就知道唱歌跳舞玩，而是从早到晚忙个不停，将别的鸟扔掉的果实都一颗一颗捡起来，收藏在自己的家里。

凤凰这样做，别的鸟就笑话它，说它是财迷。凤凰说，你们可别笑话我贮藏食物，谁知道会不会有食物短缺的一天呢，真到了那个时候，你们就知道我所做的事是正确的了。

还真的被凤凰说中了。有一年森林遭遇旱灾，树上都不结果子，鸟儿们找不到食物，饿得头晕眼花，都快支撑不下去了。就在这时，凤凰打开了家门，招呼百鸟前来，把自己积存下来的果实拿出来分给大家食用，因为凤凰的这些储存，大家战胜了旱灾，渡过了难关。

旱灾过后，为了感谢凤凰的救命之恩，鸟儿们都从自己身上选了一根最漂亮的羽毛拔下来，制成了一件光彩夺目的百鸟衣献给凤凰，并一致推举它为鸟王。以后，每逢凤凰生日，四面八方的鸟儿都会飞来向凤凰表示祝贺，逐渐形成了“百鸟朝凤”的壮观场面。

（史忠霖整理）

燕子、麻雀和柴刮刮

很久很久以前，燕子、麻雀和柴刮刮是亲弟兄仨，后来因为它们都成亲了，在一起怎么也过不好，于是就请公鸡舅舅给它们分家。公鸡做了三个阄，事先约定谁抓头阄分得堂屋，二阄三阄请自找门路。抓阄了，燕子抓了头阄，麻雀和柴刮刮抓了二阄和三阄，麻雀和柴刮刮只好搬出了堂屋。小燕子高兴地从河边取来河泥，从树林里拣来树皮羽毛等，在堂屋的第二根梁上砌了一只窝。麻雀见燕子分得好房子，气不打一处，整天叽叽喳喳地叫："和你搞搞再重分，和你搞搞再重分。"燕子不理它，麻雀就在堂屋的屋檐里打了一个洞。心想：你住堂屋，我也住堂屋，不比你差，所以麻雀窝就砌在屋檐下。柴刮刮看小燕子和麻雀争吵，又没办法。一气，就飞得远远的，后来找到一个芦柴塘，它就在芦柴上简单砌了一个窝。从此以后，这三兄弟就住在三个不同的地方了。

（赵斌整理）

麻雀跳的传说

麻雀原来能走，后来只能跳了，这是为什么呢？

小时候听到老人说，如果能看到麻雀走路，那你就发财了——在它走路的地方刨，就能刨到金元宝。于是上学下学的路上，就注意看麻雀，可观察了许多天，只看到麻雀一蹦一跳，从来不像我们一样，好好走路。回家问奶奶，麻雀为什么不好好走路呢？奶奶说，这事啊，都怨王母娘娘。

原来很久以前，土地上没有庄稼，人们只能吃草籽。可草种有限，天下人个个饿得前心贴后背，实在没有办法了，就一起去找凤凰求助。凤凰了解了人间疾苦，说：“天宫里的王母娘娘那儿有一粒金种子，只要把那粒金种子要来种到土地里去，你们就有吃不完的粮食了。”可是派谁去要呢？这么珍贵的东西，王母娘娘不给怎么办？凤凰沉思了一会，认为麻雀身体灵巧，脑瓜子聪明，决定让它去，并嘱咐要见机行事。

小麻雀领到任务后，就动身往天宫飞去，飞呀飞呀，用了十天十夜的时间，它终于飞到了天宫。王母娘娘正在梳妆，小麻雀向王母娘娘说明了来意，王母娘娘一听来要金种子，不但不给，反而用自己的一根头发绑起了小麻雀的双腿，把它放在梳妆盒里。

金种子正好也在梳妆盒里，小麻雀偷偷地把金种子衔在嘴里，趁王母娘娘不注意，用力顶开梳妆盒，赶紧飞走了。又经过了十天十夜，小麻雀飞回了人间。它把金种子送到凤凰面前，凤凰夸奖了小麻雀的机智，并让人们赶紧把金种子种到地里。金种子种下后，田野里长出了各种各样的粮食作物，人们高兴极了，以后再也不愁饿肚子了。

小麻雀呢，由于两条腿被王母娘娘的头发绑着，谁也弄不开，只好跳着走路。就这样，世世代代的小麻雀就只能跳着走路了。

（史忠霖整理）

杜鹃和灰喜鹊

传说在很久很久以前，有一群杜鹃鸟，由于它们的身体不能适应一年四季气候变化，经不起夏天的酷热和冬天的严寒，所以只好携儿带女，春来秋去，躲暑避寒，生活实在艰难。

有一天，杜鹃们在一起相互诉说生活的艰难，一只杜鹃说："马上天气要冷了，我们又要准备往南飞了。"另一只说："我们没什么，身体好好的，又没有幼鸟，只是那些有幼鸟的和身体有病的真是不容易啊。"这时有一只喜鹊在旁边听见了，很同情它们的苦处，喜鹊说："听说凤凰大王那里有一种仙丹，吃了后就不怕冷、热，这样，严寒和酷暑再来，你们也不用再远走他乡了。"杜鹃们听了都很高兴，便和喜鹊一起去凤凰大王那里请求赐给仙丹。高傲的凤凰大王不肯把仙丹赐给杜鹃们，但好心的喜鹊有一张能言善辩的嘴，总算说动了凤凰大王，不过，它只答应给一粒仙丹，并说："这一粒可以分成一百份食用，如超过一百份，仙丹就不灵了。"还说："吃了仙丹后，你们的羽毛会变成灰色，面貌也没有原来漂亮了，你们还愿意吗？"杜鹃们说："只要能使幼鸟和体弱多病的杜鹃们不再受那年四季奔波之苦，我们什么都愿意。"杜鹃终于得到了一粒仙丹，在谢过凤凰大王和喜鹊后，摆在面前的困难又来了，只能有一百只杜鹃可以吃到仙丸，那么，其余的杜鹃怎么办呢？这时原先说话的那只杜鹃说："给那些有幼鸟和体弱多病的杜鹃们吃吧。"就这样，杜鹃互相谦让着把仙丹分给体弱多病和有小杜鹃的杜鹃们吃了。吃过仙丹的杜鹃果然不怕严寒酷暑了，羽毛也变成了灰色的，和原来的样子一点也不像了。为了感谢喜鹊的帮助，它们把自己的名字改称为灰喜鹊。

第二年春天又来了，南去避寒的杜鹃们又回来了，为了感谢这部分舍己为人的杜鹃，灰喜鹊们主动地承担了为它们抚养下一代的义务。从那以后，杜鹃们把自己的蛋下在灰喜鹊的窝里，灰喜鹊也总是精心孵化，细心照看，常常因抚养小杜鹃而舍去了自己的后代。

直到如今，杜鹃蛋仍然是下在灰喜鹊窝里，由灰喜鹊抚养的。

公鸡迎亲的传说

运河边有个王家庄，王家庄有个小伙子叫王三，王三因养大公鸡出了名，乡里人都喊他“公鸡仔”。

有一个鸡年的阳春三月，皇帝坐船沿运河下江南察看民情，路过王家庄，地方官在王三家抓了只芦花大公鸡送给皇帝观赏。这只大公鸡个子大，腿脚长，是个“吉祥之物”，也是鸡年的丰收预兆。皇帝非常高兴，就叫随从官员赏给养芦花鸡的王三三间大瓦屋，并许诺待从江南回来的时候，还要赏赐王三哩！

没有几天的工夫，桥东的王三家就把三间大瓦屋盖起来了。桥西的钱贵福看得眼红，心想穷光蛋“公鸡仔”居然发了财，我怎么办呢？他考虑再三，决定把女儿送给皇帝作侍女来求皇帝的封赏。

两个多月后，皇帝又沿运河北上回京了。钱贵福特地请地方官把女儿送到皇帝身边。皇帝觉得钱贵福亲送女儿，忠心可嘉，赐他什么好呢？就叫随行人员把那只芦花鸡赏给他。钱贵福原指望皇帝封个一官半职，哪知道赔了女儿，结果只抱回来一只大公鸡。

再说，钱贵福的女儿并不愿意进宫，眼睛哭得通红。皇帝见了，感到她远远不及从江南选来的越女妩媚，想到上次来江南时还答应再赏赐王三，就传谕把钱家女儿送给光棍王三成亲。

第二天，皇帝就叫人把钱家姑娘用轿子送往王三家，路上吹吹打打噼里啪啦，轿子过桥的时候，钱家那只芦花鸡被人们一轰，从桥西跑到桥东，在花轿子前头，因是熟门熟路，噔噔噔地往王三家奔。

从此以后，这一带人家迎亲形成了一个风俗，就是要带只大公鸡开道。

（史忠霖整理）

公鸡为什么在五更啼叫

每到五更天时分，公鸡就要啼叫，这是为什么呢？

传说，很久以前，公鸡和龙是一对好朋友。公鸡有一顶大红的帽子，紫红的袍子，还有一对美丽的角。龙大哥非常眼红，因为自己什么也没有，于是龙想出了一个主意骗公鸡。一天，龙对公鸡说：“公鸡小弟，明天玉皇大帝早朝，我要去上朝，你有冠子，还有角，我什么也没有，我去早朝太寒酸了，真没面子，你能不能把你的角借我一用呢？我退朝以后就还给你。”公鸡一听，笑笑说：“自家兄弟，何必这么客气呢，又不是借了不还，你拿去用就是了。”于是龙大哥戴上公鸡的角，高高兴兴地上朝去了。这一去啊，龙大哥就再也不还公鸡小弟的角了，公鸡一连等了许多日，也没见到龙大哥来还角。公鸡很是生气，所以每到五更就想起此事，就要呼喊：“龙大哥，角给我，龙大哥，角给我——”不知道喊了多少年多少代，就是到现在，公鸡们每天五更仍高声喊叫：“龙大哥，角给我——”

这是一个版本，还有另一个版本：

鸡和龙是一对极要好的朋友。有一次，动物们要召开一次选美大会。龙看着自己光秃秃的身子，很是不满意；看看人家骄傲的大公鸡，头顶一对雄壮而威武的大角，身披五彩缤纷的花衣裳，再配上他那天生的一副好嗓子，在选美大会上定能拔得头筹，冠军肯定非他莫属了。再看看自己，越想越烦恼。于是他对鸡说：“兄弟，你真漂亮啊！你看看我，什么也没有，到时候肯定是最后一名了，要是你能把角借给我的话，我也可以雄壮威武些，而你却不失美丽，照样能夺得冠军，而我也不至于排在最后一名了。”起初，鸡有点不太情愿，但经不住龙的再三央求就答应了，谁叫他们是好朋友呢！到了选美那天，有了角的龙可以说是貌压群雄，夺取了冠军的称号，而鸡呢，只得了个第三名。这样一来，龙还是有点不平衡了，这借来的角要是还给了鸡，那我以后该多丢人啊！于是为了自己的利益，决定一走了之，到哪里去呢？我干脆到鸡找不到的海底躲起来吧！当鸡回来找龙讨要自己的角时，发现龙已经不见了。他就整天地喊："龙哥哥！角给我"，可直到今天鸡还在向龙要角呢，从五更一直要到傍晚。而龙呢，只有整天躲在深不见底的海里，再也不敢出来了。

鸡喝水高抬头的缘由

鸡儿元宝翘，喝水高抬头。这是为什么呢？这里有个小故事。

想当先，当当先，王母娘娘到西天，在如来佛那里拿了六个鸡蛋，回到南天门，放到金丝炕上，炕了七七四十九天，结果出了三对鸡：小小的嘴，大大的眼，毛茸茸，乐乎乎，扑打着两只肉翅膀，非常逗人喜爱，王母娘娘抓了一对捧在手上，这两只鸡飞向了天空，王母娘娘用手一指，"这是金鸡。"而后，她又抓了两只，后来飞到了人间百姓的屋里，王母娘娘用手一指说："这是家鸡"。

这些鸡受过王母娘娘的神封，在喝水的时候，饮水思源，翘首高望，望什么？望南天门的王母娘娘。

鸡不吃豆

相传，在很久很久以前的一个秋天，一只老母鸡带着十几只小鸡在杂草丛里捉虫子吃。忽然，一只黄鼠狼从草棵里窜了出来，吓得一群小鸡乱飞乱跳。很快，有一只小鸡就被咬死在地上。老母鸡吓坏了，边用翅膀扇打黄鼠狼，边领着一群小鸡往旁边的稻田里跑，央求稻子大婶，让它们躲躲。稻子摇摇头说：“这年头谁敢多管闲事，请到别处去吧，别给我惹祸遭殃。”老母鸡没法，只好带着小鸡往玉米地里跑。

边跑边央求说：“玉米大叔，快救救我们，黄鼠狼追来了。”玉米说“你给我多少好处？”老母鸡没法，只好又带着小鸡往前逃，眼看就要被黄鼠狼追上了。这时，黄豆大哥急得脸上的汗有手指头大，直往下滚，喊道：“鸡大姐，快到我这里来！”

老母鸡听到豆子大哥在喊她，忙带着小鸡逃到黄豆地里，在豆棵下面藏起来。黄鼠狼追来了，对黄豆吼道：“小豆子，一窝鸡子被你藏到哪里去了？”黄豆大哥一本正经地说道：“什么鸡子鸭子的，我没看见。”

“别装蒜，我明明看到他们逃到这里来的。”说着，就钻到豆地里去搜。黄豆大哥很生气，用藤子绊它的脚，用豆荚戳它的脸，把黄鼠狼戳得鼻青眼肿，狼狈不堪地逃走了。

鸡子脱了险，非常感激豆子的救命之恩，就叫孩子们认豆子为舅舅。

从此，鸡子能吃五谷杂粮，就是不能吃豆子。

唤鸡吃食为何喊“咕咕”

在元代，硕项湖东边的湖田上住着一户人家。小姑奸猾，好吃懒做，嫂子老实勤快。有一天母亲包好饺子，留待中午干完活回来全家一起吃。到了小半晌，小姑偷偷地煮了几个吃，等中午母亲回来发现少了几个。小姑却恶人先告状，诬告说是嫂子偷吃的。两人越吵越凶，最后嫂嫂说：“我们赌咒，谁偷吃了就叫她变成鸡。”接着，小姑也跟着赌了这个咒。结果小姑变成了鸡，不停地叫。妈妈看了心疼，让孙子拿粮食喂它，并对孙子说：“这是你姑姑。以后只要喂它就喊‘咕咕、咕咕’，它就来吃食了。”从那以后，这种风俗就传了下来，一直延续至今。人们喂鸡时，还不停地在叫“咕咕、咕咕、咕咕”呢。

狗追兔子

一天兔子着见狗跑得特别快，自己跑不过它，感到不解，就问狗说：“狗哥哥，你怎么跑得这么快呢？”狗说：“我与你不同，我的脚穿了鞋子，就是在柴尖上跑也没事。”兔子一听高兴极了，心想如果我能有这么一双鞋子多好啊！怎么能有呢？不如把他的鞋子骗过来，想到这里他就说：“狗哥哥，你把鞋借给我穿看看，穿过我就脱下来还给你。”狗老实得很，把鞋子脱给兔子穿。兔子穿上鞋，走起路来轻便多了，跑一段路看看真的特别快，停下来说：“狗哥，你的鞋子真好，就送给我吧！”狗一听说：“不行，不行，赶快脱下来还给我吧！”说着就走向兔子要鞋子，兔子狡猾得很，回身就跑，边跑边说：“狗哥哥，你如果能追上我，我就把鞋子还给你。”狗知道上当了，追赶过来，但是兔子穿狗的鞋子跑起来特别快，哪里能追上呢。狗在后边大叫：“兔子，小畜生！赶快把鞋子还给我，不然我抓到一定不饶你。”兔子笑着说：“你有本事就追吧！”所以，一直到现在，狗一见兔子就追，是向它要自己的鞋子。

苍蝇的前爪为何不住地搓揉

在很久很久以前，大王庄住着姓王的弟兄两个，父母双亡。王大靠王二砍柴买米过日子，自己却好吃懒做，整天西街头逛到东街头。可是王二呢？却天天起早贪黑地干活，来养活哥哥。一天，王二病了，请他哥哥去砍趟柴，王大一声也不吭。可怜的王二只好带着病上山去砍柴。时间长了，王二一天天瘦下来，但还是坚持砍柴。一天，有个神仙下凡，逗巧碰上王二。这个天仙一生行善除恶，很想到凡间寻个行善的，交个知心人。他目睹王二从这边走来，就坐在路旁装哭。王二见一个老头坐在路边抽泣，赶忙问“老公公，你怎么了?”老公公哭着说：“小伙子，不瞒你说，我是上山砍柴的，家里一点粮食也没有，现在实在饿得走不动了。”王二听了二话没说，就跑回家，把家里仅有的一点点粮食拿来，送给了老人。这个老人暗暗地赞叹道：“好一个善良的人啊!”说着，说着，老人忽地哈哈大笑起来。王二见他笑得莫名其妙，忙问：“您笑什么?”这时候，老人从怀里掏出一包东西，硬邦邦的，对王二说：“孩子，你拿回去吧!”王二打开一看，原来是白花花的银子，忙说：“老公公，您的银两，我不能收呀!”老人说：“这是报答，你无论如何要收。”二人相持不下，王二只好收了一点点，谢恩之后，就拿着银子回家了。

话说王二到了家里，王大看到王二的银子，两眼都红了，忙问：“二弟，你的银两从哪儿来的呀?”王二便一五一十地告诉了他。王大说：“噢，二弟，你太累了，明天你在家歇歇吧!”第二天，王大起了个大早，也上山砍柴了。真的碰上一个老人。老人因年老眼花，还以为是王二，开口便说：“孩子，这里还有点银子，你全拿去吧!”王大求之不得，就把身上能装的地方都装上了。最后又把裤子脱下来，坐在地上使劲地搓着绳子准备把裤脚子扎起来再装。这时老人定睛一看，方知此人不像王二，原来是一个贪心不足的人。于是，正在王大使劲搓绳子的时候，就唤来了一阵大风，把他刮到路旁的粪坑里。不一会儿，风停了，从粪便坑里飞出了一个嗡嗡叫的东西，落在地上，前面的两只爪子搓来揉去，变成了苍蝇。现在人们看到的落地苍蝇，总是前爪不住地搓揉，它在干什么呢？在搓绳子。

老鼠娶亲的传说

响水地区一直流传一则老鼠娶亲的故事。说很久以前，有一对老鼠夫妻，他们的年纪都已经很大了，而他们的女儿也到了谈婚论嫁的年龄。鼠爸爸和鼠妈妈急着要为女儿找一位世界上最厉害、最有本领的丈夫，那天一大早，鼠爸爸和鼠妈妈便走出家门，开始为女儿寻找如意郎君。

这时，太阳公公从东方冉冉升起，给大地带来一片光明，鼠爸爸和鼠妈妈相视一笑，不约而同地说，太阳公公正是我们所要寻找的理想对象呀！太阳公公知道了他们的来意以后，笑着对他们说，我虽然能够普照大地，给大家带来温暖，但是，当乌云来的时候，我就会变得黯淡无光了。因此，乌云才是天下最厉害的。鼠爸爸和鼠妈妈觉得太阳公公的话很有道理，因此就去找乌云。

这时候，天空忽然暗了下来。原来，乌云正好来拜访太阳公公，当他得知鼠爸爸和鼠妈妈的来意后，急忙说："啊！不不，虽然我可以挡住太阳公公的光，但是，我可不是最有本领的，风才是你们女儿理想的对象，因为只要他一来，我就会被吹得七零八落，晕头转向，他才是世界上最厉害的。"

说时迟那时快，突然，"呼"地一声，风挥舞着他的大披风，神气活现地飞了过来。当时大家都被吹得东倒西歪，感觉到风的威力的确如乌云所说，非常强大。太阳公公和乌云极力推选风做鼠爸爸和鼠妈妈的女婿。风被他们的话说得有些不好意思了，说道，你们别看我有时候非常威风，但是只要有一堵墙，就可以将我弹倒在地，摔得浑身是伤，所以，在我看来，墙才是世界上最厉害的，你们应该去找墙做你们的女婿。鼠爸爸和鼠妈妈听了这话，看看四周一片广大的草原，对风说："这里一片空旷，你让我们到哪里去找墙呢？"风说："你们顺着这个方向一直往前走，到了一个村子以后，就可以找到一面大墙了。”

鼠爸爸和鼠妈妈只好继续往前走，走了好几天，终于来到了一个村子，鼠爸爸鼠妈妈眼睛一亮，那儿果然有一堵大墙！他们急忙跑过去，正准备开口请求大墙娶他们的女儿为妻时，却看见墙愁眉苦脸地说：“看哪！你们这些老鼠，就是喜欢在我身上打洞，我真是拿你们没有办法。”原来，这时有一只年轻力壮的老鼠正在大墙底下挖洞呢。

直到这时，鼠爸爸和鼠妈妈才恍然大悟，原来，他们也有让别人羡慕的才能。于是，他们就把女儿嫁给了这只年轻力壮的老鼠。

这天正好是农历正月初三，因此人们就把农历正月初三这一天称为“老鼠娶亲”的日子。

（史忠霖整理）

猫盖屎的来历

这是在灌河地区流传很广的故事。

猫屙过屎后，它要用土盖一盖，为什么要盖呢？这里讲个故事给你听听。

从前，有一家有两个儿媳妇，大儿媳妇叫憨嫂子，小儿媳妇叫猴嫂子，憨嫂子为人忠厚，心地善良，孝敬长辈；猴嫂子嘴尖皮厚，心术不好，虐待婆婆。奇怪的是婆婆并不喜欢憨嫂子，而把猴嫂子看成心上肉。

平时，憨嫂子嘴里省出东西，给婆婆吃。为婆婆做出的那些肉包子、芝麻酥饼、油煎豆腐、青炒，好吃的简直叫人连骨头都能咽到肚子里。猴嫂子一闻到好吃东西的油香味，就来到憨嫂子身边，花言巧语地说个不停：“我的嫂子实在是好手，做的可口，想的周全；弟媳我是笨鸟，只能给嫂子当个小跑腿的。”说着就把憨嫂子做好的饭菜端给婆婆。

哪知道，猴嫂子在端饭送菜的路上，自己先打个头，多少吃点再给婆婆吃。婆婆不知道，吃多吃少总是夸赞饭菜做得好，猴嫂是个孝顺儿媳，每当婆婆说好时，猴嫂子总要说上一通："在家孝敬父母，到婆家孝敬公婆，这是做媳妇的本分，细细骨骨想一想，人在一揸五寸长的时候，没有父母养就难以成活。长辈到老来没有子女照顾，那也不能延年益寿。这点区区小事，妈妈还夸来夸去，实在是叫晚辈承受不起。"说真的，每当婆婆听了这些话，心里像放了糖一样，日子久了，婆婆把猴嫂子当着蜜子，说憨嫂子忤逆不孝。尽管这样，憨嫂子仍在那里专心致志地孝敬婆婆，还把猴嫂子看成知心的妹妹。

后来，婆婆在大儿子面前告了憨嫂子一状，结果，憨嫂子被男人拳打脚踢，骂得狗血喷头。她只有找猴嫂子诉诉自己的屈气。猴嫂子颇有打抱不平的气势，说什么："我这嫂子打灯笼也难找到的好人，老不死没良心，瞎嚼舌根，叫她不得好死。""哎，人到老了说话乱一点是难免的，归根结底还是我对妈妈照顾不周。"憨嫂子总是这样自怨自叹。一天，为了让身体不舒适的婆婆换换口味，多吃点饭，憨嫂子特地做了些婆婆最爱吃的猪血料烧豆腐，亲自端给婆婆，不巧婆婆睡觉还未醒，把菜放在婆婆床头的凳子上，打算到厨房把饭装来再说。她刚走后，猴嫂子来了，一看好吃的东西，口水顺嘴角直淌，连忙端起来，像饿死鬼一样，狼吞虎咽地吃了起来，然后，把吃剩的稀汤放回原处，才慌慌张张地离去。

待憨嫂子端饭来，婆婆已醒，憨嫂子问菜是怎么回事。婆婆本来对憨嫂子就有成见，经她一问，火上加油，格外生气，骂嫂子偷嘴，把吃剩下的东西端来，存心作弄她。骂声惊动了全家，猴嫂子也起来了。憨嫂子指望弟媳妇来帮说句公道话，有意地朝她问："妹妹说我能作弄妈妈？""照理说嫂子是干不出来这种事情的，不过，哪个又能说清楚？"猴嫂子几句不着边际、半漂不沉的话，急得憨嫂子哭了起来。这时，猴嫂子把舌头转，来了个口里含冰糖——满嘴甜："妈妈消消气，身子要紧；嫂子忍耐点，不必太难过，"接着又嬉皮笑脸，逗趣似的说："依我看，谁要偷吃这碗菜，就叫谁变成馋嘴猫。"

说来真奇，猴嫂子话音刚落，只见她身子下瘫，两眼变圆，四肢发短，顿时变成一只滚瓜溜油的黑狸猫，大嫂一指："啊，原来是你这个馋嘴贱货干的好事!”黑狸猫连声说:“没有、没有。”婆婆说:“你还犟嘴,吞砂,屙石子,吃鲜草,屙绿屎,以后看你屙的屎到底是什么颜色?”可是,它就不认错,直到现在猫的叫声仍然是“没有、没有”几个字,而且把屙的屎,连忙扒土盖起来,那是怕人从它大便的颜色上,看出它是吃了亏心的东西。

狗为啥见到猫就撵

古时候,灌河的北边有一小村庄,庄上有户姓苏的老两口,一辈子无儿无女,养着一条小花狗和一只小黑猫,就拿当着宝贝看待。这老公两人性实实好,为人忠厚老实,就靠刨两亩薄田为生。

这天苏老汉从地里干活回来,见路上有条小花蛇,在淌灰地里挣扎,觉得怪可怜的,就带回家养着,小花蛇越长越大,后来连桌底下也不够它盘的,一天晚上,苏老汉蹲在当门地看着蛇,那蛇突然开口说:“恩人,你家蹲不下我了,我要走了,你把我养到这么大,没有别的报答,送只眼睛给你吧。”说着,用自己的须探下一只眼睛,“呼”的一声就不见了。苏老汉简直惊呆了,等愣过神来,蛇不见了,地上有一颗闪闪发光的眼珠子,连忙拾起来,找块红布包好,放哪里呢?搁柜子里吧,觉得不妥当;收在箱子里,又怕不保险,最后把蛇眼睛藏在盛粮食的笆斗里。

第二天老婆子拿粮食弄饭吃,笆斗里的粮食原来不多了,现在满满一下子,老婆子大吃一惊,连忙告诉老头子。苏老汉见了,也很高兴,从此他家的粮食吃不完,日子越来越好过。老公俩整天喜滋滋的,一有空子就悄声念叨着蛇眼的事,蛇眼是个无价之宝,是老公俩的命根子,到老来也不怕没有吃的。苏老汉有个远房侄儿叫苏发财,是个游手好闲,好吃怕动的家伙。这天闲转悠转到苏老汉家想捞点便宜,闲谈中听到宝贝的事情,顿时起了黑心,趁老公俩没在意当口,把宝贝偷走了。

宝贝被侄儿偷走，他家又隔那么远，怎么去要？老两口那股伤心啊，整天哭得死去活来，大花狗和大黑猫一见主人这样子，两人一商量，决心替主人把宝贝盗回来，它们辨辨方向，大花狗闻着苏发财的味道，一直朝前追去，来到一条大河边，小猫怕水不敢过，狗就叫猫伏在自己的背上，憋气将猫驮到对岸，继续向前找，一直找到苏发财的家。

等到天黑，大花狗在屋外面等着，猫一下子蹿上墙头，跳进院子，钻到屋里，苏发财正在床上和女人拉呱。女人说："你把人家宝贝偷来，不怕人家来找吗？"苏发财说："那两个老不死的，路都走不动了，还能走这么远路来找？""你真是活贼，宝贝收在哪里了？""放心吧，在箱子里锁着呢。"两人又说了一阵子，"扑"的一口吹灭了灯，睡觉了。猫听到了两人捣的鬼，心话怎法弄开箱子呢？到床底一转，抓到了一只大老鼠叫它啃开箱子，不吃它，老鼠拼命将箱子啃了一个洞，猫从洞里钻了进去，衔出宝贝，跳出院子，找到了大花狗。大花狗一见宝贝已经盗出来，高兴得什么似的，连忙和猫一起往回跑。一路上，狗心里痒痒的想看看宝贝，就对猫说："老弟，你衔累了，我换换你。"猫说："你嘴巴大，不在意会将宝贝吞到肚里。"大花狗说不过大黑猫，只好跟着大黑猫朝前跑。

跑跑跑，来到大河边，狗立刻来了主意，对猫说："宝贝给我衔着吧，不然我不驮你过河。"猫没有法子了，只好把宝贝给狗衔着。狗衔着宝贝，驮着猫，向对岸游去，看看要到对岸，狗游累了，张嘴喘了口气，宝贝掉到河里了。它们好容易爬上岸，猫伤心地痛哭起来，狗更着急，沿着河边团团转，把两只眼睛都急红了，直到现在，狗一着急，两只眼睛就发红，所以民间一直有红眼狗的说法。

猫的哭声惊动了一只大乌龟，忙问是怎么回事？猫将前后经过说一遍，乌龟很同情，沉到水底，将红布包捞上来。猫和狗谢过乌龟，欢天喜地地往家赶。这一弄，狗再也不敢再要衔宝贝了，只好跟着猫的后面跑。

到家的时候，猫衔着宝贝，一下子跳到床上，用爪子直抓苏老汉的手眯眯地叫个不停，苏老汉睁眼一看，见小猫嘴里衔着红布包，急忙爬起来解开布包一看，正是那宝贝蛇眼。老公俩高兴得了不得了，一把将猫抱在怀里，用嘴亲着，用手抚摸着。猫不停地撒着欢，咪咪地叫着。狗也高兴地摇着尾巴，直往苏老汉的腿上舔着。苏老汉哪知道狗也去盗宝的，用脚踢开狗，骂道：“你这个没用的家伙，猫盗来了宝贝，你也干欢喜。”狗真是有苦说不出，有嘴难分辩，只好眼泪汪汪地跑到门外。

打那以后，老公俩让猫一起在桌子上吃饭，一起在床上睡觉。而狗呢，只能吃点扔到地上的鱼、肉骨头，吃点剩饭，睡在外面草堆根。狗恨透了猫，认为主人不喜欢自己，都是猫在主人跟前盘嘴弄舌调的皮，它仗着自己的力气大，一见到猫就追着咬。猫总想向狗解释一下，但是没容得张嘴，狗就撵了上来，猫只好拼命逃。它们的子孙后代，从此也结下了深仇。直到现在，狗一见猫，还拼命地撵着咬哩。

老鼠为何在属相之首

相传，玉帝定下了牛、虎、兔、龙、蛇、马、羊、猴、鸡、狗、猪、猫为十二生肖后，想排个先后次序。那时，猫和老鼠是好朋友，猫得到消息后就告诉了老鼠，并让老鼠明日早点把它叫起来去玉帝那里报到，以便争个靠前的名次。老鼠得此消息，动起了歪脑筋，它表面满口答应，第二天却径自上天去找玉帝了。它到的时候，玉帝刚要宣布十二生肖的名次，这时老鼠站起来说：“我觉得玉帝不该把猫放在十二生肖里。”

“为什么？”玉帝问。

“它到现在还在睡觉……”

玉帝睁开天眼一看，猫果真还在睡觉。他勃然大怒，一气之下，取消了懒猫入选十二生肖的资格，让老鼠顶替了它的位置。

小老鼠的计谋，第一步轻松获得成功。

从此，猫对老鼠恨之入骨，每次见之必欲食其肉寝其皮而后快！

那么，老鼠为什么又排在第一属呢？

原来小老鼠得寸进尺，入了属相序列，又想当第一属，玉帝哪里应允，说你名声不好，如何当得起十二生肖之首。老鼠不服，说玉帝你对我有成见。玉帝觉得这小老鼠虽有小偷小摸小毛病，但也很可爱。为了教育它，也是为了堵住众人之口，玉帝决定让小老鼠和老牛比一比。但怎么比呢？让鼠和牛比能说会道吧？肯定小老鼠占先；比跑步吧，老牛慢吞吞，也比不过小老鼠……玉帝眉头一皱，计上心来，说："明天早上，你们去到人间，到大街上，当着世人之面，比大小吧。众人说谁大，谁就是第一名。"老牛一听，满心欢喜，你小老鼠还不如我一根尾巴大，真是自不量力！大家以为小老鼠会责怪玉帝偏袒，可是小老鼠呢，鼠眼滴溜溜一转，也表态完全同意。

第二天早市，老牛准时出现在熙熙攘攘的大街上，众人见惯了牛，习以为常，只是稍作避让而已，并不诧异。这时小老鼠纵身一跃，跳到了牛头之上，吱吱直叫，众人一见老鼠，立即起了骚动，互相呼喊指看："好大的一只老鼠！"玉帝侧耳聆听，并未听到人们说老牛大，只听众人皆说老鼠大。小老鼠计谋，第二步也宣布成功。玉帝无话可说，愿赌服输，只好让老鼠做了十二生肖之首。

（史忠霖整理）

猫洗脸的传说

小猫很爱干净，天天洗脸。这是大家知道的，为什么要天天洗脸呢？这里还有两个古人留下来的说法哩。

一、懒媳妇转世为猫

从前有个小媳妇，什么都好，就是不爱洗脸洗手，可又很要面子。一见有亲戚来了就赶紧洗脸洗手，亲戚一走，还是老样子。

有一回，她妈来了。她妈见她脏的那个样子，把她狠狠教训了一顿，小媳妇忙去洗脸洗手。她妈临走时对她说："你这样脏，我也不在你家吃饭，等你家吃过饭我再来，以后，再看见你这样脏，我就叫你男人打你。"说完就走了。

从那以后，小媳妇吃过饭就洗脸洗手，生怕妈妈再来见到她的脸和手不干净。玉皇大帝知道她洗脸洗手是因为怕她妈才这样做的，就罚她转了猫身。一直到现在小猫吃完饭就洗脸洗手，大概怕它妈妈突然来看它吧。

二、猫受骗改变了洗脸习惯

猫为什么总要等吃完了食才洗脸？这里还有一种传说——

有一回，猫抓到一只鸟就要吃掉，鸟说："看你那个样子，不能洗洗脸再吃吗？"猫信了鸟的话去洗脸，等它洗完脸时鸟早已飞走了，猫心里又恨又悔，发誓说："以后一定等吃完了再洗脸。"所以，直到如今，小猫都是吃完了食才洗脸。

狗撒尿为何抬后腿

相传，狗原本是看守天宫的。有一天，狗偷吃了仙食，被天兵发觉后打断了一只后腿，不能行走。此事被王母娘娘知道了，王母娘娘念狗可怜就命侍从给狗安了一条泥腿，然后放狗下凡，并说："今后要为民忠心看守门户，不能再偷吃。"狗下凡到人间后，忠心耿耿地为百姓看家护院，但它那只后安的后腿是泥做的，因此，在撒尿时怕淋坏了泥腿，总是要把那只泥腿抬得高高的。

这个传说早在明清时期就在灌河地区流传，直到目前大多人仍能讲述，老少皆有。大家都喜欢把早年曾听长辈讲狗撒尿为何抬后腿的传说，传讲给晚辈人听。

桑树的传说（两则）

一、桑树得名

有一段时间，我们那里大量养蚕，养蚕首先就得植桑。那段时间我们庄前庄后都是桑园。我们家也养了蚕。不知为什么，妈妈和姐姐不让我们男孩进蚕房，我只能在窗外，听蚕宝宝吃桑叶的“沙沙”声。但采桑叶的事我们可以参与。有一天放学后，我背上草篮，和姐姐去采桑叶，姐姐边采边唱歌，我不想听她唱歌，就让她讲故事，姐姐就把几天前听人讲的故事讲给我听。几十年过去了，我还依稀记得。

从前，有个人家，家中只有父亲和女儿，女儿小名叫宝宝。父女俩还养了一匹小公马。父亲是个生意人，常常外出。一次，父亲外出久久不归，宝宝独自在家非常寂寞，就和马说话，渐渐地，马也能听懂了他的话。有一天，她又开始想念父亲了，就对马说，马啊，你如果能帮我把父亲接回来，我就嫁给你做你的妻子。马一听这话，高兴地跳了起来，它挣断了缰绳，冲出马棚，飞驰而去。过了几天，它真的把父亲接了回来。

一到家门口，父亲就急呼女儿问，出了什么事？女儿说，父亲，家里并没有发生什么事情，只是我想念您了。父亲又生气又高兴，怪宝宝不懂事，害得他生意没有做成。但看到小马如此通人心，能独自接自己回来，父亲也越发喜欢自家的马了。

后来父亲发现，喂小马草料时，它总是不吃，性情也变得怪异。而小姑娘一走过来，它瞬间变得温顺起来，小姑娘贴着它的耳朵说话，它还会不住地点头，也肯吃草料了。父亲看到这番光景，心里觉得很奇怪，便拉过女儿问道：“宝宝你告诉我，咱家的马到底怎么了？”女儿只好原原本本地把那天和马开玩笑的话讲给父亲听，父亲听罢狠狠地把女儿训斥一顿，并且再也不许她接近小马。

父亲尽管很喜欢小马，但让一个异类做自家的女婿，那是绝对不可以的。想到这里，他便把小马牵到集市上，很便宜地卖掉了。可没想到的是，当天夜里，小马又出现在自家的马厩里，并对着姑娘的窗口“咴咴”乱叫。父亲一看，这如何是好，为绝后患，他取出弓箭，连射三箭，小马惨叫着，倒在血泊之中。一不做二不休，他残忍地剥下了小马的皮，晾晒在院子里。

小马死了，姑娘非常难受，她知道事情是自己引起的，她不应该开那样的玩笑。她觉得父亲也做得太绝情了。那天，姑娘对着小马的皮说，对不起，是我害了你。话音刚落，那马皮忽然从地上一跃而起，像旋风一样包裹起小姑娘的身躯朝门外飞去，转眼间没了踪影。父亲到处寻找女儿，几天之后，才在一棵树上发现自己的女儿，不过，这时她身上紧裹马皮，像襁褓裹着婴儿，此时她已变成了一条虫子。

只见她慢慢地摇动着马一样的头，不时从嘴里吐出一条条银光闪闪的丝，像口中流出的哈喇子，见到的人说，宝宝流口水，许是馋了，于是把她叫作了“蚕”。后来人们把马皮裹着的宝宝称为蚕宝宝，因为宝宝吊死在了树上，就把那棵树称为“丧树”，姑娘的父亲把那棵树移栽到自家门前，以便能天天陪伴自己的宝宝，后来他觉得“丧”字不吉利，遂改名为“桑树”。

二、桑树皮为什么是黄色的

相信响水人大多吃过桑葚，这年把菜场偶有出售。我们小时候在农村，一到端午前后，桑葚成熟时节，每天吃得嘴巴乌黑。据说桑葚中含有多种功能性成分，如芦丁、花青素、白黎芦醇等，具有良好的防癌、抗衰老、抗溃疡、抗病毒等作用。而且桑树对人类的贡献非常大，著名的丝绸之路也要为桑树记上一功。

小时候还听过一个传说，说有一位皇帝昏聩，明明是桑树救了他的命，使他不致饿死，可他在封赏时，却误以为当时吃的是楝树枣子，结果错封了苦楝树。历史上得到皇帝君主封赏的树木不多，著名的有秦始皇封赏的五大夫松。此事见之于典籍。而未见典籍记载的传说属于刘秀。据传西汉末年，王莽篡汉，刘秀起兵征讨。有一次，刘秀战败逃走，真是惶惶如丧家之犬，急急如漏网之鱼。正当他饥渴难耐之时，忽见路边有一棵树，上面缀着晶莹的紫红色果实，他摘下一颗塞入口中，真是又香又甜，又压饿又解渴。饱餐之后，刘秀发誓，如能光复汉家天下，则一定报答这棵树。后来刘秀果然登基，成了东汉光武帝，他没有忘记那棵救命树的功劳，便遣人前去宣封。由于时值秋天，而且在桑树旁边还有一棵楝树，前往颁旨之人分不清落尽叶子的桑树和楝树，选定了一棵挺直的大树，高声叫道："大树听旨！"

圣旨大意是，宣此树为百树之王，从此百虫不许侵害其枝干，百鸟不许叼啄其果实。钦此！

原来宣旨之人错把楝树当成了桑树。楝树喜出望外，从此楝树枝干不再生虫，楝树枣子也不受百鸟叼啄。而旁边的桑树也听到了圣旨，它后悔当初不该救那昏君，现在肠子都悔青了，从此以后，桑树树皮蜡黄，总是一副病容。

（史忠霖整理）

麦穗本来很长

很久很久以前，小麦的穗子是从根一直长到梢的。如今只有五指长，并且在麦穗的底端还留下手捋的痕迹。

传说，从前人们时常遭到洪水的危害，豺、狼、虎、豹也都逃进山里，大家打不到猎物，生活得很苦，靠吃野菜充饥，瘦得皮包骨头，好些人被活活地饿死，人眼看就会灭绝了。

这事传到玉皇大帝那里，玉皇召来天公道："世间的凡人命在旦夕，如何挽救他们？"

天公答道："把你后花园里的小麦种子撒到人间去，即可救他们的性命。"

玉皇大帝点头准旨，于是，天公遵旨，把后花园的小麦种子取下来，撒向人间。

冬天一过，春天就来了，小麦出青，拔节，灌浆，开始长穗子，从根结到顶，足足有五六尺长。各人一见喜得合不拢嘴，割下麦穗上场打下麦粒。开头吃生的，回头吃腻了就烧熟吃，煮着吃。小麦的穗子长，收成多，怎么吃也吃不掉。人们觉得麦粒皮不好吃，就上磨拐成面弄饼弄馍头吃。就这样还是吃不尽。

有一天，玉皇大帝向天公询问世间的凡人生活得怎样。

天公回禀说："启禀我主，凡人得救了。"

"此话当真?"

"下官岂敢戏言。"

玉皇大帝眉头一皱，心生一计道："你可扮成要饭的，到凡间体察民情。"

天公遵玉帝旨，脱去官服，装扮成要饭花子，腾云驾雾，降到人间。当时正是天寒地冻的腊月心，天公降到一个叫魏家集庄子上时，冻得他浑身直抖，就像筛糠一样，一步一挪，费多大的劲才到一个叫魏大肚的家门口。

魏大肚是浑名，真名叫魏万清。这人十二岁那年，赶上灾荒，父母都饿死了，他也只能吃些野菜，一顿饭少说也要吃半黄盆，他越吃越能吃，这样渐渐肚子就增大了。当他快要死的时候，天公撒下的小麦成熟了，他的性命保住了，"魏大肚"也出名了。

天公扒着魏大肚的门，往里头一瞧，魏大肚正抱着小孩，他女人正在锅上炕饼。天公鼻子闻到香味，顿时感觉饥饿难忍，肚里咕咕直喊，便哀求道："大嫂子，找口吃的?"那女人转过脸，朝天公眨眨眼，理都不理，只顾炕她的饼。天公第二次哀求时，魏大肚有些不耐烦地说："去！去！去！要饭没得一点眼色，你没看见吗？她正在炕饼给小孩垫屁股，快走！不要打扰我们的事。"

天公又哀求几次，未起一点作用，这魏大肚睬都不睬，没办法，只好上别人的家去要。

天公来到一家姓张的门口，朝里一望，一男一女正在掀锅盖从笼子里拾馍头，天公不看便罢，一看到这雪白的面头，那口水呀从嘴里直朝外流，就对一男一女哀求道："大哥大嫂子，行行好吧，给口吃的吧？"那男人一看是个要饭花子，衣裳破破烂烂的，值不到半刀火纸钱，板着一副驴脸没好气地冲着他道："哼！你这个要饭花子，眼都不长，我家蒸面人，留哄小孩玩的，怎么能给你，去！去！去！"说着，"咣当！"把门一关，天公当时气得火冒三丈，但他在这里发不得脾气，就转过头，离开了张家。再看看那水沟里，茅厕、阴沟里，粪堆塘里，到处都是扔的饼块面皮。天公看着，气不打一处来，心想，这些凡人吃饱肚子，就这样糟蹋粮食，真是全饿死也不多。

天公带着一肚子气，回到天宫面见玉皇大帝，把情况原原本本地禀告玉皇大帝，十分生气地说："到明年小麦成熟的时候，把麦种统统收回来，还叫他们吃野菜！"

这年小麦成熟了，天公降到人间，二话没说，伸手就把小麦穗捋个精光。捋到只有五指长的时候，一只小猫跑到天公面前"咪呀喔——咪呀喔"地叫了几声。天公一想是叫他留点的意思，心想，把小花猫饿死，不就冤枉了吗？于是停住手，转而驾云上天宫去了。

打那回以后，小麦穗就只有四五指长了，直到现在小麦穗的下端，还有天公手捋的痕印，猫在人们家庭中的位置也提高了。它可以钻进被窝，还可以跳上灶头睡觉呢。

（刁学田口述　刁洪兵整理）

太阳晒不死马牙菜

马齿苋是一种野菜，在响水地区叫马牙菜，或者叫蚂蚁菜。很小的时候，我们就听老辈人说过，马牙菜救过太阳的命，太阳知恩图报，从此不晒马牙菜，即使你把马牙菜连根拔起放在夏天的大太阳底下，也晒不死。为了验证这个传说，我小时候做过实验，证明真的晒不死。

传说是这样的：

远古时候，天上有十个太阳。它们每天一个出来，一个落下，轮流值班，各不相扰。后来不知道为什么，十个太阳一起飞上天空，把大地烤焦，禾苗晒枯。人们被阳光刺得睁不开眼，热得喘不过气，连身上的血都快熬干了。

这人间灾难，惊动了天上神箭手后羿。后羿非常同情人类，于是从天上来到人间，拉满弓，搭上箭，瞄准天上的太阳，“嗖嗖”一连九箭，射落了九个太阳。只见那些太阳纷纷往下掉，掉进东海，沉到海底去了。接着，后羿想射出第十只箭，谁知天空一下黑了下来，天气逐渐变冷，第十个太阳也找不到了。后羿感到很奇怪：我只射了九个，还有一个太阳到哪里去了呢？他找呀找，怎么也找不到。

原来这第十个太阳是太阳中最小的一个。他见九个哥哥一个个身沉海底，吓得脸变黑，浑身发抖，赶快找藏身地方。匆忙间，他发现地上有一丛很茂盛的野菜，便不顾一切钻到野菜根底下藏了起来。说来也怪，他刚钻进去，这丛野菜马上长高长大了，把它前前后后、上上下下遮得严严实实。

这个太阳在野菜根下躲了三天三夜，实在闷得很，便悄悄露出脸，探看外面动静，于是，天慢慢亮了。

在这三天三夜又黑又冷的日子里，后羿也感到人间一个太阳也没有是不行的，就把剩下的一支箭扔进了东海，回天上去了。

躲在野菜丛中的那个太阳，得到这个消息，高兴得手舞足蹈，一跃而起，露出了整个身子。人们拍手欢呼：“太阳出来了！太阳出来了！”——人们对待太阳的心情是矛盾的：太热了会诅咒它，少了它又不行。

过后，这个太阳打听到救自己性命的那丛野菜，名叫马牙菜。他非常感激马牙菜的救命之恩。从此，太阳见了马牙菜，就露出笑脸。不管如何厉害的阳光，哪怕晒枯了百草，晒蔫了行人，但照到马牙菜上，都显得柔和，让马牙菜感到非常舒适。哪怕人们把马牙菜从地里连根拔起，扔到大马路上多少天，太阳就是不晒它，而它一旦沾了土，马上又鲜活起来，太阳越晒它，它越是能够蓬蓬勃勃地生长。

（史忠霖整理）

蒲公英的传说

我是一颗蒲公英的种子，谁也不知道我的快乐和悲伤。

爸爸妈妈给我一把小伞，让我在广阔的天地间飘荡飘荡……

春天的田野里，到处都长着蒲公英，叶子细长嫩绿，一根细茎，顶着一朵小黄花儿，向着天空，向着太阳，十分招人喜爱。关于蒲公英，响水民间有许多美丽的传说。

一、纯洁的蒲公英

相传古时候，有一户人家的小姐忽然得了乳疮，又红又肿，疼得坐立不安。但她羞于开口，不愿让别人知道，一直强忍着。后终于被她的母亲发现了，她的母亲没有医学知识，以为她有越轨之事，便骂她："不要脸的东西，做了什么丑事，得这种见不得人的怪病，爹妈的脸被你丢尽了……"小姐百口莫辩，心想唯有一死，才能自证清白。于是趁着夜深人静，独自出走，来到江边，投水自尽。

说来也巧，正好江边有一条渔船，船上有个姓蒲的老渔翁和他的女儿，正趁着月光撒网捕鱼，见有人投江，渔家姑娘忙跳入江中把小姐救起。问其缘由，小姐把患乳疮的事告诉了姑娘，姑娘告诉了老渔翁。老渔翁想了想说："明天你给她挖点药去。"

第二天，渔家姑娘按老渔翁的指点，从山上挖回一种有锯齿长叶、长着白绒球似的野草，熬成药汤，给小姐喝了。过了些日子，小姐的病就好了。

听说小姐投江自尽，父母知道冤屈了女儿，又悔又急，忙派人到处寻找，一直找到渔船上。小姐哭别渔家父女，老渔翁让小姐把剩下的药草带着，嘱咐她如再犯病时煎着吃。小姐给老渔翁磕了三个头，回家去了。

后来小姐叫人把药草栽到花园，为了纪念渔家父女，因为只知老渔翁姓蒲，尊称蒲公，姑娘叫英子，她给这种药取名叫“蒲公英”。从此，蒲公英治乳疮就传开了。

蒲公英性甘味苦，有消痈散结之功效，能解毒散结通乳，可内服或外敷，常配金银花等同用，对乳疮尤有良效。此外，还具有清热解毒、利湿的功效，尤善清肝热、治疗肝热、目赤、肿痛以及多种感染、化脓性疾病。

二、飘飞的爱情

有一位大户人家，小女儿叫朝阳，深得双亲的宠爱。可朝阳到了十七、八岁时，还没有找到心仪的郎君，而父母也不舍得心爱的女儿离开他们，所以并没有将此事放在心里。

有一天，朝阳带着贴身丫鬟在街上玩耍，她看到了一个挑着草药的英俊小伙子。而小伙子也注意到了美丽的朝阳，他们相视一笑，会心而未语。因为街上人多眼杂，他们无法接近，朝阳只能任由小伙子的身影消失在人海。

此后，朝阳时常向丫鬟和下人打听那个采药郎的情况，她得知他叫蒲公，并知道蒲公饱读诗书，学识渊博，但是后来因其父母早逝，落得家境贫寒，所以才以采药为生。蒲公也时常想起朝阳，可他想到自己家境贫寒，而心生自卑。

有一天，朝阳终于对父母说出此事，希望和蒲公结为秦晋之好，谁知遭到父母强烈反对。但是，最终父母没有倔强过女儿，勉强答应了这门不当户不对的婚事。他们成亲后，由于朝阳的父母和亲人对蒲公还是有很多不满与歧视，朝阳和蒲公决定浪迹天涯。

朝阳和蒲公来到一个风景秀丽的小山村，在一座瓦窑边住了下来。这里有一条小溪，溪边长满了野花。生活虽然艰苦，他们却生活得很幸福，一年之后，朝阳生下了一个女儿，在朝阳生女儿的那天，小溪边的野花开得格外鲜艳，朝阳因此为女儿取乳名为——兰若。

然而，由于局势动乱，没过多久，蒲公被迫去参军打仗了，这一去就是十八年！

十八年后的一天，一个天大的好消息像一阵春风传入了朝阳的耳中，蒲公回来了，并且因战功卓著，已经做了大将军。朝阳听后无比激动、喜悦。这个她盼望了十八年的消息使她太过于激动，加上相思成疾，她晕倒了。

在弥留之际，朝阳带着无限依恋的眼神对蒲公说："好好照顾兰若，还记得山上遍地的野花吗？带着它们去前线吧，它们不但能吃，还能疗伤，当你们想我的时候它们就会随风飘扬在你们身边！"说完，朝阳就化作无数白色花朵飘扬在天空。

后来，蒲公带着兰若和很多野花离开了瓦窑，蒲公行军作战数万里，沿途他都会拿那些野花出来让它们随风飘落在大地，从此满山遍野随处都可以看见那美丽的野花，像他们真挚而漂泊的爱情。

三、因为爱情

从前，在美丽的公园里，有一只可爱的毛毛虫，它每天在公园里无忧无虑地爬来爬去。有一天它快乐地哼着小调兴高采烈向前爬，不小心撞在了一株挺立的蒲公英的身上，"哎哟！"蒲公英发出娇嫩的一声呢喃，毛毛虫好奇地仰起头，它端详着蒲公英翠绿的肤色，修长的身躯，有礼貌地问候一句："你好呀，为什么你顶着黄色的太阳伞？真漂亮。"

蒲公英缓缓地低下头，微笑着说："那是未来，有一天它会带着梦想起飞。"毛毛虫不解地看着蒲公英，"那我为什么不能飞？我们做朋友好吗？"蒲公英说："好呀，总有一天你也会飞的，只要带着心中的信念。"

从此以后，毛毛虫每天都会爬来看蒲公英，和她讲公园中其他地方的故事，蒲公英会专心地听，她或笑或点头或忧郁，却从来没有哭过，毛毛虫喜欢讲故事给蒲公英听，因为它喜欢在故事过后注视蒲公英的表情，那种阳光般温暖的表情。

日子一天一天的过去，蒲公英翠绿的身躯开始发黄，头上那顶黄色的太阳伞也变成了一个如雪般白色的茸球。毛毛虫仍然每天来看蒲公英，带给它形形色色的故事。那天，毛毛虫给蒲公英讲它在公园的某个角落里看到一对情侣分手的经过，那一次，蒲公英哭了，第一次把眼泪撒在了风里，毛毛虫心痛地去擦拭蒲公英的眼泪，泪珠是热的，却冷冷地滚进了毛毛虫的心里。

秋天来了，叶子铺满了公园，金色世界中的一点白色是那么显眼，毛毛虫最后一次见到蒲公英，风起的时候，蒲公英白色的茸毛在秋风中飘散开来。毛毛虫追啊追，直到所有白色都消逝。它明白，蒲公英迟早必须去旅行，而毛毛虫一个人独睡时，却发现无论在深夜或清晨醒来时总是睡在那枯黄的蒲公英秆边，在沉睡中继续寻找着蒲公英的气息，然后，它闭上眼睛便不再感到孤单害怕，日子在毛毛虫的思念中一天天流走。

某一天，当毛毛虫来到湖边散步，竟发现自己已经长了漂亮的翅膀，它试着扇动翅膀，它飞起来了，它知道那是为了再见到蒲公英的信念而长的翅膀，于是毛毛虫开始快乐起来，它相信总有一天它会再见到蒲公英。

它每天飞呀飞的，从不停息，但始终也没有见到蒲公英，天渐渐地冷了，其他蝴蝶都飞到温暖的地方去了，只有当初的毛毛虫还守在那株枯黄的蒲公英身边，下雪了，白色的雪覆盖在了毛毛虫和蒲公英的身上，毛毛虫的呼吸慢慢地停止了，但它并不痛苦，因为它陪在蒲公英的身边，它看到蒲公英温暖的脸。

一万年后的某个午后，一位科学家从排列的化石前拿出最特别的一块，一只把蒲公英枯枝夹在两片翅膀间的蝴蝶。他想知道为什么，蝴蝶要极力地把蒲公英夹在翅膀间？

（史忠霖整理）

神话鬼怪传说

开天辟地和人的传说

传说古时候，天地不分，是合在一起的，像大鸡蛋的样子，是一团雾气。后来在这团雾气里生出了一个人，名叫盘古。过了一万八千年，盘古长大了，感到生活在这雾气里很不舒坦，就拿起一把开天大斧，猛地一下把雾气劈开来，阳气轻就慢慢上升变成了天，阴气重就逐渐下沉变成了地。盘古在这天地之间，自由自在，变成了一个上顶天下顶地的巨人。不知又过了多少年，盘古死了，他的两只眼睛变成太阳和月亮，手脚四肢变成大石柱撑在水中鳌鱼背上，把地顶住，使地不再下沉，身体变成了地面山岳，血液变成江河湖海，肌肉变成供人耕种的土壤，汗毛和头发变成草木、森林。从此以后，才有了大千世界。

大地是撑在鳌鱼身上的。这个鳌鱼呢，每隔十年眨一次眼，三万六千年翻一次身。眨眼就会地动山摇，翻身就会天翻地覆。据说，有一次鳌鱼翻身，西北角天就塌了下来，东南角地就陷了下去，水从天洞里漏了下来，把地上的人差不多全部淹死，只有女娲和伏羲兄妹二人爬到昆仑山上才保存性命活了下来。天老是漏水怎么行呢？女娲和哥哥伏羲一起把天补了起来。现在每天晚上太阳落山时，天空就出现五彩斑斓的云霞，那就是当年女娲补天的彩石。西北角天洞虽然勉强修补齐整了，却还会漏气，每年冬天那寒冷的西北风就是从石头缝里漏出来的。东南角地凹下去了，后来水向东流，越聚越多，就变成了东洋大海。

这就是开天辟地。那么人是怎么来的呢？

说这天补好了以后，地上水也干了，可是没有人烟，还是不行。女娲对哥哥说："我们结婚吧！"伏羲说："我们是兄妹，怎么能结婚呢？"女娲说："我们不结婚，这么大的世界只有我们两人怎么行呢？"伏羲说："我们听凭天意吧，每人搬一个石磨到山上往下滚，如果两个石磨滚到山下能合到一起。我们就结婚。”结果，两个石磨真的滚到了一起。伏羲说：“既然这样，我们就结婚吧。”女娲这时又觉得不好意思，向山下跑去。在山下一片草地上，女娲用青草遮脸和哥哥结了婚。传说，现在新娘结婚时头上那块花布盖头，就是从女娲那时留传下来的。

女娲兄妹结婚以后，觉得人类繁衍太慢，就想办法用清水拌土，捏泥造人。因为人是泥坯子做的，所以直到今天，尽管天天洗脸，常常洗澡，身上还是有灰。人类之初，住的是平地，吃的是生食，穿的是树叶，靠结绳记事。后来经过有巢氏发明构木为巢和山洞穴居，经过燧人氏发明钻木取火和烧吃熟食，经过神农氏教民畜牧和种植庄稼，经过嫘祖传授栽桑养蚕和缝制衣服，经过仓颉创造文字等等，人类才一步一步进入今天的文明时代。

两颗星

天上银河两边，有两颗星，一颗雪亮雪亮的，一颗通红通红的。提起这两颗星，还有一段故事呢！

相传，银河边上住着一家人家，有两个儿子，大儿子是前娘养的，小儿子是后娘养的。后娘很疼自己的小儿子，不管做什么事，都让小儿子做轻的，而对大儿子呢？都指派他去干重活。有一回，他家要到河对岸去挑石头和灯草，这后娘就对大儿说：“大子，你人大心大，石头你挑吧！你兄弟小，就挑灯草吧！”

正当弟兄两个挑着担子回来时，陡然刮起了一阵大风，小儿子挑灯草没得法子向前走，而大儿子挑的石头却稳稳当当地过了河。到头来小儿子眼都气红了，蹲在河那边，再也回不了家了。这就是人们传说的，银河那边的是灯草星，银河这边是石头星。

（赵斌整理）

十只金鸡的故事

从前，在茫茫黄海，有一座通明透亮的水晶宫，水晶宫里住着东海龙王，他有十个女儿，就像十朵水仙花。她们经常在风平浪静的时候，变成十只金鸡，离开龙宫到海面上游玩。

大海的西海岸是荒凉的沙滩，上面长满了芦柴和红蒿。一天，有个小伙子到芦荡里砍芦柴，手勤脚快的他，不消一刻工夫，就砍好一捆芦柴。口渴了，就跑到潮河边，捧起清澈的河水，痛痛快快地喝上几口，坐下来歇息。他想到自己悲凉的身世，感到十分孤单，便把插在腰里的笛子拿出来吹，解除心中的烦闷。悠扬的笛声穿越芦荡，飘到了海上。龙王的十个女儿听到动听的笛声，个个惊奇，就循着笛声走来。

原来，吹笛子的人名叫阿南，他从小父母双亡，无依无靠，一个人以打鱼砍柴为生。笛子是他最亲近的伙伴，常用它诉说自己悲惨的遭遇。这时，他一边想，一边吹，一时泪流满面。十个姑娘走到他身边，他也没察觉，姑娘们没有想到，吹笛子的人竟是一个英俊、健壮的小伙子，顿生怜爱之意。阿南听见身边有响动，便停止吹笛，抬起头来。几个姐妹扭头就跑，唯独二姐刚要转身，只觉得这个小伙子有点面熟，便停了一下。她终于想起来，有一次，姐妹们在海滩上嬉闹，正玩得高兴，突然蹿出一只蟒蛇，多亏这位大哥手提利斧跑来，大吼一声，把蟒蛇吓跑，救了众姐妹。想不到今天在这里遇见了他。二姐连忙拿出一颗金光闪闪的宝珠，脉脉含情地放在阿南面前，一阵风似的追赶九个姐妹去了。阿南拾起宝珠，追赶姑娘，当他跑到海边时，十位姑娘已经回到大海里了。

阿南捧着这颗闪光发亮的宝珠，翻来覆去地看，心里既高兴又疑惑。难道我真的遇到了人们所说的仙女了？他背起柴捆，边走边想，就回到了自家茅草舍里。

刚进门，一群青年男女拥了进来，看到他手上的宝珠，你争我夺，都想看一看稀奇。大家还一个劲儿地问："你从哪里捡来的？"阿南是个憨厚老实人，他开口说："是一位姑娘送给我的。"大家都为阿南高兴。

阿南有一颗宝珠的消息，传到盐霸老黑的耳里，他想，要是我老黑得到这颗无价宝珠，那么，天下最富有的人就是我啦！便高声叫唤几个家丁，到阿南家搜。阿南早就把宝珠埋在草滩地里了，家丁没找着，就把阿南捆绑到老黑面前。

"嘿！我丢失的一颗宝珠，原来是你这个家伙偷了，快交出来。"阿南心里明白，这是老黑欺诈穷人的老办法，他不屑地说："我没有偷你的宝珠，你不要冤枉好人。"

"什么？你还嘴硬，来人呀，快给我打，看他交不交出来！"老黑一声令下，家丁把阿南打得皮开肉绽，鲜血直流。阿南强忍痛苦忍了三天。第四天，老黑又来追逼阿南。"你一个穷得有上顿无下顿的贱骨头，哪来这颗宝珠？不是偷来的还是什么？"

为人耿直的阿南，听不得别人说他偷东西，就说："我人虽穷，但穷得有志气，从来不偷不抢人家的。告诉你，我这颗宝珠是金鸡姑娘送的。"

"呀！金鸡姑娘……那么你把金鸡姑娘叫出来，我要亲自问她。"

"要问，你去问！"

老黑很早就听人讲十只金鸡会变成美丽的姑娘，还说要是谁能得到金鸡姑娘，谁就不仅讨到了一个漂亮的老婆，还会得到金山银山。贪心的老黑立即带着一群家奴，押着阿南来到海边。但是阿南闭着嘴什么也不说。老黑没法，只好仿效传说中引金鸡出来的办法，选了十只精壮的大公鸡放在簸箕上，又撒上一盒芝麻，逗引十只金鸡出来。可是，一只只簸箕浸透水，十只大公鸡沉下海里去了，却不见有半片金鸡毛漂上来。老黑大为恼怒，把气都撒到阿南身上，皮鞭像雨点一样劈头盖脸地抽打过来，直到把手打酸了才罢休。接着，他把阿南同村的人抓来，又是审问又是吊打又是哄骗，要全村人说出阿南是用什么办法把金鸡引出来的，可是全村人都异口同声说

“不知道”。

老黑无奈，想了好几天，终于想出一个自认为最绝妙的办法，把自己打扮成阿南的模样，悄悄地一个人走到海边，坐在一棵大松树下吹笛子。不多时，平静的大海里漂起来十只金鸡，向笛音走来。一上岸，就变成十个美丽的姑娘，躲在大树后面，二姐先羞答答地走出来。老黑三步并作两步走，拿出他家仅有的一颗又黄又小的宝珠，笑嘻嘻地迎了过去。二姐一看不是阿南，手上的宝珠也不是她的宝珠，大吃一惊，忙问：“你是谁？”“哈哈！我是老黑，阿南是我家的娃子。一个贱骨头，让我给关起来了。这一颗宝珠就是你送给他的那一颗，他交给了我，哈哈！你就是我的人了。”

老黑扑向二姐，想抓住她。二姐闪到一旁，老黑扑了个空。二姐大叫一声，众姐妹一起跑过来，吓得这个鬼头鬼脑的老黑不敢妄动。十姐妹跑回海边，纷纷跳进海里。这时刮起一阵大海风，把老黑吹得睁不开眼。他好不容易追到海边，只见大海波涛翻滚，白浪滔天，十只金鸡早已不见了踪影。

十只金鸡回到龙宫，又急又恨，众姐妹都为阿南不平。大姐想出个办法，叫二姐禀告老父亲，说十姐妹在海边上玩，独独二妹的宝珠失落了，被一个砍柴人拿去，老黑知道后要抢夺这颗宝珠，就把砍柴人抓起来，请父王派兵去，把人找到，追回宝珠。

二姐照大姐出的主意做了，老龙王一向疼爱自己的女儿，二话没说，立即发兵。成千上万的虾兵蟹将浮出水面，举起刀叉，满山遍野地追杀老黑和他的家丁，杀得他们片甲不留，然后把阿南带到了龙宫里。

十姐妹知道阿南被救来了，满心高兴，可是老龙王却说阿南见财起心，见色起意，要把阿南推出去喂鱼。十姐妹上前求情。大姐把姐妹们上岸相识这位青年的经过细细地说给了老龙王。老龙王听了转怒为喜，不但把宝珠送给他，还吩咐左右拿出一把闪光的金斧头来，只要轻轻一点这只斧头，遍地芦柴就能自动砍倒。阿南带着金斧头回去，从此日子好了起来，十只金鸡经常一起漂到海面来，听阿南吹笛子。有时二姐惦记阿南，就一个人来，他再不是一个孤单的人了。

转眼一年过去了。在海棠花开的时候，老龙王病了，什么药都吃过，总是医不好。一位神医说，只要找到天心草，龙王的病才能好。龙王有气无力地说:“有谁找到天心草,我的十个姑娘任他挑。”十姐妹想起阿南来了,很快找到了他,把老龙王的话传了给他。

阿南不辞劳苦,翻山越岭,终于找到了天心草。他带着天心草回到海边,二姐早已在海边等着他了。不几天,老龙王的病果然好了。老龙王非常高兴,他说:“我说话算话,是哪一个找到的天心草呀,快快告诉我!”九姐妹都在笑,二姐羞得低下了头……

阿南和二姐很快结婚了,过上了幸福的日子。

(赵斌整理)

水滩锚

传说唐朝末年,东海边有一片大水滩。大水滩上有一只不知是哪个朝代船上丢弃下来的大铁锚。这只铁锚,日晒夜露,天长日久,承受了阳光雨露的精气,化作一个精灵——聪明俊俏的美少年。

这位美少年,因为是水滩锚化成的妖精,所以平常人的肉眼是看不见他的。只有他选了中意的美女时,才能现出人形,向美女求婚。如美女不同意,他口喷雾气,使美女昏迷,达到自己的目的。

再说东海边上有一个姓赵的老渔翁,祖代以捕鱼为业。赵老渔翁只生一女,起名凤英。赵凤英一生下来长得相貌出众,丹凤眼,柳叶眉,脸似鹅蛋,口似樱桃,可真是百中挑一。母亲疼似心头肉,父亲爱如掌上珠。

这年夏天,赵凤英已交二九一十八春。随父亲下海张网捕鱼,坐在后舱绣花。陡然一阵轻风刮来,将他的花线刮乱。她抬头一望,一位眉清目秀的美少年满面笑容地站在面前,不禁暗暗赞叹一声:“好个俊俏公子!”这位美少年听这位鲜花般俊美的佳人在夸奖他,心中大喜,对赵凤英开口道:“小姐,我俩乃前世姻缘,我寻遍了三江五湖,没有寻到你,今天才在这万里无云的大海上将你寻找到了,今天,我俩成亲吧!”

凤英看这位少年不光相貌美，而且说话和气，态度端正，已有几分动情。但又一转念，道，“公子，结发成婚，不是等闲之事，你赶快请媒人，先对我父母说话，待双亲同意了，我才能作定。”少年听了凤英之言，问道：“你自己是否同意？”凤英答道，“我家父母规矩严，我的终生得由二老作主，光我同意，也难成大事啊！”少年一听凤英如此说来，思索片刻，对凤英吐露了真言：“小姐，我是真心地爱你，实不瞒你，我不是人，而是水滩锚精，上哪儿去请媒人？就请大海作媒，青天为证吧。”赵凤英一听他说是水滩锚精，顿时心里害怕起来，不由得全身颤抖。少年看赵凤英如此情景，心想：“多说也无济于事。”于是，喷出一口雾气，赵凤英随即伸了懒腰，打了两个哈欠，犯起困来，脱去衣服，用红绫被盖好，做起和这位美少年洞房花烛的美梦来。

赵凤英和水滩锚精梦中结婚后，时间不长怀了胎，肚子日渐长大。六个月后再也瞒不过父母了。一天，老渔翁对老太婆说道：“凤英妈，我们在这大海上捕鱼，莫非有男子到渔船后舱来过不成？你瞧凤英的肚腹不是日渐大了吗？”老太婆答道：“不曾发现。不过，我也看出破绽来了。”老公俩商量了一番，决定审问女儿。

赵凤英见父母问得紧，只好将实情相告，老渔翁不听罢了，一听气得怒火冲天，简直要把大海烧干。于是，决定请众渔民兄弟协助除妖，并在船头点燃三炷大香，对天磕头，请苍天保佑相助。

渔民兄弟听说凤英姑娘遭了妖精，个个都愿意出力相助。老渔翁虔诚地烧香磕头，感动了上天的玉皇大帝，就决定派哪吒三太子和齐天大圣孙悟空相助。

再说赵凤英与水滩锚精成亲后，双方互敬互爱，难舍难分。她一听说要把自己的丈夫除掉，心里十分难过。跪在双亲面前，二目热泪哗哗，苦苦哀求饶他一条性命，千万不能叫女儿守寡，可是老渔翁哪里肯依，发怒道：“不准多言！如再唠叨，把你扔下大海！”凤英一吓，不敢言语，只好独自流泪、叹气。

除妖那天，大海波浪翻滚，阴风怒号。众渔民兄弟有的手拿铁棍，有的手拿钢叉，一起来到了渔船后舱。只见一位相貌堂堂的美少年立于舱中，对他们说道：“我与凤英乃前世姻缘，已成结发夫妻，与你们无关，请赶快回去。

如动干戈莫怪我无礼。”众渔民一听他如此说来，不由分说，举起铁棍钢叉，向他猛打过去。只见他口中一口雾气喷出来，身子一闪，不见了。雾气立时扩散了整个船舱。渔民们脸触雾气，个个晕晕乎乎，立时瘫倒下来。说时迟，那时快，玉皇大帝派哪咤三太子与孙悟空布下天罗地网，杀将过来。大海波浪滔天，天空狂风呼啸。水滩锚精见情势不好，一跃跳下大海，欲钻海底逃走，哪知哪吒早就布下地网，哪里钻得下去。只见哪吒手执玉鞘金股剑，一剑砍来，水滩锚精一让，左腿受伤。水滩锚精看钻海不成，回头又飞上天空，欲驾云而走，可是天空早就被孙空布下了天罗，已经插翅难飞。这时只见孙悟空，要开金箍棒，对准水滩锚精头部就是一棒，打得水滩锚精眼睛金星直冒，栽下船舱。顿时风平浪静，雾消云散，众渔民也都苏醒过来了。

水滩锚精的尸体掉进后舱，仍然是一位美少年。众渔民看他已经死去，不知所以，却心里高兴，为老渔翁庆贺。老渔翁老公俩个见除灭了妖精，心里更加高兴。只有赵凤英一人十分悲伤，哭哭啼啼，大有不舍之意。

赵凤英不顾父母的反对，将丈夫的尸体埋葬于东海滩上，第二天长起一座大坟。逢年过节，常常暗地前往焚香祭奠。有一天夜里，水滩锚精托梦于她道：“小姐，我没有和你白发到老，很对不起你。你再有三个月就要生产了，生的是男孩。长到八岁那年，他将要去探龙宫，海龙王会送他一部龙经，他白天在书屋读四书五经，晚上就在家里苦读龙经，从小就立大志，必定成龙，坐江山得天下，你将成为国太，享受荣华富贵。”赵凤英正要与他答话，只见他一闪不见了。赵凤英一惊梦醒，心中大喜，从此也不再悲泣了。

三个月之后，赵凤英果然生下一男孩，一对水灵灵的大眼睛，和他父亲一样俊美。赵老渔翁老公两个本打算将其扔进大海，将妖精斩草除根。一看，这个男孩生得仙童般模样，和众渔民家的小孩比起来，真如鹤立鸡群，因此，也就舍不得扔下大海了，并连声夸奖说：“天赐的宝贝儿！天赐的宝贝儿……”乳名就呼称天宝。

小天宝长到八岁那年，冬天天气特别寒冷，地冻三尺。一日，赵老渔翁想吃鱼，可是江、河、湖、海全部封冻，到那里去张网呢？小天宝听爷爷说想吃鱼，就拿起铁锹头到大海边，将海面砸开一个大窟窿，划着一只小船，钻到海底去了。经过三天三夜，他终于到了龙宫。海龙王见了大吃一惊，问他道:“你今年几岁?来龙宫可不易啊!有什么事啊?”小天宝不慌不忙地答道:“今年八岁,爷爷想吃鱼,江、河、湖、海全部封冻,无法张网捕鱼,特到龙宫来请龙王恩赐。”海龙王一笑说道:“好个八岁的小孩子,有这样的孝心,又有这样的胆量,真是出类拔萃。好!赐你一小船鲤鱼,再赐你一本龙经,要好好阅读,教你成龙。”

小天宝身带海龙王赐的龙经,船装海龙王赐的大鲤鱼,欢天喜地划回家来。

自打小天宝入海捕鱼那天,赵老渔翁天天站立海边望孙子回来。可是一天、二天、三天……天天望眼欲穿,都不见小天宝回来。他心里又急又慌,活像热锅上的蚂蚁,不知如何是好。在老伴和女儿面前哭哭啼啼道:“这下子可见不到我孙子啦!”

可是赵凤英心中有数,早就知道儿子探龙宫去了,劝慰父亲不要悲伤,天宝早晚是会回来的。可是老渔翁哪里相信,仍然是泪水哗哗。

又过了三天,小天宝真的回来了。赵老渔翁看孙子的小船里满载着活蹦乱跳的大鲤鱼,又带一本龙经回来,喜得合不拢嘴。于是他便把小天宝送进书房,白天在书房里读四书五经,晚上就家中读龙经。学习日益进步,岁数越大,才气越高。二十年后真的登上金銮宝殿,爬上龙位,得了天下。

这个赵天宝就是宋太祖赵匡胤。至今民间还流传着赵匡胤是水滩锚后代的传说。

(赵斌整理)

下雪为何不成面

相传,很久以前,这个地球上到处沼泽,野草丛生,荒无人烟。后来呢,玉皇大帝派女娲来到下界,撮黄土造人,便有了人类,但女娲不会教人种庄稼,人们没有吃的,只能靠野菜、草根度日,个个瘦得皮包骨头。

女娲氏很是着急，就回天庭向玉皇大帝奏本，请求给老百姓饭吃。玉皇大帝知情后，即派行云、播雪二将，乘下雪的时候，将天库里的白面撒下到人间，给老百姓吃。从此，年年下雪，便成了白面。老百姓家家白面大囤满小囤流，再也不愁吃的了。女娲眼见人们生活富足，也就回到天庭，仍过起神仙日子。

转眼过了三年，女娲挂念人间，经玉帝恩准，来人间看望子孙。女娲为了解实情，便化妆成要饭的老奶奶，到各地要饭。一路行来，见家家生活安康，很满意。

天中午，女娲来到一户人家门口，哀求道："好心婶子，请给口吃的吧！"这时从屋里走出一中年妇女，一脸横肉，气狠狠地说："哪来的穷要饭？我家有饼还留给小囡垫屁股呢，哪有给你吃的？"说罢，砰地一声把门关上。

"伤天害理！伤天害理！"女娲气得浑身发抖，大骂自己不孝子孙。一怒之下，回天庭向玉皇大帝报告去了。

玉皇大帝听了女娲的回报，知道下界得食太容易了，不好教化，便派神农氏下凡，教老百姓自己耕田种地苦饭吃。从此以后，下雪再也不成面了。

其实，我们教育孩子何尝不是这个道理，给他金钱不如教他苦钱的办法。

何仙姑炒面敬龙王

在灌河地区，每年六月六这一天，家家户户都要吃炒面过节，据说这个风俗和龙王老爷有关。

河口东边不远是大海，传说很久以前，每到农历六月初，四海龙王就在灌江口玩，初六这天比赛行云降雨，老百姓因此而惨遭水灾，大水中死人无数。

当时莞渎街北边有个清水塘，塘边有个何家庄，庄里有个叫何仙姑的姑娘。这年六月六，男人们又上灌河堤去排险防汛去了，女人们在家做饭。何仙姑想啊，应该给男人们带些方便带、不会馊、又好吃的东西作干粮啊，可家里只有粗麦面，她就把面粉放在锅里炒，炒啊炒啊，炒得好香好香。天上的龙王刚一出来，就被这香味吸引了，找了一上午没找着香是从哪儿来的，就上天去告诉了玉帝。玉帝屈指一算，知道是何仙姑干的，玉帝也怪馋的，马上召何仙姑上天给他炒面吃。

何仙姑上天后，每年六月六这天就炒面给四海龙王吃，让他们高兴，忘记比赛下雨的事，这样人间六月六的大水也就清除了，从此也就不再承受水灾之害。人们为了防水患，也为了纪念何仙姑，每年六月六，大家都要炒面敬龙王。慢慢地，灌河地区就有了六月六吃炒面过节的风俗。

小白龙探母的传说

多少年来，在苏北地区特别是我们灌河流域到六月初三这天总会下雨。为什么会下雨呢？因为那天是小白龙探母的日子，母子抱头痛哭，洒泪成雨。

这个故事是什么年代的事，已经无从考查。但吴承恩《西游记》第十五回，讲的是，唐僧师徒二人走到蛇盘山鹰愁涧，涧中恶龙冲向唐僧，悟空救下唐僧，马却被恶龙吃掉了。恶龙打不过悟空藏匿涧底，观音召出恶龙，将其变为白马赐给唐僧当坐骑。其实这就是民间传说“小白龙探母”中的小白龙。

相传小白龙的母亲就是东海龙王的儿媳水母娘娘，水母娘娘因为同情白娘子而与海虾大将联手杀了法海这只蟹精，惹得天帝勃然大怒，把她贬到大潮河里反省。水母娘娘不服，到了大潮河后，经常惹是生非。恰好泗州城的土地爷经过这里，便上前劝说。水母娘娘正在气头上，哪能听得下别人的话。她心里想：我偏要要点威风给你看看。于是故意兴风作浪，晴朗的天空顷刻间乌云滚滚，暴雨如注，接连下了七七四十九天，水漫泗州城，黄河夺淮，滔滔洪水铺天盖地，冲经大潮河，流入大海。玉皇大帝得知后，非常生气，就在阴历六月初三这一天，差遣张果老来泗州捉拿水母娘娘。水母娘娘哪能束手就擒？两人一见面，便相互厮打起来。张果老神通广大、法术无边，水母娘法艺也并非一般，双方打得难分胜负。忽然，张果老哈哈大笑，原来他发现水母娘娘已有孕在身，便对着水母娘娘的腹部一拳打去。这一拳，打得水母娘娘“哎哟”一声，趴倒在地，呼天叫地的凄惨中生下一条未足月的小白龙来，只好向张果老哀求手下留情。张果老见此情景，只得收回功法，将水母娘娘和小白龙母子带到天宫。

小白龙长大成人后，问别人他的母亲在哪里。别人对他说，你母亲犯天规被关在八角琉璃井里了。小白龙到天庭讨说法，但天帝根本不予理睬。小白龙气急败坏地砸天庭的宫灯。砸宫灯也是犯天规的。小白龙也被抓了起来，玉皇大帝判小白龙终生关在金苏大涧里不许出来。小白龙听后不服，并哭闹不止。天帝对小白龙说：“要等铁树开花马长角，你才能出来。”这等于判小白龙无期徒刑。于是小白龙长哭不止，直哭得惊天动地，日月无光。玉皇大帝被他的哭声感动，知道小白龙是孝子，特别孝敬他的母亲，就批准他每年六月初三这一天可以看望母亲。

苏北大地的麦子总是在农历的四月底或五月初收割。这时候，总期望晴天不雨，到五月下旬六月初，人们又忙着插秧种玉米及其他秋收作物，这时候又正是农作物需要雨的时候。所以，这一带有“有钱难买五月旱，六月连阴吃饱饭”的农谚。因此，在那个靠天吃饭的年代，每当五月骄阳似火禾苗盼雨的时候，人们就会想起小白龙，嘴也就天天念叨：“小白龙该探母了！”有“六月初三下一阵，风调雨顺到秋天”“有谷没谷，再看六月初六”之说。六月初三下雨了，小白龙见到了母亲，心安了，黎民百姓也皆大欢喜了。

（赵斌整理）

太白金星下凡

古时候，张庄有个姓张的考生赴京赶考，路过一个小街，看到一个测字摊子，围了一团人在看测字先生测字，张生也挤进去看看。

测字先生指着张生说："你这个小青年，还有四天寿限，赶快回家去吧。"张生哀求说："请先生救我。"测字先生说："无法相救，去吧，去吧。"

张生辞别了测字先生，一路上悲悲叹叹回家了。走到河边看到一对老夫妻抱头大哭，张生问明由来：原来这老公俩是以打鱼为生，不幸渔船被撞坏了，今后无法生活了，走投无路，因此准备自尽。

张生心里想，反正我是要死的人了，要钱还有何用呢。就拿出五十两银子，交给老人，作为修船之用，两位老人千恩万谢回去了。

张生又向前走，看见一孕妇，准备在树上上吊。这张生上前问道："这位小娘子年纪轻轻为何上吊?"。妇女说"我上街卖猪，卖了十两银子，去买东西，人家说那银子是假的。家里六口人等着银子买粮吃，丈夫脾气暴，见到假银子是会毒打我，我不如死了，倒也轻快。"

张生说："你把银子拿来我看。"他接了假银子与自己的银子比看着，乘那妇女不注意，把自己的银子与假银子换了，然后高兴地说："你这银子是真的。"妇女不信，张生领着这个妇女到当铺验看，果然是真的。这位妇女感谢张生救命之恩。

张生到家里告诉父母自己还有四天寿限，全家大哭。直到第四天，张生穿好衣服在家里等死，等到天黑，张生仍好好的，他想，我受了测字先生的骗了。

第五天，张生去找那位测字先生，说："你说我四天就死，我怎没死呢?"测字先生说："因为你救了四条人命，做了好事。被太白金星看见了，为你去求情，救一条人命加寿十年，所以又给你加了四十年寿。今年赶考，还要中头名状元。”

张生说:“我要感谢太白金星救命加寿之恩。”测字先生说,“你看那不是太白金星来了吗?”张生扭头一看,哪里有人? 连测字先生和测字摊子都没有了。

(赵斌整理)

送子观音的传说

送子观音,在响水地区俗称送子娘娘。有人考证,送子观音并非送子娘娘,但在普通群众心目中,则是同一个慈眉善目雍容华贵的妇人,抱着一个小男孩,二者是分不清的。在崇尚多子多福的年代,这怀抱婴儿的形象确实引人神往。

据说观音原叫观世音,因避唐朝李世民的讳,略去“世”字,简称“观音”。现在则两种称呼并在。观音在印度佛教中是男性,到了中国以后,出现了一个巨大的变化,即由男性变为了女性。当然,佛教中的菩萨虽为男性打扮,其实都是既无生死,也无性别的。为了说法的需要,菩萨可以变换性别,尤其是为了方便对女信徒说法,则可以变为女性。观音有三十六种变化,变为女性就是其变化之一,又有千手观音千眼观音等等变相。观音的变化多端,使得她能及时“普救众生”,当人们遇到麻烦或要求帮助时,她便能立即变化成合适的身份降临。送子形象无疑是千百年来最受民间欢迎的形象。

还有一个故事是这样说的。送子观音原是一名舞艺超群的牧羊女。有一回,国王设宴款待得胜归来的勇士,邀请她前来献舞助兴。牧羊女当时已怀有身孕,但王命难违,只得赴约。勉强舞罢一曲,便想告退。偏偏五百勇士酒酣兴起,强邀共舞。在混乱而激烈的过程中,牧羊女失去了自己的孩子,悲痛欲绝的她也因此一病而亡。

死后的牧羊女,成为鬼王的妻子。为弥补生前丧子的悲痛,她生下五百个孩子。纵使如此，也仍然不能化解她心中的怨恨。每当夜晚，她便化成狰狞的鬼母，到人间伤害婴儿，造成人间极大的痛苦和恐慌。

有一天夜晚，牧羊女归来，发现她的孩子少了一个。她上天入地，不管怎么找都找不到。就在她伤心欲绝之时，佛出现了。原来，佛为了度化她，把她的孩子藏了起来。并对她说："你有五百个孩子，失去一个尚且悲痛欲绝；世人只有一两个孩子，失去了孩子，他们的心情如何？"牧羊女豁然开朗，深深体会到自己过往的罪孽深重，为了赎罪，她将自己的孩子全部送给了世间那些求子的夫妻。后来，牧羊女终于成佛，人们称她为送子观音。

（史忠霖整理）

铁拐李大仙

从前，在县境盛产草药之地，有个小伙子，名叫李大。他父亲是个药农，父子俩靠卖药草过日子。李大小时候，就跟父亲操练，采药草，制药材，识药名，知药性，还会用偏方给人治病。

后来他父亲去世了，他就到小街上一家生药铺里做制药师傅。浸药、切药、炮药、研药，制造丸、散、膏、丹，一天忙到晚。

这天，早晨药铺刚开门，来了一位白胡老爷爷。只见他脸像黄菜皮，手像干枯藤，穿的破衣衫，拄根小木棍，活像叫花子。站在门口，抖抖颤颤地说："老板，你侬做做好事吧，我腿上害了一个疽，流脓淌血，疼煞了，你侬给我治治吧！"

"哈哈！治病，你有钱买药吗？"药铺老板冷笑着说。

"唉！我无儿无女，身有重病，腰无分文。"

药铺老板阴阳怪气地说："没钱，怎么看病？"

李大在一旁相劝说："老板，慈悲慈悲给他一些药吧！"

老板眼一翻铜钱大，凶神恶煞地说："你废话多呢！"他随即唤来一条大黑狗，手向白胡老头一指。那狗龇牙咧嘴地向白胡老头冲去，一阵乱咬，把白胡老头的裤子撕得粉碎，腿被狗咬得血淋淋的。啊呀，不好！那老头扑通一声倒在地上，昏了过去。

说时迟，那时快，李大一头冲出店门，一脚踢走了狗，蹲下问道："老大爷，怎么样？"

白胡老头悠悠地叹了口气说："唉，生病腿遭狗咬，雪上又加霜！"

"您老家在哪块，我送您回去。"

"唉，我是要饭的，住在破庙里。"

"您老就住到我家去吧。"

"这可麻烦你了！"

李大跑到店堂里拿了两包生肌散，几张拔毒膏药，向外走。药铺老板问："咦？怎么拿我的东西送人情？"

"你扣我的工钱好了。"

"你怎么不干正事？"

"治病救人就是正事。"

"哼！你想丢饭碗吗？"

"为了救人命，不怕丢饭碗。"

"你不吃后悔药？"

"我说话保证算数！"

药铺老板气得光翻白眼，喉咙直噎，没得办法。

李大把白胡老头背起来，驮回家去。

到了家里，李大用紫花地丁、葛蒲根等药草熬水，替白胡老头洗了腿上的脓血，撒上生肌散，贴上拔毒药膏，用布包扎好，又泡上一大碗糕汤，端给白胡老头喝。

那白胡老头摸着李大的头说："好孩子，亏得你救了我的命，医了我的病。实不相瞒，我也姓李，是个铁匠，又是个走方郎中，千山采药，万里行医，四海云游，数十春秋，写了一本药书，想传给后人。好孩子，你愿意学医吗？"

"我愿意。"李大说。

"你学医干什么？"

“治病救人。”

“好孩子，我收你为徒。”

李大欢天喜地，双膝跪下，向白胡老头行了拜师礼。

从此，李大就跟白胡老头学打铁，学采药，学治病。

直过了三年六个月，李大已能给人治病了。

一天早晨，白胡老头拿出一部手写的医书，交给李大。李大跪在地上，双手接了过来

白胡老头说：“孩子，这是我用几十年心血写出来的，后面由你接着写下去吧。”

李大说：“决不辜负师傅的教诲。”

“医无德不行，道无术不能！孩子你懂吗？”

“懂！”

“你说说看。”

“医生如果心术不正，好比图财害命；医生如果医术不精，就会贻误人命。”

“对对对！有德有术，才是真正的医生。”

“师傅金玉良言，徒儿刻骨铭心。”

白胡老头要走了，师徒俩难舍难分。走到大草滩时，白胡老头向空中呼唤：“白鹤何在！”嘴说之间，云彩里飞来一只白鹤，落在地上，白胡老头跨上白鹤，白鹤长鸣一声，驮着白胡老头飞走了。

这白胡老头是哪个呢？原来是李老君。

以后，李大还是走乡串镇，到处给人打铁、采药，给人治病。

这年夏天，发生了瘟疫症，不少人得病。药铺柜台边人挤人，抢着买药。

那个不长人心肝的药铺老板暗喜暗笑，心里话（方言：想）：“药价往上涨，银子往家淌。这可是发财的好机会。”

这时候，李大把采来的药草，炼成丸药，装在葫芦里，到病人家去施药。嗨！可真是妙手回春，药到病除。那药铺老板的黄金梦做不成了，把李大当着眼中钉，一心想把他害死。这天夜里，是个黑月头，李大身背药葫芦，给病人送药后，正回家去。那药铺老板，躲在柴塘棵里，看到李大，就一头冲出

来，举起铁棍，狠命地向李大挥去。

唉呀！李大的腿骨被打断了，倒在地上。

说明迟，那时快，天空里金光一闪，一声鹤叫，李老君骑着白鹤来了。

药铺老板吓慌了，急急慌慌抱头逃跑，一下子撞在大树上，撞死了。

李老君扶起李大说："孩子，你受惊了。"就把李大背去给他治病。

李大的腿骨接好了，只是比以前短了一些，走路不方便。李老君就用铁给他打了一支铁拐。从此，李大架着铁拐，身背药葫芦，到处给人治病。

因为他姓李，架着铁拐，大家就称他是铁拐李，又因他医术高明，能药到病除，大家又称他是铁拐李大仙。

腰斩神龙

响水兴南有个名叫沈腰庄的自然村，至今在这里还流传一个"腰斩神龙"的民间传说。

那是很早很早以前的事情，当地出了一个大力士，这个大力士一顿要吃十个人的饭，一顿早饭就要吃三十六个鸡蛋。但由于是穷乡僻壤，他经常忍饥挨饿，后来大力士发现，这里之所以贫穷，河道不畅，经常闹水灾是一个重要原因，于是他就发誓整治河道。

大力士也不用旁人，就自己一个人开始开挖河道，他要用自己的力气，独自开挖一条河。他要让这条河道与村北的大北沟相通，以便做到旱能灌涝能排，彻底根治水患。经过一个冬天的苦干，快到春天的时候，两条河道就快要合龙了，这时候不知从哪里来了一位风水先生。这位风水先生长得骨骼清奇，长髯飘飘，手执麈尾，一派仙风道骨。只见他手捧罗盘，这边走走，那边看看，口中还念念有词，不知他说的什么。

第二天，风水先生走了。正当大力士紧锣密鼓加快速度就要大功告成的时候，来了一位朝廷官员。当地县令陪同这位朝廷大官，坐着轿子，来到新开挖的河边，下令大力士立即停工，并且宣布大力士罪状，一是未经官府批准，擅挖河道，名为根治水患，实为收买民心，有谋反之嫌疑。二是所掘河道，酷似龙形，破坏了当地龙脉，意欲迎接天上神龙，而一旦神龙下界，势必与当今皇上争天下，说明大力士居心险恶，罪不容赦。最后，朝廷大员着当地官府立即将大力士抓捕归案。

大力士被抓走了，朝廷和官府还不放心，有人提出填平河道，这时风水先生从人群中钻了出来，他向朝廷大员一揖，开腔说道："大人在上，依小人之见，大可不必填平河道！既然大力士所挖河道形似天龙，只要派民夫来再横着挖一段，将此河道拦腰斩断便可。"

"哦！腰斩……对，就这么办。"朝廷官员说，"将此河道腰斩，并赐此庄名腰斩庄。回府！"

朝廷官员被轿子抬走了，派来的民夫连夜横挖河道。过了几天，有人发现，河道里的水都呈血色，并且有一股血腥气味。

过了几年，这里的沈姓人家出了一个秀才。秀才觉得"腰斩"二字不吉利，便大笔一挥，改为"沈腰庄"。他说，保留一个"腰"字，是提醒乡亲，要像被官府无辜杀害的大力士一样，正直善良，刚直不屈，永远挺直腰杆做人。

（史忠霖整理）

狐仙传说

响水农村有关狐大仙的传说不少，这里讲一个真实故事。首先说明两点，一是这事的主人公还活着，但年事已高，已进入老年痴呆状态，无法核实细节；二是笔者估计，当年之所以发生"狐仙附体"那样的事，大概属于"心理因素"即"心理暗示"作祟吧。

故事发生在我的老家下王庄。当年下王庄还是一个人口稀少经济落后交通闭塞的自然村落，王留存就是这庄上的一个普通庄稼汉。由于家贫，王留存三十出头了还未婚娶。

那是初夏的一天下午，王留存独自在远离村庄的玉米地里干活，天快黑时，他扛起锄头打算回家，突然有什么东西从他面前疾驰而过。那东西几乎碰到了他的脚面，吓得他大叫一声。没想到那东西听到叫声，居然停了一下。这时王留存才看清，原来是一只狐狸。

万不该的是，当狐狸感觉到危险开始逃窜时，王留存提起锄头就追，可能也是为了给自己壮胆，王留存边追边喊，企图再次吓住狐狸。狐狸顺着玉米垅跑，毕竟腿短，王留存大步流星，离狐狸越来越近，只见他飞起一锄头，砸得狐狸"吱哇"一声，就地打了一个滚。但狐狸毕竟狡猾，它如梦初醒，觉得顺着田垅跑不对，爬起来后贴着玉米根横越田垅，等王留存抄起锄头，准备再追时，狐狸早已无影无踪。

王留存拨开密密匝匝半人高的玉米棵，穿过几个田垅，走得气喘吁吁，哪里寻得到狐狸的踪影，气得他骂了几声该死的狐狸，并发誓下次一定捉住它，食肉寝皮。

谁知过了几天，王留存竟出现了异样，在墙角和人家聊天，本来聊得好好的，突然间抖成一团，一边胡言乱语，一边跑回家去。后来邻居发现王留存多日不曾出门，夜里还会听到他家屋里传出大呼小叫的怪声。考虑到他是单身，邻居为他请来了医生。当医生询问病情时，他含糊其词，说不清楚。医生便胡乱给了他几种药，让他吃吃看。后来邻居告诉庄上见多识广的老人，说王留存的病时好时坏，胡言乱语，吃药根本没用，眼看他一天天形销骨立，瘦得已经不成人形。老人说，这可能是一种"怪病"，吃药是没用的。"那怎么办?"邻居问。老人说，也许只有请"张半仙"才有救。

张半仙原是邻村一个"跳大神"的巫师，歇业已久，忽然有人来请，感到很兴奋，夸下海口，没有他驱不走的妖魔，"但现在公家不让我们这么做，重操旧业是要冒风险的，所以……"邻居说救人要紧，"况且自家和王留存家是紧邻，妖魔万一摸错门，后果不堪设想。所以报酬自然少不了您的。"

三更时分，张半仙一袭黑衣，悄然来到。来到后先在王留存家案桌上点燃几炷香，又从衣袖中抽出几张白纸，用竹剑挑着，口中念念有词，喝一口凉水，忽然喷向白纸，只见白纸马上变色，出现猩红色，然后把纸伸向蜡烛，“轰”的一下点燃，烧成灰烬，接着又是一阵更紧密的咒语，整个人歇斯底里大发作，在场的人个个噤声，毛骨悚然。一直折腾到五更，有人说听到了群狐聚集的声音，似作人语，又听不分明。不一会，房梁衣柜床底各处，有小兽穿行，踢踏有声，烛光下尘嚣纷纷。半仙咒语念得愈紧，窜动之声愈疾。最后“哗啦”一声，门扉启处，似有某物鱼贯而出，少顷转为寂静。再看半仙，瘫坐于地，早已汗流浃背了。

自此之后，王留存逐渐恢复了健康，后来娶了一个寡妇，生了几个儿女，过上了农村人的正常生活。早些年他常常提心吊胆地说起自己的遭遇，“文革”中他被当作散布封建迷信的反面典型，和张半仙一场站在台上接受批斗过，再后来他就什么也记不得了。

（史忠霖整理）

报 恩

张某是位老实巴交的农民，家住黄海边上的一个村庄上。张某二十多岁的时候，有一年夏天，那天天气很闷热，他中饭碗一丢，午觉也不睡，便独自一人，戴上草帽，披了件衣裳，手拿一根木棍，像往常一样到海边的草滩上去看青。刚走到田垄边，忽然听到一阵犬吠声，他抬头定睛一看，不远处几条狗正在追着一只小狐，那小狐吓得“吱吱”直叫，眼看就要被狗追上，形势十分危急。这时，小狐见张来，突然窜到了张某面前，绕着他的腿打转转，以躲避犬的袭击。张见小狐样子很可怜，便动了恻隐之心，举起手中的木棍吆喝狗，几条狗见有人举棍要打，都吓得不敢近前，一会儿便散去。

这时只见那小狐立在张某面前，像人一样地跪拜了几下，然后仓皇而去。张某感到这事很有趣很奇怪，当时并未放在心上，后来时间长了，早把这件事给忘了。

光阴荏苒，一晃四十年过去了，这时张某已是六十多岁的人了，不料有一年突然得了一种鼓胀病，浑身浮肿，腹大如斗，到处求医问药毫无一点效果，看看一天重似一天，不久便呻吟床褥，一病不起了，家人束手无策，只好为他准备后事。

求医无门，没有办法，病入膏肓的张某只有在家等死，不久便神昏志迷，恍恍惚惚。有一天晚上，家人刚去吃饭，他独卧在病榻上，忽然觉得有人推门而进，朦胧中见一年轻女子款款来到张的床前，轻声慢语地对他道：

"张先生！真对不起！奴家来迟了！不过不要紧，世上没有医不好的病，何况你的病并不是不治之症，所以至今未见效果，只因医生不识病机，药不投病啊！请您不要害怕，我现在用针石为你治之，很快就会好的！"

说罢，从布袋中取出银针两根，然后挽起张的裤腿，扎两腿的足三里穴，留针片刻即起，起针后，只见针眼处淌出许多黄水。说来神奇，这时，张觉得神志稍清，有了点精神，睁开眼：那女子年龄看上去大约二十多岁的样子，眉清目秀、唇红齿白、体态婀娜、衣着艳丽，真似天仙一般。张心里想，家里人在哪找了这个女医生？我怎么不认识呢？大约是外地人，于是振作精神问道："请问医生，你是哪里人，姓什么？我怎么不认识你？"

女子嫣然含笑道："哦！没关系！你会知道的，现在您只管安心养病吧！"女子临走时又拿出两包药粉，嘱咐张分早晚两次服下，说完离去。

不一会儿，家人进来了，张某遂问：

"刚才你们从哪里请来了医生，我怎么不认识？"

家人听说很是吃惊道："没有啊！哪有什么医生？"

"怎么能没有医生呢，不是才走吗？还是个女医生呢，这可一点不假啊！"张某说道。

家人还是不相信，以为是张某病重迷糊，说起胡话来了！便道："不会的，不要多说，你就养养神吧！"

张某见家人不信，生气道：

"一点也不假啊，那医生给我扎了两针，临走时还给我留下两包药呢！

你们看看!”

家人更觉奇怪,看看他腿上果然有两个针眼,针眼上的黄水还往外冒呢!再看桌上果然放着两包药,打开纸包,芳香扑鼻,但不知是什么药。这时,家人将信将疑,考虑张的病已成这样,便“死马当着活马医”,拿出一包药粉帮张服下,不想,张服后便感到神清气爽,病体似乎好了许多,次日早上家人又帮他服了第二包,顿感精神倍增而又思饮食,肿也消退了许多,就这样几天后,张某病痛若失,痊愈如初。

张某病好后,自认为事情十分蹊跷,想到那女子如此美丽,定然是天仙下凡,于是天天焚香祷告,希望能与那女子再会上一面,然而女子一直杳无音信。

过了一段时间,有天晚上,张某独卧室内,正在想入非非,女子忽然又推门而入,张见了,喜出望外,忙起身迎接,但奇怪的是好像有人把他按在床上,动弹不得,竟连话也不能说,只能痴痴地用眼看着。这时那女子来到张的床前,微笑着对张说:

“感君对奴一片真情,实相告,奴不是凡人!君还记得四十年前草滩上被群犬追逐之物吗?那正是奴家,如果不是您相救,奴恐怕早已葬身犬腹了!古人说,‘滴水之恩,当涌泉相报。’您的救命之恩,奴一日都没忘记,这次专程前来为您治病,就是报答您的再造之恩,现在你的病已痊愈,我感到非常的欣慰,但我与你只有情谊,没有情缘,请您自珍、自重,不要存在什么非分之想!今后你我相见无期了!”说完泪下,张亦凄然。

这时女子从囊中掏出几只元宝放在桌上,见桌上摆着文房四宝,便取笔研墨赠诗一首,然后对张道:

“见笑见笑!请您多多保重!奴去了!”

说完开门而去,转瞬不见。这时张如释重负,方能动弹,于是下得床来,见桌上有元宝十只,书有七绝一首,其诗云:

一粒明珠三万劫,
无缘不敢妄为成。

劝君前途多保重，
已将宏恩报故人。

土地庙与土地神

那些寺院庙宇当中，最小的恐怕要数土地庙了，就那么一小间，供着土地爷爷土地奶奶两尊像。传说这土地爷爷和土地奶奶是韩湘子的叔叔和婶子，他们既然有这个神仙做后台子，怎么就住这点小庙呢？说起来还有段故事哩。

相传韩湘子想度他的叔叔成仙。这一天，他来到叔叔家，叔叔问道："你吃过饭没有？""没呢。""那弄饭给你吃。""不，我自己来弄。"韩湘子叔叔家就这么一小间土屋，土坯砌的床，条石搭的桌，这一带常年闹灾荒，百姓缺吃少穿，多数人家揭不开锅，这两口子心肠实实好，情愿自己勒紧腰带，也要周济别人家，因此家境十分艰难。他们先后为百姓做了九九八十一件好事，很受当地百姓的尊重。这当口韩湘子舀点水倒在锅里点火烧起来。水开了，婶子说："斗里还有点面，和和下面糊吃吧。"韩湘子说："不吃那面，吃点新鲜的。"叔叔苦笑着说："哪里来啊。""我来找找看。"韩湘子在身上左摸右掏，最后从怀里摸出一个猪苦胆。说："今天熬猪胆粥吃。"顺手将苦胆放进锅里，用勺子搅了九千九百九十九下，最后熬成一锅黑乎乎，粘丝丝，腥滋滋的粥，韩湘子对叔叔婶子说："你们吃吧。"叔叔心话，世上最苦的莫过于黄连苦胆，这猪苦胆也能吃啊。婶子闻着那股腥味说直犯恶心，他们连连摆手："我们不吃，你吃吧。"韩湘子见他们都不吃，就自己端过来吃了。

过了几年，韩湘子又来到叔叔家，叔叔见韩湘子来，就说："弄饭给你吃。"婶子附在男人的耳边说："面也没有了，柴也没有了，到别人家借点吧。""不用借，我有法子。"韩湘子说着，舀点水倒进脚盆，洗了洗自己的脚，然后把洗脚水倒进锅里，把自己的腿伸进锅膛，点着火竟呼呼地烧起来。韩湘子叫叔叔拿勺子搅，叔叔没得法子，只好用勺子搅着，锅里水越搅越厚，越搅越搅不动，好容易搅到九千九百九十九下，实在搅不动了，就停下来。韩湘子往碗里一盛，竟是白米饭，端给叔叔，叔叔摆手不吃；端给婶子，婶子直摆手更不吃，韩湘子没法，自个儿吃点走了。

叔叔肚子饿得咕咕叫，刀割似的难受。他看着那饭，越看越饿，不由得端起来，叫女人吃，女人说什么也不吃，于是瞎着眼，几口把那碗饭扒下肚。叔叔顿时觉得好受多了，浑身关节乱响，轻飘飘离了地，飞了起来，韩湘子在半空中接住，弯腰施礼："恭喜叔叔，终于成仙了。"啊，我成仙了，叔叔惊喜万分，不由得低头朝下望望，只见自己女人瘫在自己家门口，呼天号地哭着，叔叔心里到多不好受，就对韩湘子说："好侄儿，把你婶子也带来吧，不然她一人怎过?"哎，韩湘子一摆袖子说："你既成仙，却还贪念红尘，也罢，下去吧，朝大门头里奔。"叔叔飘飘荡荡地朝下落，心里头想，金家银家，不如自己的穷家，他哪儿也不去，一直朝自家来。

韩湘子的叔叔成了土地爷爷，婶子成了土地奶奶，老公俩管理着地方事务，处处为着当地百姓着想，还住在自己原来的那间屋子里，人们为了纪念他们，照着那屋子的原来样子，盖起了土地庙。

观音点化中状元

观音云游来到灌河南，化身为一个穷苦的乞丐老婆婆体察民情。当地有一书生名叫刘德，虽有满腹经纶，写得一手好文章，但因当朝奸臣当道、贪官横行，屡考不中。早两天听人们传说慈悲禅院观音菩萨来此，于是早早赶往桥头去见。等了一天也未见白衣女子的身影，人们渐渐散去。刘德摇头叹息也往回走。这时一个老婆婆上前行乞，求他可怜可怜给点吃的。刘德说我可怜你,谁又来可怜我?老婆婆问他何故需要人可怜?刘德说出了心中的郁闷。老婆婆说:你只想着自己,不懂得有比你更可怜的人,所以你考取后也和那些人一样,不会为大众着想。刘德赶紧回家拿一个干饼子给老婆婆。老婆婆怎么也咬不动。就又对他说:你虽有善心,但你不诚。明知道我老婆子快要死的人了,咬不动这干饼子,蒸的白馍留着你自己吃。刘德的娘子真的是刚蒸了几个馒头。此时刘德诚服地对老婆婆说:不是我舍不得,是我的娘子为了我考取功名,省吃俭喝,我只是想让她多吃点。老婆婆说你对娘子好那是小善,能对一个与你毫不相干的穷人施舍才是大善。只有大善才会有大德大报。刘德急急忙忙回家拿了馍给老婆婆送来。老婆婆说你今年再去考吧,只要心里想着天下人就一定能考中。说毕就不见了。刘德知道是遇见观音娘娘了,慌忙下跪求拜,口中念念有词:多谢观音菩萨指点!

这年刘德果然不仅高中,还考取了状元。

风姨传说

响水民间相信,风有风神,雨有雨神。风姨就是传说中的风神。风姨,也有人写作“封夷”,还有人称之为“封家姨”“十八姨”“封十八姨”,不一而足。

据唐代谷神子《博异志·崔玄微》记载:唐天宝中,崔玄微于春季月夜,遇美人绿衣杨氏、白衣李氏、绛衣陶氏、绯衣小女石醋醋和封十八姨。崔玄微高兴,命置酒共饮。在饮酒过程中,十八姨打翻酒杯,污了绯衣小女石醋醋的衣裳,大家不欢而散。第二天夜里,诸女来而十八姨未至,石醋醋趁机对崔说,我们姐妹都住在后花园中,平时经常被恶风所欺,不堪其扰,请求崔先生于元旦日在后花园中立一个朱幡,如此即可免难。

但当时元旦已过,因此决定于某日清晨立此幡。是日东风刮地,折树飞沙，而因有朱幡，苑中繁花巍然不动。直至这时候，崔才悟到，原来诸女皆花精，而封十八姨乃风神也。

后世诗文中常将封姨作为风的代称。宋范成大《嘲风》诗有句："纷红骇绿骤飘零，痴呆封姨没性灵。"《金瓶梅词话》第二十四回写道："梅花姿逞春情性，不怕封夷号令严。"清代纳兰性德《满江红》词："为问封姨，何事却排空卷地。又不是江南春好，妒花天气。"

还有一个传说与风姨有关。

说风姨到了人间，看到人间苦难，吃饭都成了一个大问题，风姨心里很难过。她左思右想，想了三天三夜，都没有想出个可以解决人们吃饭问题的办法来。到了第四天，她走到河边一面转悠，一面想办法。走着走着抬头一看，看见一条又大又肥的鲤鱼，从水面上跳起来，蹦起多高。一会儿，又是一条鲤鱼跳起来。这引起了风姨的注意。她想：这些鲤鱼又大又肥，弄来吃不是很好吗！她打定主意，就下河去抓鱼，没费好大工夫，捉到一条又肥又大的鲤鱼。风姨欢喜得很，就把鲤鱼拿回家去。

风姨的儿孙们看见风姨捉来了鱼，也都欢欢喜喜跑来问长问短。风姨把鱼撕给他们吃，大家吃了，都觉得味道不错。风姨向他们说：既然鱼好吃，以后我们就动手捉鱼，好帮补帮补生活。儿孙们当然赞成，都跑到河里去捉鱼。捉了一个下午，每人都捉到几条鱼，大家都欢喜得不得了，把鱼拿回去美美地吃了一顿。风姨又打发人给住在别的地方的儿孙们送信，喊他们都来捉鱼吃。

偏偏好事多磨。在第三天上，龙王忽然带了龟丞相跑来干涉，他恶声恶气地对风姨说：你们这么多人捉鱼，不是成心要把我的子孙们都捉完吗？赶紧给我住手！

风姨没给龙王的话吓倒，她理直气壮地反问龙王：你不准我们捉鱼，那我们吃什么呢？

龙王气冲冲地说：你们吃什么我不管，我就是不准你们捉鱼。

风姨说；好，不准捉，我们不捉；以后没得吃的我们就来喝水，把水喝得干干的，把你们所有的水族都干死！

龙王本来是个欺软怕硬的家伙，听风姨这么一说，心里果然害怕。他既怕风姨他们把水喝干，又怕他们把鱼捉完，正在进退两难之际，龟丞相凑到龙王耳朵边上，悄悄向龙王说：你看这些人都是用手捉鱼，你就和他们定个规矩，允许你们捉鱼，但是不许用手。他们不用手能捉到鱼吗？让他们看着河水干瞪眼去吧！

龙王一听这话，高兴得哈哈大笑，转过脸来向风姨说：只要你们不把水喝干，你们要捉鱼就来捉吧，可是得遵守这么个规矩，就是不能用手捉。你们若是答应，就算是说定了，以后双方都不准反悔！

风姨想了想，说：好吧。龙王以为风姨上了当，便带着龟丞相高高兴兴地回去了。

风姨回去以后，就想不用手捉鱼的办法。想了一个通宵，第二天又想了一个上午，还是没有把办法想出来。到了下午，她躺在树阴底下，眼望着天，还是在想。这时候，她看见两枝树枝中间，有个蜘蛛在结网。左一道线，右一道线，一会儿就把个圆圆的网子结好了。蜘蛛把网结好就跑到角落里躲了起来。过了一会儿，那些远远飞来的蚊子呀、苍蝇呀都被网子网着了。蜘蛛这才不慌不忙地从角落里爬出来饱餐一顿。

风姨看见蜘蛛结网，心里突然开了窍。她跑到山上找了一些葛藤来当绳子，像蜘蛛那样，把它们编成了一张网。她把网拿到河边往河里一放，手握长棍在岸边静静地等候着。隔了一会儿，把网往上一拉，哎哟，网里净是些活蹦乱跳的鱼。这个办法比起用手捉鱼不但捉得多，人还不用下水了。风姨就把结网的方法教给当地的人们。从此以后，大家就都晓得用网来打鱼了，吃的再也不缺了。

龙王看见风姨用网来打鱼，气得干着急。他坐在龙宫里，把一对眼睛急得鼓出来了。那个不知趣的乌龟，看到龙王急得那个样，还想替龙王出个主意。哪晓得刚刚爬到龙王的肩膀上，嘴巴凑到龙王耳朵边，一句话还没说出来，就被龙王一巴掌打到面前公案上的墨盘里啦。乌龟在墨盘里翻了两翻，染了一身墨汁。现在乌龟身上还是乌漆漆的，那就是被龙王打到墨盘里染的。

（史忠霖整理）

狐 妹

大口地方有个宋某，他的妻子王氏曾交过一个狐妹，狐妹长得异常美丽，人间从未见过这样的美女，宋某不在家时，狐妹就到宋某家里来住，与王氏呼姐称妹，关系相处得十分好，来时还常带钱带些东西。久而久之，宋某也听说了这件事，但从未见过狐妹。宋某听人说，狐既化成人形，就是成了仙，尤其是女狐，其美貌是凡人所不及的，因而很想见见她。

有一天，宋某问他的妻子："我听外边人说你有个狐妹，不知真假？"

妻子知道宋某为人不太正派，吃喝嫖赌样样俱全，现在想见狐妹，不知有何花招，很不高兴地回答道："哪有这回事！"

宋某道："你不要瞒了，我早知道了！只是你不肯让我见罢了，其实见一面有什么关系，难道我还有什么非分之想吗？我只是好奇，你连这点小事都不答应我，我们还成什么夫妻？你不答应我，以后什么事情我也不问了！你走你的阳关道，我走我的独木桥，我们一刀两断！"

妻子被他软硬兼施纠缠不过，只得说："实不相瞒，是有这回事，你实在要看，等我问问她，如果她同意，就让你见见，她不同意，我说也没用。"

宋狡猾地笑笑道："这还差不多。"

过了几天，狐妹来了，王氏便问狐妹："我们的事丈夫已经知道，他听说你非常漂亮，很想见你一面。可以吗？"

狐妹道："我知道你丈夫的为人，如果他实在想见我，看在我们姐妹一场的情分上，就见见吧，也不要紧！这样吧，明午后就在你家里见面，怎么样？"

王氏见狐妹答应了，也很高兴，便把这一情况告诉了宋某，宋某一听更高兴得不得了，他想象狐妹的漂亮，心里比吃了蜜还要甜。

第二天下午，宋某在家里静心地等待。时间不长，狐妹果然来了，人未进屋笑声便传了进来:“我来了！宋大哥,你好！我与你的夫人是好朋友,你有什么事找我吗？我也跟常人一样,你要见我干什么呢?”

宋某连忙迎上来,眼睛紧紧地看着狐妹,果然名不虚传,貌若天仙,平生从未见过这样女子,不禁为之所动,因目视狐妹笑着道:“大驾光临,蓬荜生辉,请坐！请坐！我没有什么事,只是想见见你,会会。真是美人啊,我见了你真是大开眼界了,三生有幸！三生有幸!”

狐妹正色道:“美人也是人,不过如此！有何大惊小怪的。你有什么事就直说吧?”

狐妹落座片刻,宋某两眼直勾勾地看着她,让她很不自在,便道:“既然大哥没什么事,小女子便告辞了。”说着起身欲走。宋心想,室内又没人看到,凭我的气力,一把抱住她还能让她跑了不成,想着想着竟突然跃起将狐妹抱入怀中说:“玩玩,玩玩！不忙走不忙走!”

狐妹惊叫道:“你怎么能这样无礼,这成何体统,你还算是人吗?”

其妻王氏闻声赶来,生气地道:“快放手！快放手！再不放手我拿棍子揍你!”转身去找棍子,宋某厚颜无耻地像没听到一样,顺势就去吻狐女,突然,宋某觉得怀中沉重起来,不像是人,只听“扑通”一声,宋某竟被压得跌倒在地,他再定睛一看,哪有什么美女？原来自己抱着一块大石头,不下上百斤,那石头压在自己的胸前,连气都不好喘。

此时宋某吓得半死,大叫:“仙人恕罪！仙人恕罪！我知过了！再也不敢了!”大呼老婆快来救命。王氏回头不见了狐女,只见宋某倒在地上,身上压着大石头,满头是汗,气喘如牛,又疼又气道:“谁叫你这样无礼,真是自作自受!”

看他那可怜的样子,只得祷告道:“狐妹,狐妹！你就饶了他吧,他已经认罪了。”再看看,宋某胸前的石头已没有了。王氏气愤地道:“你这个老色鬼,怎么痴愚到这样步,仙人是可以侵犯的吗？若不是我求情,今天你的命恐怕也没有了!”宋某此时狼狈不堪,惭愧无言。

此后,狐妹好长时间没到王氏家来,有一天,狐妹突然来了,对王氏道:“我与你相遇一场,情同姐妹,现在缘已尽了,今天我特来告别,再带一点钱给你，从此以后我们永无会期！”说完从怀中掏出五十块大洋放在桌子上，王氏听说此话很是难过，不觉流下泪来，连忙又向狐妹道歉，责怪丈夫不是。

狐女道：“那次也不完全怪他，我也有责任，我已知他的性格了，而又轻易地答应他，纵容他，以致有了机会，酿成事情。希望他今后能改过自新，已经过去的事就让它过去吧，今后请姐姐多保重，妹妹去了！”说完奔出门外，瞬间不见，从此后再没有来过。

郝大歪嘴

南潮河边有个郝大歪嘴，他的本名叫郝斯文，名虽斯文，人并不斯文，名声很不好听，原来其品行不端，见了漂亮的女人喜欢搭讪，总想占点小便宜。

有一年夏天，郝斯文上午上街赶集，中午与几个酒肉朋友多吃了几杯，醉醺醺地喝了一下午茶，直到天傍晚才不紧不慢地往家赶，走到半路，前边有一片柴塘地，忽然发现不远处有一个人同他相向而行，郝斯文一望，原是位漂亮少妇，心里暗暗高兴，人也来了精神，“啊哈！”他故意干咳一声，那少妇听到咳声，见有人过来，不禁回过头来张望。郝斯文也抬起醉眼看去，四目相对，那少妇立刻害羞似地回过头去。少妇的模样，郝斯文已一目了然，她，大约二十八、九岁，衣着入时，个头不高不矮，丰满而白嫩，很有几分姿色，郝斯文见日已衔山，路上又无行人，胆子也大了起来。他大步流星带追了上去，大声喊：“喂！小娘子！你家住哪里，天晚了，怎么一个人，去哪里啊？”

少妇并没有回答，他又道：“我问你呢！你到哪去?，天快晚了，你一个人不害怕吗？我陪陪你，我们一起走，好吗？”

少妇斜着眼睛向他笑了笑，也没回答。郝斯文见天已上了黑影子，色胆也就更大了，他禁不住凑过去，一只膀子搭上少妇的肩膀，嬉皮笑脸地道：

“小娘子怎么不作声，你长得如此漂亮，真叫人动心，如果不嫌弃，我陪你一块走，交个朋友，总可以吧？”

少妇瞪了他一眼，一手将他塔在肩膀上的手打落，嗔怒道：“我们从不相识，说说也就罢了，动手动脚，你这人怎么如此无礼？”

郝斯文嘿嘿淫笑道：“小娘子还真有脾气，够味！够味！今天就让我亲近亲近，怎么样？”说着就将少妇揽入怀中，顺势将嘴凑过去就吻。只见一道白光闪过，“啪”的一声，一个嘴巴子打得郝斯文两眼直冒金星，再看看怀中哪里有人，那个少妇已不知去向，唯觉阴风飕飕，寒气侵骨。郝斯文不禁自言自语道：“今天莫非见鬼了……”此时天已完全黑了，郝斯文越想越害怕，不觉浑身都起了鸡皮疙瘩，只得踉踉跄跄往回赶。

不一会，郝斯文回到了家，妻子见到他有些异样，再仔细一看，郝斯文的嘴歪了，惊问：“你的嘴怎么了？好像歪了啊……”

这时，郝斯文也觉得自己的嘴角麻木不仁，隐隐作痛，话也不好说，口水也流出来了。郝斯文拿过一把镜子一照，果不其然，嘴歪了！他含含糊糊地告诉妻子，嘴歪可能是被坏风扫的！等明天去看医生吧，刚才发生的事，只能是哑巴吃黄连，有苦说不出。

第二天，他请医生看了看，吃药针灸，治疗了好长时间也不见效果。从此嘴就歪了，再也没有恢复过来，后来，他的大名倒被人们遗忘了，老少都叫他“郝大歪嘴”。

（周德新整理）

五雷报

东坎南有个张母，年轻时丈夫就去世了，留下三个儿子，年龄都差不多大，分别取名大同、二同、三同。张母含辛茹苦，拼命把三个儿子拉扯大，并陆续都带上了媳妇，成了家。

俗话说：小小喜鹊尾巴长，娶了媳妇忘了娘。想不到三个儿子自从成家后，都把母亲当作是累赘，你推过来我搡过去，不肯赡养母亲。母亲无奈，请出人来调停，好容易才说好了，三个儿子一家一个月轮流过。就这样还有很多矛盾，月大月小，多一天少一天，兄弟间也意见纷纷，攀这攀那。张母闲下来想想，心里非常难过，自己年轻守寡，一个人又当爹又当娘，吃了多少苦才把儿子拉扯大，本应该享享清福，谁料到现在活到这种地步？一想起这件事便心如刀绞，以泪洗面，甚至觉得活着没有什么意义，不如死掉好，曾多次自尽都被人救下来。唯一值得欣慰的是刚结婚不久的三儿媳妇汪氏还晓得好歹，对母亲很是孝顺。三媳妇见弟兄三个这样对待母亲，很是不平，时常瞒着三同送些好吃的给婆婆，为此她常与三同争执吵闹。三媳妇对三同道："像你们这几个儿子对母亲这样，真是天理不容，你们就不怕报应吗？倘若苍天有眼，能饶过你们吗？"

三同总是嗤之以鼻，笑着道："你们妇道人家死心眼，哪有什么报应不报应的？"

三媳妇道："做儿子的哪有像你们这样，真缺德！简直不如畜生，你们知道'小鸟反哺，幼羊跪乳'吗？你们知道古人云，'水流长者其源远，木生茂者其根固，水无源则涸，木无根则槁'的道理吗？像你们兄弟几个全不念母子之情，总有一天会遭报应的！现在没报，时辰未到啊！"三同仍不以为然。

有一年除夕，各家都热热闹闹忙过年，张母轮在二同家过最后一天。晌午时间，张母从三同家门前经过，三媳妇正在炸肉圆，看到婆婆，连忙招呼过来，说："妈妈，你饿了吧？现在家里吃的东西都是现成的，我先做点给您吃吃！"很快装了半碗饭，外加几个肉圆递过来道；"快吃吧，没事！你儿子还没回来！"张母很是感激，端起碗吃起来，谁知还没吃几口，三同突然回来了，一见母亲在他家吃饭，立刻拉下脸来道："你不是在二哥家吗？还没轮到我家呢，怎么就吃起饭来了？"并随手将母亲碗筷夺了下来，掼在桌上。

儿子对母亲居然能样！张母无地自容，特别伤心，气得大哭，跌跌撞撞地冲出屋子，屋后有个牛汪塘，水深丈许，张母奔到那一头栽了进去。三媳妇追出屋外，见婆婆投了塘，高喊救命并大骂三同："你这个畜生不如的东西，将母亲气得投了塘，我跟你也没有好日子过了，我也随母亲去了！"说完，一头也栽进了牛汪塘。

这时，邻居闻声纷纷赶来，有的人正准备下塘救人。突然，晴天响起了霹雳，"轰隆隆……轰隆隆……"连打五雷。第一雷，将张母和三媳妇打出塘来；第二雷，将张大同夫妇活活打死，第三雷，将张二同夫妇活活打死；第四雷，又打死了张三同；第五雷，将张母和三媳妇震醒。庄上的人都出来来看热闹，大家议论纷纷。感到此事太奇怪了！

当时三媳妇已有身孕，不久产下一男孩，祖孙三代相依为命，和和睦睦，生活过得很好。

（周德新整理）

东风雨

从前有一户姓伏的人家，三个儿子带上三房媳汩，一家齐整整的六七个年轻人，种着十来亩地。他们全家一年忙到头，打的粮食仅够吃稀饭的，一顿干的也吃不上。家里人在一起拉呱：每顿饭省把米，聚到一个月，包能吃上干的。

第一个月由大媳妇来掌管，大媳妇做饭前，先抓一把米放在罐子里，然后再做饭。看看要到一下子了，全家人都很高兴，准备第二天吃顿干的。大媳妇早上起来到罐子旁一看，"哇"的一声哭开了。家里人跑来一看罐子里的米全都没有了。

二媳妇又来掌管。到月底，罐子里的米看看满了。二媳妇清早起来一看，罐子里的米又没了，全家人一天皆唉声叹气的，就不知米是怎么没有的。三媳妇又来掌管，她说非叫大家吃顿干的不可，她人也精灵，等罐子要满的当口，把罐子搬到自己的房子里，不许男人睡觉，陪伴自己看着那罐子米。二更多天了，两人哈气连天的，发迷，就想睡觉，刚打个马瞪眼，三媳妇心里想着米，猛地睁开眼，只见米已经少了，再一看。只见罐子里有个小人，正在往口袋里装米。三媳妇两手紧捂罐子，把男人喊醒，厉声喝问："你是什么人？为什么来偷米？""我是当差的小鬼，是阎王老爷叫我来偷的。"为什么？为什么？"你家祖祖辈辈穷命，就不派吃干的。"小两口听这话，大吃一惊。他脑瓜子转得也快，就请小鬼帮忙破一破穷命，不然就不放小鬼走。小鬼被缠得没法子，只好如此这般说了个法子，让他们去挖金，最后又交代说："这袋米还要给我背走去交差。你们十年后一定要将金子还给东风雨这个人，不然会家败人亡，断子绝孙。"小两口连忙点头答应。

第二天家里人虽然没吃上干的，心里却有数，悄悄地准备好家伙，就等晚上动手。二更天，家里人按照小鬼的指点，来到洼地，找到一块小石头，往南步了十步，钉下一根木桩；往北步了十步，钉了一根桩；往东步了十步，钉了一根桩。在每根木桩上洒上鸡血，然后就在小石头地方往下挖，挖了十尺深，挖出了一百块金砖。家里人欢天喜地，将金子弄回家。

伏家人用金子买田置产，设坊开店，仍然勤快劳作，不失本分，日子越来越好过，不几年就成了大户人家，一晃十年就满期了，伏家人不失言，三个儿子分成三路出去找东风雨这个人，几个月下来也没有找到。伏老三这天找到沭阳地带，看看天色不早，又要下雨，前不巴村后不着店，好不焦急，哎，好了，东边不远处有两间丁头舍，伏老三大三步小二步朝丁头舍子跑。这家两口子，女的在里间做月子，男的就叫伏老三住在外间，说话间，外头刮起东南风，雨哗哗地下了起来。这时女的临盆，生下一男孩，哇哇直哭，男的高兴死了，跑到丁头舍外头一看，见正刮着东南风，下着雨，就随口说："我的儿子就叫东风雨吧。"伏老三听了又惊又喜，找了几个月，东风雨才刚刚出世，真是丁头屋，估不足啊，以后，伏老三给东风雨家送来了一百块金砖，外加一千两银子。

这就是东风雨的故事，他叫人们勤劳守信的持家之道。

皂角树的传说

清晨，天宫里仙乐悠悠，钟声阵阵，众仙女陪着王母娘娘来到瑶池边上散步。一路欢声笑语，赏不尽的天堂美景，王母娘娘今天心情很好，看着众位仙女，问道：怎么没看到七女啊？众仙女答道：娘娘忘记了，不是你叫七女和董永在蟠桃园里看管皂角神树的吗？娘娘脸立即沉下来：你看，我人老多忘事，快把七女叫来。七女和董永见到娘娘躬身一揖：给娘娘请安！王母娘娘说：罢了，你们看护的皂角神树还好吗？七女说：娘娘你看。随着七女手指的方向，只见园中一棵神奇的皂角树长得苍翠挺拔，闪闪发光。王母娘娘大悦：好树啊！你们看树有功。稍一思索，脸又沉下来：七女啊，你是天上神仙，这么多年，你私自下凡与人间的凡夫俗子相爱，违反了天规，理应打入天牢，终身监禁。众仙女一起跪下：娘娘就宽恕七女吧。王母娘娘摇了摇头说：念你们二人相爱多年，应该是成全你们的时候了。择日同意你们带一粒皂角树种子返回人间定居吧，这粒皂角树种要选择一块风水宝地种下去，那里的百姓会过上好日子的。七女和董永当即叩拜王母娘娘的大恩大德。

这一天是黄道吉日，天宫里霞光万道，瑞气千条，仙乐齐鸣。玉帝王母宣太白金星和雷公电母接旨护送皂角树种和七女夫妇返回人间，一直送他们到南天门外。七女和董永带着皂角树种拜别众位仙家，在太白金星和雷公电母的陪同下，一路狂风暴雨，电闪雷鸣。少时，太白金星屈指一算：人间的这块地方是风水宝地，是皂角树安家的地方，太白金星当即拂尘一摆，按落云头，找一块高地，将皂角树种种了下去，并写上皂角二字。树栽好了，太白金星率众仙护送七女夫妇回丹阳定居，并回天宫复旨。一阵狂风暴雨过后，空中万里无云，当地人感到很奇怪，纷纷出来谈论这件事，有一个小伙子眼尖，看到远处高墩上长出一棵树苍翠碧绿，闪闪发光，便说：大家看，那里长了一棵树，众人一齐跑了过去，看到树旁有“皂角”二字，一位老者很敏感，说这是天上赐给我们的神树啊，大家一起跪下，拜谢上苍赐福人间！

皂角神树长得很快，很快就长成参天大树。从此皂角人在这块风水宝地上安居乐业，这里一年四季，风调雨顺，五谷丰登，人们享受着皂角神树给他们带来的幸福和欢乐！

皂角人世世代代都铭记着这个美丽的神话传说！

（彭寿连整理）

西大塘水鬼

西大塘究竟掘于何时，现在已不得而知。在六份庄人的心目中，它是一个神奇的所在，总是充满着隐秘的气息。

西大塘从不干涸，而且当地人也不允许用抽水机把它的水抽干，因为传说一旦把西大塘的水抽干，水鬼就无处藏身，只好上岸，那整个庄子上的人家就要遭殃了。

西大塘水鬼由当地一个投水而亡的少女化身而来。

当地民间传说，投水而死的人，会一直在淹死的水里存在，变成当地水域里的水鬼。然后在水里耐心地等待别人落水，或者引诱不谙世事的小孩玩水，等待得久了，水鬼急了，甚至会强行把人拉下水。因为只有别人落水而死，才能来代替自己，而有了“替死鬼”，他或她才能投胎转世，摆脱来自地狱的苦难。然后新的水鬼继续在水里等待……

水鬼在水里力大无穷，在岸上四肢无力，喜欢用哭声引诱好奇的人到水边，水鬼伺机作案，防不胜防。对待小孩，水鬼会变成美丽的小鸟，总落在不远处，等孩子走近，小鸟又向水边飞一点，或者落在水边芦苇上，在小孩子眼中，仿佛一伸手就能抓住，但真的伸手，一下子就落入水中。

那是很久以前的事情了。六份庄的王家生了一个漂亮的女孩，不远处的鱼涝庄的李家生了一个男孩。孩提时代，两小无猜，真个是一对金童玉女。两家口头约定，订下了娃娃亲。男孩长到十六岁便去了省城读书，从此一去不返。眼看女孩到了婚嫁年龄，王家托人询问李家儿子什么时候回来完婚，得到的消息却是李公子在外早已娶妻生子。因无媒凭，王家无奈，只好另择东床。谁知王家小姐是个刚烈性子，新婚之夜，竟然投了西大塘自尽身亡。西大塘成了当地孩子的禁地，不准小孩靠近半步，因为有不少人看到其中闹鬼。有一天傍晚，庄上一个男人去塘边割芦苇，脚底一滑，掉入塘中，说来也怪，本来他转身即可上岸，谁知他竟滑向深水区，终于一命呜呼。庄上见多识广的人说，一点也不奇怪，王家小姐淹死多年，也应该去投胎转世，重新做人了。

（史忠霖整理）

其他传说

红蝇赶散的传说

灌河地区盛传“红蝇赶散”，这件事还得从元朝末年朱元璋起义说起。

朱元璋，安徽凤阳人，满脸黑麻子，传说有七十二个点，横竖成行，所以点子多主意多，一心想做皇帝。他组织农民起义，占领南京以后，害怕皇帝的宝座被其他农民起义军抢了去，就调转枪口向西去打占领武汉的陈友谅。打垮陈友谅后，又回师向东，攻打占领苏州的张士诚。消灭了张士诚以后，朱元璋便宣布做皇帝，定都南京，国号大明，年号洪武，所以后来人都叫他朱洪武。

朱洪武做了皇帝，心里很不踏实。因为他知道自己无缘无故去打陈友谅、张士诚是不得人心的，特别是害怕苏州人起来为张士诚报仇。晚上睡觉，几次梦见苏州人打到南京，把他拖到大街上杀头示众。因此，他一直在盘算如何消除这个心病。正当无计可施之时，这天忽然有人报告，说苏州出了一种有麻雀那么大的大毒蜂，到处蜇人，一蜇一个大窟窿。朱洪武听了以后，一时高兴，竟忘了做皇帝的威严，拍着大腿叫道：“天助我也!”于是便派出钦差大臣到苏州贴出告示，说苏州出了一种毒蜂，名叫红蝇传播瘟疫，伤人性命。皇上严令官民人等，速速离开苏州，到江北海滩湖滩开荒种地，以躲避瘟疫。自古以来，人恋家乡鸟恋窝，谁也不愿意离开家乡朝北走。朱洪武没有办法，就一声令下，派出官兵马队挥枪弄刀，拆毁民房，强迫人们迁移。当时苏北沭、海、涟一带，属于湖、海滩涂，人烟稀少，从苏州赶来的难民，只好以草棚为家，插草为标，靠开荒种地，挑菜拾草，捞鱼摸虾糊口。

这就是“红蝇赶散”的传说。

“红蝇赶散”实质是明王朝为防大户聚众造反的举措。

和尚为什么常说“阿弥陀佛”？

很古很古的时候，在遥远的大海边，住着一户人家，夫妻二人生下一个儿子，取名叫阿弥，等到小阿弥长到十五岁那一年，阿弥的父亲不幸去世，自此，小阿弥便母子俩过日子。

阿弥母亲善于持家，母子俩的日子过得还算不错。阿弥不但孝顺，而且勤劳肯干，更可赞的是阿弥继承了他父亲的好品质，具有一种无私、助人为乐的神，张家没有水了，阿弥便去替张家挑一缸；李家没柴了，阿弥便把自家的挑送去，然后自己再上山去打；路有行人走累了，他就放下手中的活，替人家送一段路。

阿弥帮助人，从不要人家任何报酬，有人说他傻，他也不在乎，他仍然做好事。

他的精神感动了西天佛主，佛主有意收他做弟子，便亲自装扮成一个过路的老者来找阿弥。这时，阿弥正在拿碗盛饭吃，佛主开口了，“你是阿弥吗？”“是的，老爹爹，你有什么事？”佛主说：“我从东边米，要到西边去，有一件急事需办，走累了，实在走不动，路程还不能耽搁，听说你肯做好事，请你把我背一段路吧。”阿弥听了，二话没说背着佛主就上路了。阿弥觉得背上的人很轻，越走越快，后来便不由自主地直上西天去了。

此后，和尚为了表示对阿弥的崇敬，为了学习他的精神，便常常用阿弥驮佛主的故事来勉励自己，“驮”字常被易为“陀”字，“阿弥驮佛”说成“阿弥陀佛”，久可久之，“阿弥陀佛”便成了佛语，因此，现在的人们常听和尚口中说道：“阿弥陀佛。”

（赵斌整理）

地主爷剃头

从前,有个地主,家里想雇个剃头的。一开始,他就写下一个契约,每年大米六斗,一年之中,如碰破皮肉一点,就扣去工钱三分之一。愿者则来,不愿者则去。

东庄有个剃头的,跟良师学艺多年,手艺虽不算百里挑一,但还说得过去,因此,就到地主家去了。

这一年,剃头的百般谨慎,处处小心,唯恐出“滑子”。混到了年底,万事大吉。剃头的各式收拾停当,准备回家过年。到付工钱时,哪晓得,地主爷不在,急得剃头的团团转,一直等到大年三十晚上,地主爷不知从哪块冒出来了,他叫剃头的给他剃完头给了工钱再走。剃头的心里话,一年就要交待,可不能在地主爷头上出“滑子”啊! 于是,他更加谨慎,百般小心,好容易把头剃完,总算太平无事。轮到光脸了,剃头的手持光脸刀,百般留神,慢慢地光呀,光呀,猛不防,地主爷把头一摇,耳朵被削破一点点,只听得地主爷大声怪叫起来:“你看你,我的耳朵破了,看你怎么说。”剃头的百般无奈,只好说按约办事。地主爷听了,也就无动声色。哪晓得。又光了没几下,地主爷存心打个哈欠,鼻子又挨刮破一点点,冒出针尖大的血珠来。这下子,地主勃然大怒:“剃头的,残年岁底,你拿老爷取笑,你说怎么办?”剃头的肺都要气炸了,无话可讲。心里话,狠心的家伙,你存心跟我蛮缠,眼见得一家老小,等米下锅,给你三下五除二一扣,我家这个年可怎么过,往后,还不知要耍什么点子呢! 一怒之下,往地主爷头上划了一刀,说了声“按约办事”走出了地主家大门。

(赵斌整理)

怕老麻叽的缘由

麻叽是人名，不是真名，真名叫麻叔夜。为什么人们都怕老麻叽？这有个典故。

麻叽据说是隋炀帝跟前的一员大将。此人心狠毒辣，惨无人道。这个人平时睡觉都要用四五岁的小孩当枕头才能睡得着。小孩被枕死了，他便把小孩煮熟吃掉，因此，当时人们又恨他、又怕他，称他叫麻叽，也都用“麻叽”来吓唬小孩子。孩子哭了，哄的人便说：“老麻叽来了，没哭没哭！”孩子小，也晓得麻叽是可怕的人，经这么一吓，便不敢哭了。

麻叽，人们又称“小老叽”。

吹唢呐的传说

灌河一带，哪家有丧事，都要请吹鼓手吊丧，其中有种乐器叫唢呐，那是少不了的，为什么呢？事出有因。

从前有位周大娘，生了三个儿子，老大、老二能说会讲，偏偏老三是个胎来带的哑巴。

俗话说，十哑九巧。老三心地善良，聪明能干，肯动脑筋，学什么像什么，干什么成什么。

十六岁那年，妈妈得了暴疾，不治身亡。老大、老二放声大哭，边哭边诉，把妈妈的养育之恩，自个的悲痛心情，说得头头是道。可老三一肚悲伤说不出，只是捶胸顿足，挥泪哀号，那伤心的样子令人心酸。

丧事过后，老三心里总是想着妈妈，每天到妈妈坟头垂泪，一哭就是半天。一次，从妈妈的坟地回家，在路旁发现一堆苘秸子，他选了两根，到家用刀剁剁刻刻修修，将苘秸瓤子掏掉，再用烧红的铁筷子在苘秸上烫了几个洞，插上芦苇秆做的哨子，便呜呜哇哇地吹了起来。人们依照音调的特征称这种吹奏乐器叫“呜哇”。老三常拿着呜哇到妈妈的坟上，吹奏一番，表达对妈妈的思念。那声调一会儿放声倾诉，一会儿像低声呜咽；时而像天旋地转，时而像云雾绕山，哀绪绵绵，牵肠挂肚，打动人心，催人落泪。人们称这调门为“哑巴哭娘”。

一年的清明节，老三填好了妈妈的坟，又用呜哇吹起了“哑巴哭娘”，那哀怨的旋律让路过这里的观音老母听见了，她立在云端静观吹呜哇人的举止。她看这人吹着吹着倒在坟上睡着了，便按下云头来到老三的身边，搀起老三到奇山奇涧奇泉旁，指指喇叭花，打着手语，告诉他用奇泉水泡喇叭花喝就能讲话。说完头也不回就走，老三高兴得大惊，醒来才知是观音老母托梦。

按照观音老母的指点，老三找到了奇山奇涧奇泉，那里果真有朵喇叭花，好像笑着朝他点头。他摘下花朵泡奇泉水喝了，真的耳朵不聋嘴能说话，吹起呜哇来更加动听。

乡间，哪家有丧事就请他去吹“哑巴哭娘”。吹的次数多了，呜哇的苘秸柄子经常开裂，老三用黄杨木做了根木管，钻上七个圆孔，芦苇哨子插在木管上端的细嘴子上，再仿照喇叭花的形状，打制一个铜的喇叭花装在木管的下端，制成一个既美观又结实的大呜哇，吹起来更神了。后来，有个很有学问的人，把“呜哇”改名叫“唢呐”，从此，“呜哇”就有新的名字了。

办丧事所以要吹唢呐，是因为唢呐最能吹出对死者的哀思。

使君子半夏茴香

清乾隆八年(1743年),灌河地区瘟疫流行,危及四乡人民生命。潮河北著名中医史少夫,抢治危症不遗余力,不分昼夜为病人施诊。凡经他医治者,十有九愈,因而誉满潮河湾的四乡八镇。

当年,他去北京采购地道药材,购妥药物准备返回时,偶见一高墙檐下,张贴着一张朱红告示,上写:“乾隆帝宝斋大学士兼军机大臣刘统勋老母病危,经御医诊治无效,病情日重,危在旦夕,无策可施,故出此示征求社会良医,谁能治愈高堂,定以重金谢酬。”史少夫有把握地上前揭掉告示,跟随留守人来到刘府。刘统勋喜出望外,亲自相迎,盛情款待。片刻,史少夫为刘老太诊脉视症,书病案,开药方,取药煎液。刘老太服药后,病情好转,连服数贴,病愈大半。刘统勋十分感激,设宴款待史少夫。史念及乡里疫病,急于回去施诊。数日后,向刘提出辞行。刘统勋再三挽留,史婉然谢绝。刘无奈,只得捧出许多银两相赠,以示酬谢。而史少夫分文未取,只请求刘统勋帮助将其所购药材运回潮河湾。刘一口答应。刘统勋为感谢史少夫救母之恩,除及时派员代运药材外,又特派专员送去一块长2.3米、宽1.4米的横匾,上书“杏圃春长”四个金字。左右两块竖匾,上联写“薏苡仁玄胡生地”,下联写“使君子半夏茴香”。落款:刘统勋书。上下联匾用六味中药谐音写成;其解意是:“薏苡仁”,即“伊医人”。“玄胡”,即“悬壶”之意。“生地”,即到陌生的地方。“使君子”,即“姓史的君子”。“半夏”,即“在夏天一半的时候”。“茴香”,即“回到潮河湾的家乡”。其整个联意是:潮河湾来的伊人史大夫,到京城生疏之地为人诊病,时值五月左右,回到了自己的家乡。

史家数代习医,而史少夫济世救人,解人病危,众口皆碑的事,几代流传下来,成为潮河一带又一个无人不知的传奇故事。

为什么要打嘞嘞

传说古时候，天上神仙灶王爷派老牛到人间为人们服务，老牛不愿意下凡人间，灶王爷哄老牛说："老牛啊，你到人间，大有好处。"老牛说："什么好处?"灶王说："老牛，你爱好歌曲，你到人间去，人间遍地歌，你为他们服务，他们天天、时时唱歌给你听。"老牛高兴地说："人间真有这好处，你不要哄我，侃空。"灶王说："我同你赌咒，我要是侃空，我吃你屎。"结果老牛下凡人间，任劳任怨，然而听到的不是歌曲，而是一种听不懂的嘞嘞和天天挨皮鞭打，后因灶王赌咒输了，不免挨罚，吃老牛屎（以前穷人家用干牛屎饼子烧锅）。

祖坟上的蒿子

常听人说："祖坟上未长那棵蒿子。"此话从何说起呢？听了这个故事你就知道了。

从前，有个财主名叫巫山狼，外号"望人穷"，他吃喝嫖赌，无恶不作，家中虽有三妻四妾，可是，男花女花没一枝，他为了身后的香火问题，整天急着还要讨个小老婆，物色来物色去，最后，他竟把心思用到家中十八岁的丫鬟春梅身上。春梅是个几经转卖，无依无靠的穷孩子，生就身犟脾气，任死也不答应巫山狼这个老东西的要求。而巫山狼是个"炸虾不等到红"的人，靠着自己钱势，哪能容得春梅这样，他气急败坏，心毒手狠，决心要置春梅于死地。幸亏巫家佣人李大妈帮忙,春梅才逃出虎口。

一天,春梅逃到河边,求摆渡的张小送她到对岸,张小见春梅衣不遮体,骨瘦如柴,非常同情她,过了河,张小对春梅说:“大姐,这里近无村庄,远无客店,天色已晚,又要下雨,一个妇女的走晚路很不安全,今晚就到我家歇歇,明天再走吧。”春梅有些犹豫,张小接着说:“你我都是一根藤上的苦瓜,穷人顾穷人,兄妹相称,不去避那嫌疑。”经这么一说春梅才留了下来。

张小是个孤儿,家中穷得叮当响。春梅看他能吃苦,心肠好,暗中对他有了意,为了这个,春梅翻来覆去一夜未合眼。第二天,她起得很早,先把丁头屋的里外扫了一遍,接着生火烧水。张小起来一看,不知如何是好,春梅也有话在舌尖上滚来滚去难出口,最后,还是春梅鼓足勇气说:“张大哥,你要不嫌我,我不走了,在你这里一辈子。”张小连忙摆手:“我穷得这个样子,头枕耳朵睡,身铺筋巴骨,怎能委屈你呢?”春梅说:“我不图钱不图物,图的是像你这样的人。”张小点点头,不好意思地说:“你能耐得穷守得富的话,我没意见。”这样,他们就在一块过起了日月。

哪知人有旦夕祸福,天有不测风云,婚后半年,张小突然得了暴疾,不幸死了。这时,那春梅的心,难受得像小刀子戳的一样,天天到丈夫的坟上痛哭。一次,春梅哭着哭着,倒在坟上睡着了,梦中张小来到她面前,对春梅说:“你有孕在身,一定要保重自己。还有,你得千万记住,我坟头上要是长出蒿子,生的是男的,起名叫张蒿;长出花朵,生的是女孩,起名叫张花。不管是男是女,都要抚养成人。叫他(她)为祖上争气。”春梅醒来才知是梦,再注意看去,坟头居然才出一棵笔直的蒿子。

后来,春梅果真生了男孩,取名叫张蒿。说也奇怪,这孩子从小就很省心,饿了不哭不闹,吃时不拣不挑,靠他母亲讨乞的稀汤薄粥,熬过了三冬六夏。而后,春梅又去给人家当佣人,挣钱给儿子读书。张蒿刻苦学习,终于金榜题名,做个清官,深得老百姓的爱戴,一致夸赞他家祖坟上的蒿子长得好。

张家祖坟上长蒿子的事,被巫山狼知道了,他想蒿子既有这样大的好处,何不在自家的祖坟上也多种几棵呢?可是,不知什么原因,巫山狼埋下的蒿种不发芽,移来的蒿苗不活棵。这时,他的肮脏心又来了,带着狗腿子,拿刀专程到张蒿父亲的坟上拼命砍蒿子,边砍边说,“我家好不起来,叫你家也好不下去!”对你讲,实在蹊跷,被砍倒的蒿子,马上又长了起来,而且砍得快长得快。这样把巫山狼气得当场翘了辫子。这时,周围的老百姓,无一不高兴,还骂巫山狼这个缺德的“望人穷”,他家“祖坟上未长那棵蒿子”。后来,对那种没好心,不争气,辱祖的人,就说他家“祖坟上未长那棵蒿子。”

这种说法,灌河地区一直流传到现在。

黄毛野人的话柄是怎么来的

从前有个秀才叫何东,方圆十里境内,写文章,是数一数二的。可就是怕老婆,老婆叫他上东,他不敢上西,老婆叫他打狗,他不敢撵鸡。从不分正确与否,一概服从。如果有人请他写写算算,他也要看老婆眼色行事,平常用钱他也把手伸向老婆讨取,一文钱家不当。一天遇见几个同学在酒店吃酒,谈起各人老婆如何如何。同学李元直问他:“何兄,人都说你怕老婆,可有此事呀?”何东说:“空话,空话,我老婆相当贤惠,我叫她头朝东,她就不敢头朝西。”李元直又问:“真的吗? 是不是吹牛?”何东说:“当然是真的,我绝不吹牛。如果不信,到我家看看就知道了。”李元直说:“好吧,我们打个赌怎么样?”何东说:“行行,你讲条件吧。”李元直笑笑:“你老婆服从你,我输一猪头一瓶酒;你服从老婆,你输一猪头一瓶酒,怎么样?”何东说:“好,好,就这么定了。”李元直说:“那我们现在就去你家呀?”何东眉头一皱说:“不行! 不行! 今天我老婆不在家啊!”李元直说:“那明天去怎么样?”何东说:“行,我明天在家等你们!”

何东得空子飞奔到家,跟老婆说明和同学打赌之事,他要老婆无论如何帮他一场,渡他一阵,老婆迟疑一下,然后点点头。

第二天，几个同学都跟李元直上何东家了，客人刚坐定，何东就开始表演了，他叫老婆拿茶来，老婆满脸笑道："来了，来了。"提了一壶茶，放在桌上。何东又叫："糖拿来。"老婆应声说："到了，到了。"送上一包糖，放在桌上。何东又说："今天我同学特地来玩，你快去做饭，把莱炒得好些。"老婆边走边说："照办，照办！"直奔厨房去了。

何东笑容满面地和同学叙谈，李元直笑笑："何兄你真有一手呀！"何东也笑道："在家中，我是一手遮天，俗话说，小小男人是个主，小小狸猫能逼鼠嘛。"李元直说："照今天情况看来，我和你打赌，输给你了。"何东说："吃喝玩乐，岂在输赢。我招待不周，请多多包涵呀！"

酒席间，又谈些诗诗文文，酒后各人都回去了。唯有李元直醉酒睡在西屋。这时已是晚上一更天了，何东老婆开始发作了："今天为赢到猪头和酒，苦了我一天，快啊，把水端来给我洗脸洗脚。"何东忙说："是，是。"从厨房里把水端到老婆跟。老婆洗过脚又吼道："把水倒掉。"何东又说："是，是。"低下头又把洗脚水端到外面"哗啦"倒掉。

这时，李元直已经醒酒，拍手大笑，这一笑，把个何东羞得无地自容，忙转换语气说："十年河东转河西，那有男人不怕妻。男人不怕女人，难不成是个黄毛野人？"从此，便留下了这个话柄。

行医称为"悬壶"

"不知葫芦里卖的什么药。"是人们耳熟能详的俗语。另外，许多中药店门前常挂着个葫芦。那么葫芦和药究竟有什么关系呢？这两者是如何被联系到一起的呢？为什么人们将那些以医技普济众生、救人于病痛的行为称为悬壶济世（这里的"壶"与葫芦的"葫"是通假字，表达的是同一个意思）呢？

南朝范晔在《后汉书·费长房列传》中便记载了悬壶济世的故事。东汉时期，有位老翁在街上开了一个药铺，药铺内悬挂着一把壶，里面装有丸、散、膏、剂等药品。病人来了，老翁便从壶中取出药品交给病人。壶虽然很小，但是装的药品却是样样俱全，而且怎么也取不完。晚上一到，老翁便跳入壶中休息，等到第二天早上再出来继续卖药。有一天，有个名叫费长房的人无意中发现了老翁的秘密，他认为老翁一定是个仙人，于是就请求拜师学艺，跟着老翁学习医术。老翁看费长房聪明伶俐，心地善良，便答应教授他医术。几年之后，费长房学艺成功，准备返回家乡，用医术救助家乡的人们，于是他便向老翁辞别。临行前，老翁交给他一根竹杖，说竹杖可以将他送回家。费长房千恩万谢地拜别老翁，乘着竹杖返回了家乡，像老翁一样治病救人，帮助人们减少病痛的折磨。之后，这个故事便经常被文人墨客所引用，出现在诗词歌赋中。例如诗圣杜甫便在《寄司马山人》中写道："家家迎蓟子，处处识壶公。"元代张昱也在《拙逸诗》中说："卖药不二价，悬壶无姓名。"逐渐地，"悬壶"就成为行医卖药的代称，"壶公"被用来指代神仙。

"眼一翻不认老章三"

"眼一翻不认老章三"的传说源自一个故事。

从前，有两个好友，一姓陈，一姓章。姓陈的家穷，日无吃，夜无宿，又是前后三庄有名的外号叫"大饭桶"，一人一顿能吃几个人的饭。

姓章的家富，一年到头吃穿有余。该人心好，又是前后三庄有名的"大好人"，也有叫他"好章三"。他看到姓陈的饿得难过，就天天供他三顿饭吃，两人关系非常好。

有一年，姓陈的外出，突然经人介绍当上了知县，也就不回来了。姓章的很长时间未看到他，倒是非常想念，便到处打听，终于得知姓陈的在某县当了知县。于是，决定去看看他。他走了一天又一天，整整走了三天，终于找到了那个陈知县。他一见到陈知县正坐在那里发呆，便随口喊他一声："喂！饭桶你在干什么？"姓陈的因当上知县了，不但不理他，反而立即叫手下人拖出去打他五十大板。手下人边打住边说："你胆有天大，敢叫知县大人是饭桶。"姓章的被打后，爬起来，将手一挥："不谈了，他眼一翻不认老章三了。"自此，人们便用此语来形容翻眼不认人的小人。

响水为什么无山

小时候曾经问家父一个问题："我们响水为什么没有山？"父亲抽着旱烟袋，一边干活，一边把从老辈那里听来的传说讲给我们听。父亲说，山哪，和那些玉米、大树一样，是从地底下长出来的。当然了，山更像一枝春天的竹笋，上面尖尖的，底下越来越粗。父亲说，我们响水从前也出了一座山，不过，仅仅冒了个尖，后来就不长了，到现在还埋在土里……听父亲这样说，我感到非常遗憾。待到长大了一点，天气晴朗的时候，我会站在屋后高处，望远处隐隐的山。父亲说，那叫大伊山。人家的山长出来了……"我们响水的山为什么没有长出来呢？"我刨根问底。父亲就讲了这样一个传说。

很久很久以前，我们家乡流传一则民谣：

太阳出来红彤彤，新娘出来倒马桶。
马桶掉到河当中，新娘赤脚捞马桶。

仿佛毫无意义的民谣，但每次听到，我总会想起小时候村里的大妈大婶大嫂倒马桶，洗刷过后的马桶，要放在太阳下晒晒。我们乡下是没有男人会去倒马桶的。倒马桶是女人的事，事实上，对女人而言，马桶就是厕所，女人早上起来倒马桶，是日常工作。

这么一个有用却臭烘烘的器物，在它一生中，有着最耀眼闪亮的时光，大家都喜欢它，抢着要拎它。那个耀眼闪亮的时光，便是姑娘出嫁当新娘子时。在民间，新娘子的马桶是被神秘化了的——它与一件极其重大的事情有关：生育！所以它又被叫作子孙桶。直至今天，马桶早已失去了实用性，但它的寓意性、神秘性依然存在——结婚用品店里此桶赫然在列，不过现在的马桶与过去的相比，小得多，成了一个玩具，而且，也不再标明马桶二字。

故乡旧俗，无论贫富，姑娘出嫁的时候，嫁妆里有一个东西，断断不能缺，那就是马桶。当然，新娘子的马桶没有使用过，是新的，因为未用过，不仅不臭，还带着木料的香味和油漆味。时间久了，新娘子成了娘子、妇人，马桶的红漆也会掉色甚至露出木质来。

马桶的使用，不受时间限制。从进新房起，它就开始从辉煌耀眼的位置步步跌落了。闹完洞房，马桶被放到屋里的一角，往往从这个时候开始，马桶便不再香喷喷而是臭烘烘的了……

说了一大通马桶，因为我们这个“响水无山”的传说与它有关，但真正导致响水无山的，不是马桶，而是马桶所有者，也就是那个给我留下极坏印象的新娘子——我一直相信，如果不是她，响水也有一座山，能攀爬，能远眺，多好。

那是一个春天，响水张财主家的公子娶了潮河北伊山脚下桑家的二小姐。这闺女单名一个“玉”字，不仅花容月貌，而且冰雪聪明。当初桑家延请塾师，为儿子授课，玉儿远在闺房，侧耳聆听，竟然句句分明；伫立窗前，竟能看清塾师书写字迹。真个是耳聪目明，过于常人。一日，玉儿与贴身丫鬟讲解经典，与师句句契合。三年后，塾师辞别，桑老爷以儿子学业未成挽留塾师，塾师说：“虽然公子学业尚需精进，小姐却已大成。此也是老夫望外之事。老爷束脩未费，竟有此利获，不亦大赚吗？”说完哈哈一笑，飘然而去。

转眼秋到，万物萧条，玉儿伤秋悲风，偷偷溜出闺房，和丫鬟登上了大伊山。正巧那日山神巡山，见玉儿如此美貌，便动了凡心，转身化为秀才模样，要来调戏玉儿。玉儿怒斥之，秀才明言，我乃此山山神，汝在我山，岂敢不从！玉儿发誓，从此不登此山。山神笑道，不登我山，难道别处没有山吗，别山没有山神吗？玉儿恨道，从此不登天下山。

眼看玉儿一天天长成，桑老爷要为小姐择婿，问玉儿要选什么样的东床。玉儿沉吟半晌，言道，女儿婚姻，全凭父母，只是一件，女儿不嫁山区，万望父母允我。老爷和太太以为女儿怕山路难行，也就依他。正巧潮河南岸张家前来求亲，再看张家公子样样合意，更兼河南并无山峦，便允了这桩婚事。

转眼到了来年春天，张家公子和桑家小姐完婚。玉儿离了娘家，先是登船过河，后是乘上花轿，一抬抬到了张府。唢呐声声，锣鼓阵阵，鞭炮齐鸣，玉儿在轿内偷看，近处喜字高挂，远处一马平川，心中甚是欢喜。拜堂过后，送入洞房，新婚花烛之夜，又逢春暖良宵，小夫妻如胶似漆，这也不能备述。

翌日清晨，新娘子不敢贪恋床榻，早早起床，第一件是便是出外倒马桶。她要在公婆醒来之前倒完马桶，以免公公看到，引起尴尬。她拎着马桶，来到门外，一时竟不知将便溺之物倒于何处，也不敢随处倾倒，只好提着马桶向远处走去，等她来至一空旷地方，东方已泛起了鱼肚白。她见四处无人，便蹲下身子，准备小解，忽见地下冒出尖尖的石头，她也不管，对着石头，解了小便，又将马桶内秽物，全部倒了石上，拎起空马桶往回便走。这时背后忽有声音传来：

“恨杀我也……此地从此无山矣！”

新娘子停下脚步，欲循声音出处，只听晨风习习，小鸟啁啾，并无人声……

最后，父亲对我说，看似没有生命的东西，其实很神圣，很圣洁，一沾污秽，从此就消失了。

（史忠霖整理）

绿帽子的传说

“绿帽子”隐含的意思是女人和丈夫以外的男人偷情相好，这个丈夫就被人戏称为“戴了绿帽子”。被人戴绿帽子是件很不光彩、很丢人的事情。“绿帽子”相传已久，虽然各地说法不一，但大概意思是一致的。传说从前有一对夫妻，妻子生得娇艳可人、风情万种。丈夫是一个生意人，要经常到外地去做生意。女人平时独自在家里做点女红，两口子的日子过得也还富裕安守。但在丈夫外出的日子里，妻子就不免枕冷襟寒、寂寞难耐，又因生得貌美，难免招徕些狂蜂浪蝶，围绕左右。终于有一天，妻子忍不住跟街市一个卖布的好上了，在丈夫外出做生意的时候，他们就在一起厮混，翻云覆雨。有一次，丈夫回家后三个月都没有外出做生意，直急得那个卖布的天天在他们家附近打转。

丈夫骑马出，经过街市，那卖布的见了非常高兴，以为他又要外出做生意了，当晚就迫不及待地窜进了女人的卧室，准备和相好幽会。但丈夫只是出城游玩，当晚就回来了，几乎将奸夫淫妇逮了个正着，妻子吓了个半死，而那个卖布的只好在床底下憋屈一夜，第二天才抄空逃出。

这件事后，妻子就向那卖布的要了一块绿色的布料，做了一顶帽子给丈夫，还和那卖布的约定：“当你看见我丈夫戴上绿帽子外出的时候，你就可以来了。”过了几天，丈夫又要外出做生意了，妻子赶紧拿出那顶绿帽子对丈夫说：“外面的风沙大，戴上这顶绿帽子吧。而且这颜色让你看起来很俊。”丈夫听了很开心，以为自己真的很俊，于是高高兴兴戴上那顶绿帽子，骑着马得意洋洋穿过街市，到外地做生意去了。当晚，他妻子就和卖布的睡在他的床上，时间长了，左邻右舍都看出了端倪，每次看到生意人戴上绿帽子，都会偷偷地嘲笑他。只有那个生意人，还被蒙在鼓里。而那个卖布的呢，一见到生意人戴着绿帽子外出，就心花怒放，迫不及待地钻到那女人的被窝里。

（史忠霖整理）

卖豆芽的写门对

大王庄东头，住着一家姓王的，以卖豆芽为生。这年大年三十晚上，他不知从哪块学来一个字，自个摸笔，写了副对联：

上联：长长长长长长长

下联：长长长长长长长

横幅：长长长长

写好后贴在门上，念来念去，正合自己的心意。

第二天大年初一，当庄的王少爷走亲戚拜年，逗巧路过卖豆芽的门口，一看对联，忙站住脚，左看看不懂，右读读不通，最后要了着急腔：“此副对联，令人费解也！”正在这时，西庄的李公子也来了，看了对联，不禁仰头大笑。卖豆芽的实在憋不住气了，忙问：“公子笑啥？”李公子冷冷地说：“笑什么，笑你红纸一张，屎壳郎写对子——不像！”说看，又摇头晃脑地大笑起来。王少爷听得李公子一说，也迈着官步摇了过来，向着李公子说：“李公子说的，在理，在理，对联嘛，总得像个对联。”卖豆芽的听他俩一说一答，不由得气上心来，心里话，平日里，你们自称满腹文才，笑话人家，眼下，你们不过是只猪，还不抵我大白丁哩。想到此，就紧紧地盯住王少爷李公子，问他不像在哪块，又哪块像屎壳郎。王少爷把头一斜，说：“写对子人念不通，看不懂，就是屎壳郎。”卖豆芽的听了，又紧紧地追问：“假如读不上对子，又是什么？”李公子随口应答：“哪个读不出，也是屎壳郎。”“那就请你读读看吧，可不能做屎壳郎呀!”

一个少爷,一个公子,听卖豆芽的一说,又端详了一番,你望我,我望你,谁也读不出来。又愣了好一会,李公子又开口了,指着卖豆芽的说:“卖豆芽的,我说你屎壳郎,你就是屎壳郎,不信,你读读看,你要读得出,我就是屎壳郎。”“此话当真吗?”“君子出口,一言为定!”“好! 听我念吧——”卖豆芽的按照自己的意思一字一字地读起来:

常(音 cnang)掌(音 zhong)常掌常常掌
掌常掌常掌掌常

此时,少爷、公子听得卖豆芽的一念,好比大梦初醒,心里发慌了。“别慌,还有横幅呢。”卖豆芽的说着,又手指横幅,念道:

掌常掌常
常掌常掌

还有个念法哩:

常常掌掌
掌掌常常

“少爷,公子,我念得对吗?”这时,两个蠢蛋连磙子也压不出个屁来,一甩长袖,扬长而去。卖豆芽的笑死了,紧跟后头大喊:“屎壳郎少爷,屎壳郎公子,下回再来呀! ……”屎壳郎的臭名传得老远老远。

(赵斌整理)

书生对对子

从前，小南庄有个书生，即将赴京赶考。前两天，因攻读发闷，索性出了书房，到庭院走走，猛抬头，只见一只老狸猫趴在墙头上，他触景生情，吟道：

猫伏墙头风吹猫毛动猫不动

可当他吟完上联，下联怎么也吟不出了，他苦闷万分，心想，自个出对子自个对不出，真是不吉之兆。当时，他下定决心，如果对不出，今生永不赴考了。于是他独坐书房，苦思冥想，一年复一年，一载又一载，五年过去了，还是没大头，没小头。

后来，这事让他的朋友知道了，得为登门拜访，一见书生面颊消瘦了，头发长得老长。当天晚上，朋友把他拉出书房，到门前塔底下聊聊天解解朋友的愁。哪晓得，两人正谈得投机的当儿，书生不禁哈哈大笑起来，“亏你帮忙，我的下联对出来了。”说着，他指着塔顶上一只老鹰，放声吟道：

鹰登塔顶月照鹰影移鹰不移

朋友听得，连声叫好。

（赵斌整理）

十兄弟

小时候曾听族叔讲过一个“十兄弟”的故事，说一对夫妻生了十个儿子，都很有本事，也各有特点。大哥叫顺风耳，二弟叫千里眼，三弟叫大力士，四弟叫钢头，五弟叫铁骨，六弟叫长腿，七弟叫大头，八弟叫大脚，九弟叫大嘴，十弟叫大眼。

有一天，十兄弟在地里劳动，顺风耳忽然听到了远处有哭声，他叫二弟：“千里眼，你看看，谁在哭？”千里眼抬眼一望，说：“秦始皇在北方修长城呢。那些服役之人又累又饿，所以哭泣。”这怎么办呢？兄弟们都很善良，看不得有人受苦。“这有何难！”三弟大力士挺身而出，“看我的。”大力士就去代那些民夫修砌长城，不到半天就修好了。

有人报告给秦始皇，说南方来了个大力士如何如何，不到半天就修好了长城。按理说秦始皇应该高兴，但他不，他怕大力士作乱，就要杀掉大力士。四弟钢头知道了，就说自己就是大力士，你们杀我吧。行刑之时，刽子手用刀砍四弟的头，刽子手一刀砍下去，钢头的头安然无恙，刀却砍坏了。刽子手又换了一把刀，结果一样，连砍坏了十几把刀。刽子手见刀不经用，就改用棍打。五弟听说后，就代替四弟受刑。五弟是铁骨，铁当然比木棍硬，结果木棍打折了几十根，五弟却毫发无伤。刽子手又想了一个办法，准备把铁骨扔进大海淹死，六弟长腿赶快跑去代替。六弟被投进海里，可等他站起来的时候，海水才到他“孤拐”跟。

长腿在海里玩得很高兴，就开始捕鱼，一会儿工夫，他捕了几百斤鱼，他问兄弟们，这么多鱼，叫我怎么拿回去呢？听到这话，七弟大头走了过来，大头从头上摘下草帽，把几百斤鱼全装进去，不过才半草帽而已。弟兄几个把鱼抬回家，开始煮鱼吃，但他们忽然想起，家里没有柴草。八弟大脚说，这有何难。他抬起一只脚，从脚底板下挑出了一根刺，说是刺，其实是一棵大椿树。他们用大椿树作柴火，煮熟了一锅鱼，大椿树才烧掉一半。这时候，九弟大嘴说，我来尝尝味道如何？他张嘴一尝，一锅鱼被他就尝光了。

十弟大眼，排行老末，他见鱼没了，就大哭起来。大眼中流出的眼泪汹涌澎湃，滔滔不绝，涨满了几条大江大河。江河之水一直向北，一夜之间推倒了长城，连秦始皇也被大水冲到了海中。

（史忠霖整理）

天狗咬人心

从前，有户人家，父亲早逝，靠母亲带领两个儿子过日子。后来，老大和老二都讨了媳妇。老大夫妻俩嫌弃婆婆，对老人家百般虐待；老二夫妻俩却十分孝敬老人家，分家时承担赡养老人的义务。

二媳妇娘家要比婆家富裕。有一次二媳妇回娘家。吃得甚好，心想："咱婆婆吃的素茶淡饭，可苦了！"于是，特意做一些好吃的，带回家给婆婆尝尝。却说二媳妇回家时，忽见一只黄狗在后面跟上来，伸过嘴从她提篓里咬起一块肉，她撵了几步。狗丢下了肉，甩甩尾巴跑远了。肉被狗嘴咬残了，这下二媳妇为难了，把这肉让婆婆吃，岂不欺了老人家吗？回到家，二媳妇把路上的经过告诉了婆婆，老人家一听，说："这不碍事，尽了你的心，吃得的。"当下，二媳妇将肉连同其他菜做一味美餐端给婆婆吃。

说来凑巧，当二媳妇收拾完锅灶时，天色骤然阴沉，下起了暴雨，霹雷夹着闪电直朝门上打。二媳妇心想，"作孽了，我不该把那块肉给婆婆吃，现在惹怒了雷神爷！"她便对婆婆说："我不该做伤天害理的事，雷公劈我来了，我只得走出去，免得伤着您！"二媳妇站在大雨下，一道闪电划过来，眼前分明看见一条黄狗向自己跑来，正是那条叼肉的狗。一个炸雷轰隆，它僵住了，像一蹲铜像昂首看着她。风雨停了，雷静了，婆婆出门一看，媳妇还在看着狗呢！老人的眼睛一亮："金狗，黄亮亮儿的。"二媳妇家得了金狗，富裕啦！盖房添牲口，买田，救济穷人。可是，老大夫妻俩得知弟媳"金狗"的来历，打起了鬼算盘。

于是，老大的媳妇装着回娘家，也装这些菜放在篓子里，特意将肉露出篓边。果然在半路上有只黄狗跟了上来，也叼了一块肉。她赶忙冲着狗把肉块抢了过来。回家后，也装着二媳妇的做法，请来婆婆。婆婆看不惯这种做法，不想吃啦！可这媳妇嘴儿尖得像把刀："你就心疼二媳妇，嫌我不如她啊！"没办法，婆婆只好吃下去。

说也奇怪，果然雷霆震动，狂风大作，大雨哗哗。老大媳妇盼"金狗"心切呀，赶快冲出门外。一道闪电划过，她看见那条狗飞跑过来，站在她脚跟前。一会儿，雷声响了好像山崩地裂，却见天狗腾起前足，伸长红红的舌头向自己扑来，这一下，她两眼一闪，不省人事了。雷息了，婆婆出门一看，只见大媳妇躺在血泊中，抬头看天上，只见那只黄狗正咬着一块带血的肉直钻云霄。婆婆这才明白：天狗把人心咬走啦！

从此，人们就常用这样一句话骂那种丧尽良心的人："我看他的心呀，叫天狗咬去才是呢！"

戏弄三姑爷

从前，有一财主老爷，家里生了三个女儿。大女儿，二女儿，生得俊美，又很贤惠，所以，大女儿嫁了个文状元，二女儿嫁了个武状元。三女儿好动，人长得又不十分漂亮，所以嫁了个穷小子，小子不但穷，而且呆头呆脑的。一天，老丈人过寿，三个女婿自然要去祝寿，大女婿、二女婿自不必说，都准备了丰厚的寿礼。三女婿因为家里穷，只得空手，临行前老娘叮嘱说：儿啊！

你去老丈人家以后不要多说话，有人问你话，你可跟别人学着点说。儿子点头，就上路了。一路上，心想，不说话能做到，有人问话，跟谁学说呢？在心里算着，不知不觉来到一条河边，见一先生骑着毛驴站在岸边，口中自言自语，恰巧被这穷小子听见了，但没有听清说什么，赶忙靠上几步问老先生，你刚才说什么，请教给我，老先生用手一指说："双木桥好走，独木桥难行。"原来河上架着一独木桥，老先生骑驴很难过河。穷小子听后就牢牢地记在心里。继续朝老丈人家赶去。走了段路，又来到一池塘边，又见一老先生站在塘边，低低自语，恰巧又被穷小子听见了，但他也没有听清说什么，于是又赶忙靠上去，"敢问老先生能否把刚才的话教给我？"这位老先生指着水里说："河里鱼打花，一没网，二没叉，难道叫我动手抓？"原来水里很多鱼虾在游动。这老先生没有捕鱼工具，无法捕捉，随口说了句刚才的话，但穷小子听后，就牢牢地记在心里。又继续往老丈人家赶去。大约在中午时分，到了老丈人家。大女婿坐着轿子，二女婿骑着马早就到了，家人见三姑爷到了，也就把桌席摆上了。大姑爷、二姑爷穿着华贵，很有气派，三姑爷穿着破旧，土头土脑，连一句客套话都不说，不要说别人了，就连老丈人也看不起。家人将碗筷摆好后，大姑爷、二姑爷很客气地请老丈人上座，自己也随着入座，三姑爷见他们都坐了，也一声不响地入座了。家人见三姑爷一副穷酸相，就有意地想戏弄他。在摆筷子时，故意给三姑爷少摆一只，汤勺也不摆上。一杯酒下肚后，开始用菜，一桌人都伸筷子夹菜吃，唯独三姑爷坐着不动，也不作声，因为临来前，他老娘交代过，不要多说话，所以他只默默地坐着。这时大姑爷问："三妹婿，你怎么不吃菜？"有人问话了，他就把在路上刚学来的话说了一句："双木桥好走，独木桥难行。"话一出口，满桌惊讶，这时家人赶快把筷子送上，接着汤上来了，二姑爷说："三妹婿一起来用汤啊！"三姑爷又接口说："河里鱼打花，一没网，二没叉，难道叫我动手抓？"这时满桌人除了惊讶，那种看不起人的目光和脸色陡然变化。家人又把汤勺送上，三杯酒入肚后，大姑爷提议说："不能老是喝闷酒，下边再喝必须吟一首诗，不然的话就不准喝。"二姑爷表示同意，他们的用意：一是炫耀自己，二是想嘲笑三姑爷。大姑爷首先吟诗说："笔头尖又尖，笔杆圆又圆，笔杆挥动写就精彩文章，中了文状元。”大家拍掌喝彩，大姑爷在掌声中，端起杯子一饮而尽。接着二姑爷吟诗说：“枪头尖又尖，枪杆圆又圆，枪杆挥动，击退众多对手，中了武状元。”同样众人喝彩，二姑爷在喝彩声中将一杯酒喝干。这时轮到三姑爷了，他不作声，大家都催他快些吟诗，他不会吟，但他记住老娘的话，说话跟人家学着点，刚才二姑爷的诗是跟大姑爷学的，就是有些改动，心想我也跟你二姑爷学，也改动改动。于是开口吟到：“镰刀头子尖又尖，镰刀杆子圆又圆，镰刀挥动，割了天下麦子，养大两个儿子，中了文武双状元。”说完将一杯酒一饮而尽。众人听了目瞪口呆，一句话也说不出来，席寿酒就在这样的气氛中结束了。

郎中串乡行医摇着“铁圈”

在旧时，凡串乡行医的郎中，手中总要一直摇着“铁圈”，也叫“虎卡”。其实，这是行医人的一种标志，就像磨刀铲剪人拿着“金钱豹”和货郎担人摇着“拨浪鼓”一样，都是显示行业的标志，都来源来民间的传袭。

据传，很久很久以前，有一只老虎吃了很多人。有一次吃人时一不小心，一根骨头卡在喉咙里，咽，又咽不进，吐，又吐不出，疼得它在山上直滚，一滚滚到三岔路口，想请路人帮它把喉咙里的骨头拿出来。可是，过路人一看到它就拼命地逃走了。老虎心想：糟了，像这样大明大白地躺在路上，哪个还敢靠我呢，想着想着，就滚到了路旁草丛里。一个走乡郎中只顾走路行医，没在意走到路口了。那只老虎猛地滚到郎中面前，郎中吓得魂不附体，往前奔去，却奔不掉，往后逃又来不及，吓得待在那里直打哆嗦。老虎张嘴吼着。郎中说：“你要吃我吗？”老虎又拉住他嗷嗷直吼。郎中说：“你要吃，我这把瘦骨头你就吃吧。”老虎又摇摇头。

“你不吃，那你要干什么”？老虎抓着喉咙，张大嘴靠近郎中。郎中壮胆往老虎嘴里一望:“噢,是骨头卡住了,你这畜牲,谁叫你吃人的,活该!”老虎跪着央求他拿掉骨头。郎中说:“只要你以后不吃人,我就帮你拿。”老虎答应了。但郎中又一想,手伸进它嘴里拿骨头,要是它牙一咬,我这手不就被咬掉了吗,于是,他就找个铁圈套在手上,伸进了老虎嘴里,拿出了骨头。

以后,郎中只要串乡行医就一直摇着“铁圈”。这铁圈就成了行医人安全护身的“虎卡”,又叫“串铃”。

惩罚刻薄鬼

过去有个地主,十分刻薄。他有个惯龙(方言:娇惯)儿子,从小养成要头不敢把柳斗的坏脾气。长到二十岁时,更是不学无术,整天不是撩鸡逗狗,就是玩花宿柳。老地主虽说先后请了五个先生教他念书,他仍是西瓜大字识不到一斗。而每到年底,老地主就以先生没学问、书讲不透、儿子没长进等为借口,撵老先生出门,一分钱修金也不把,所以周围七乡八套的先生,没得一个人肯到他家教馆。

东庄有个老秀才,满肚才学,只因考场失意,家道贫寒,不得已以教馆为生。年初他被老地主聘请教馆时,不听同行的劝阻,更不相信老地主小气,就欢喜乐笑地前往。哪晓得他起早带晚兢兢业业地教书,反遭到小地主的打骂羞辱。平时饭食也很差,他写了一首诗形容:

疏米煮成粥一瓯,鼻风吹成两条沟;
远看疑是西湖水,缺少渔翁来下钩。

先生按照契约,忍气吞声地教完一年书。年底算账时,老地主又以他没学问、书讲不透、儿子没长进为借口,撵他出门,照样一分修金也不把。先生和他讲理，老地主财大气粗理也不理。这时正巧碰上县太爷下乡视察民情，路过这里，两人上前告状。县太爷问明情况后说："我出一个对子，让你们对对，如果东家对上，就不把修金，如先生对上，就照把修金；若两人全对上，我老爷把修金；若全对不上，各打四十大板了事。"县太爷说完后，两眼朝屋内四处一看，见房间里桌上点半支蜡烛，随口说道："半支蜡烛，光照四方，分清东西南北。"县太爷先叫东家对，老地主急得满头大汗，也没有对上。

县太爷又叫先生对，先生不假思索地答道："十贯铜钱，书教一年，历经春夏秋冬。"

县太爷一听，点头称赞道："先生有学问，东家就该把钱。罚你东家出四倍修金，再打四十大板！"

老地主一听，急忙捧出四倍修金，打发先生上路。接着又跪下求饶，谎称有病，恳求免打。县太爷点头答应。老地主要设宴招待，又要送二百两银把县太爷作年礼，均被县太爷拒绝。县太爷临走时送了一首诗给老地主：

老爷本姓清，不爱宝和金。

劝君莫作恶，再罚不得轻。

跋

在县政协2016年以来组织征编出版的响水系列文史图书(《响水往事》《响水英才》《响水地名》《响水风物》《响水方言》)中,《响水传说》是花时间最短的一本书。从今年二月底发出公开征集启事,到3月31日截止,短短一个月时间,县湖海艺文社成员和其他文学爱好者,纷纷响应,踊跃提供各类传说稿件近百篇。在此基础上,我们又从《灌河地区的传说》(灌南县政协编)、《云梯关外寻踪》(顾炳清著)等专著,以及《灌河文苑》《灌河潮》等县内编印的刊物上精选了一批,使得本书内容更为充实,作品数量也蔚为大观!

传说属于民间文学范畴,是我们的祖先在历史上创造,并在民间社会以口耳相传的形式,传承至今的口头文学作品。响水地区流行的民间传说是响水人民的口头创作,也是响水人民智慧的结晶和响水本土民间文化的精华。首先它具有极强的"草根性",是一种最能代表普通大众世界观、人生观、价值观和审美观的文学表达方式。其次它是口头文学,用口头创作,靠口耳相传。即使是不识字的村妇田叟,也能绘声绘色为你讲述传说故事,就是最好的证明。尽管随着文化知识的普及,越来越多的口头文学被印刷成纸质读物,但其文本的源头也仍然是口头文学作品。再次它体现地域文化的独特性,如云梯关传说、灌河传说等等,具有鲜明的地域特征,是响水特有的文化符号。还有它在当今具有特殊的时代价值,是响水人了解家乡历史知识风土人情的形象教材,是教化底层民众,濡染文明世风,弘扬优秀传统道德的生动载体,同时也是广大文学爱好者进行文学创作的重要源泉。

鉴于对民间传说的主要特征和功能的认知和把握,县政协决定做一件有意义的事情:把散落在响水民间的各类传说搜集起来,整理出来,正式出版,把响水优秀地方文化保护好,传承好,发展好!征集时间虽短,但整理过程较长，我们花了近两个月时间，主要工作一是对传说内容把关：必须导向正确，思想健康，在响水地区流传。同一传说有不同版本的，反复比较，确定最佳版本，有的则揉合起来重新加工。二是对传说进行分类。目前学界一般将传说分为历史人物传说、历史事件传说和地方风物传说三大类，我们参照能找到的同类图书，扬长避短，最终细分为 10 个类别，即：古云梯关传说、灌河传说、地名传说、人物传说、风俗传说、盐的传说、海产品传说、动植物传说、神话鬼怪传说、其它传说，全书共收入作品 160 余篇，堪称是响水有史以来收集最全面的一本传说专著！

原南京军区司令员朱文泉上将欣然为本书题写书名，中国金融作家协会常务副主席、响水籍作家龚文宣先生百忙之中为本书撰写序言，江苏凤凰文艺出版社梁雪波老师为本书精心设计编校，响水县公路站、响水湖海艺文社成员和县内外热心人士积极关注大力支持，在此一并表示衷心感谢！

由于编者水平有限，本书不足和疏漏之处在所难免，敬请广大读者批评指正！

响水县政协主席、党组书记　裴彦贵

2019 年 8 月 8 日